彭小莲　刘辉　著

荒漠的旅程

人民文学出版社

序一　读这样一部书

陈思和

　　《荒漠的旅程》付梓，彭小莲十分坚决地告诉我，这不是一部长篇小说，它的内容绝不是虚构的。她称它是一部"延续性纪实短篇集"。可"纪实短篇集"又是什么意思？纪实性的短篇小说？还是短篇的纪实体文章？我带着疑团开始阅读——眼睛一接触这样的文字，我就明白了。显然，这已经超越了小莲的前作《他们的岁月》。这回不仅是一群"胡风分子"的特殊遭遇，书中人物的背景更加复杂，时间的跨度更加久远，"他们"的岁月又夹杂了"我们"一代的岁月，四代人漫漫跋涉于无边荒漠。岁月太残酷，时间太漫长，题材太浩大，历程太复杂，以这样的大题材与本书的篇幅作对比，这些文字只能说是一个"短篇集"，但这是长途跋涉中人们留下的血滴汗珠，蕴含了受难者身体发出的难闻的生命气味，撒落在历史荒漠上，然而"它"又是"延续地"撒落、撒落，连缀成了这样一本用血汗生命谱写的书。

记得何满子先生生前在为彭小莲的《他们的岁月》作序时,也说到了文体的问题。他说:"很难从文体论的概念来为这本书定性:家史?人物传记?专题性的长篇报告文学?电影故事的文本?或是人们常说却于理不能认同的所谓'纪实小说'?都像,都不全像。我只能说,这是一部叙事体的诘问人生的书。"如果说,《他们的岁月》是彭小莲以其父亲的遭遇追问了1955年"胡风冤案"的悲剧形成与可怕后果,那么,《荒漠的旅程》的两位作者——彭小莲和刘辉,则以更广阔的社会背景和作家刘溪一家的前世今生,对着百年中国历史提出了严峻的诘问:百年来的中国人是怎么过日子的?一代代中国人——从晚清算起:洋务派傅冰之算第一代,留日医学博士吴序新以及比他小十多岁的罗人鹏、罗人鸾算第二代,追求革命并成为"革命"队伍一分子的刘溪和吴颐、吴进以及苏铭適等是第三代,而叙事人彭小莲、"小莺"(刘辉)、"小莺"丈夫秦孝章、姗姗等是第四代,他们是受尽蹂躏而出国逃亡的一代;至于第五代——晶晶,则已经成为一个不怎么会说中文的洋学生,专业是美国文学,成为美国的第二代移民,下一轮的历史将在大洋彼岸开始轮回了。当我们打开任何一本历史教科书,洋务派、留学生、中共革命者,都是时代的骄子,他们的人生实践,成为优秀的中国知识精英百年来前赴后继的一条拯救国民于千年古国昏睡中的康庄大道,辉煌的理想也曾一直鼓舞着人们透过一时笼罩的灭顶之灾而期盼永恒的未来之光。但是,最终是什么力量,什么魔怪精灵,把他们的后裔们推向海外,一如随风飘去的飞花转蓬,无根可依?这是历史的悖论,是荒诞的时间之流所映像的百年中国之命运,也是当代中国人万不可轻易放过的世纪之问。

当然,这样的庄严之问,可以用更宏大的篇幅精心构造史诗般的文学巨著来探寻,也可以用多卷本的大河小说和众多的艺术形象来表达——当代文学创作中并不缺乏这一类的主题及其表现。而《荒漠的旅程》没有走这样一条创作之路，它的两位作者，利用的是自身的家史和经历，以一鞭一条痕，一掴一掌血的真实家史为见证手段，从一个社会细胞家庭、家族的演变史里揭示启人深思的人生问题。因为是家史的整理，就来不得虚构，书中的叙事人也就成了故事的当事人，"小莺"（叙事人"我"）对家族史的探寻，成为整个叙事的起点。"小莺"的叙事是从1989年4月申请赴美探亲，携女出国后又遭丈夫冷遇开始写起，叙事起点是个人的命运处在一个纠结点上——婚姻、家庭、国家的命运都处在临界点上，飞花转蓬成了这一代人的新的命运象征。如果说，"文革"时期家破人亡、插队时期漂泊天涯，都还是来自外在的灾难性力量的推动，而这一次，则是"小莺"自己的事情，需要自己来担当。按照时间的推算，"小莺"应该是一个工农兵大学生，1978年分配在上海一家中学担任历史老师，丈夫秦孝章似乎是"文革"结束恢复高考后的大学生，华师大毕业后出国深造，他们应该在1982年前后结婚，有一个五岁的女儿。也就是说，本来她已经获得了一个相对稳定的职业、家庭和生活的权利。而这一次出国和异地定居，是申请者自己选择的人生道路，但是这个选择的背后，又关联着叙事人对这一份来之不易的稳定生活的极度不安全感，而事实也证明，这种不安全的预感不是空穴来风。于是，可怕的家史回忆与此时此地的境遇就联系起来了。我不了解作者刘辉，但从文本上看，这个以刘溪家庭为中心的家史，应该是刘辉的家庭故事，刘辉即"小莺"。而有相似身份、毁家更早的彭小莲参与了这份血泪家史的对话、整理和书写。看得出来，书中许多感慨、议论与《他们的岁月》《美丽上海》里的非常相似，属于彭小莲式的激愤、牢骚和思考。

这份家史涉及了多方面的内容，从傅冰之到"小莺"整整四代人血脉相传的延续性历史，但是因为出于私人的回忆，或者是听者的转述，很多隐私就不得其详，全书三十几人出场，真正能够勾勒出来的还是外公吴序新、小外婆罗人鸾、大姨吴颐、母亲吴进、父亲刘溪等等，关键人物还配了照片，印证家史的真实性。

从全书的叙事来看，可以分为两个部分：一部分是刘溪家庭及其妻子吴进的上代家庭的历史回忆，另一部分则是当事人"小莺"出国后的个人经历。这两部分不是按章节分前后叙述，而是穿插在一起交替叙述。能够使这两部分紧紧地融为一体的，除了对家史的连缀以外，还有一条更为重要的线索，也是作品隐藏于家史叙事之内的最感人的部分，那就是人类现代社会中女性的社会地位和她们内心世界被关注的程度。叙事中从傅敏、罗人鹏等女性的故事开始，她们几乎都是在现代社会观念的照耀下，经历了从追求自由恋爱到充当贤妻良母，最终又都以难言之痛结束了自己的生命的过程；这还不是最重要的，由于叙事者的故事是从异国投亲、丈夫有外遇、几乎遭到遗弃开始的，又是以弘扬了忍耐的传统美德，维持了家庭的圆满为终止。本来这条线索可以深入挖掘，从这个现代女性内心深处的灵魂颤音及其前辈妇女百年命运的传承中获得一些新的启迪。可惜这一点被叙述者有意忽略了，反倒是美国女性妮娜的饱满形象，给作品增添了亮色。

如果我们从更为宏观的中华民族苦难史着眼，百年历史，无论苦难还是辉煌，都算不了什么。弹指一挥间，历史照样轰然向前，大国崛起，在当下世界凛然可见；但落实到一个家族或者几代人的个体命运，他们是有权利提出这个诘问：为什么在这百年中，优秀者都不免悲惨命运，忠诚者都会遍体鳞伤，信仰者都死有余辜？！始作俑者，其无后乎？这些与国民事业的奠基者血肉相连的大是大非没有得到澄清，与国家权力捆绑在一起的巨奸凶顽没有彻底清算，民族的优秀者不能扬眉吐气，那么，历史的阴影永远会笼罩在国民的心头，让集体吞下藏污纳垢的苦水，让罪恶、腐败和卑鄙隐藏在表层的巍峨之下；那么，终有一天，楼起了也会坍塌，大国也会成为冰山。历史的教训，如是我闻。

序二　飞越荒漠

林　希

上海电影导演彭小莲给我传来她和刘辉女士合作完成的一部非虚构性长篇文稿，希望我为她们的作品写一篇评论。我不是文学评论家，而且历来觉得文学评论文章不是写过几篇小说的写手可以随便写得来的。写书评文章要有学养、有见地，一篇书评文章可以使一部作品载入史册，可以使一位文学新人成为家喻户晓的文坛之星。所以，小莲要我写书评，我立即就回复她说，高抬贵手放我一马吧。

作品总是要看的，又住在国外，最想看的就是新作品。一开始只是想随便看看，但这一看，我就再也放不下了。

读着彭小莲、刘辉的作品，我想起了三部俄罗斯小说：一部是阿列克塞·托尔斯泰的《苦难的历程》，一部是帕斯捷尔纳克的《日瓦戈医生》，还有一部则是雷巴科夫的《阿尔巴特街的儿女们》。从这几部小说谈起，也许我可以说说彭小莲和刘辉的作品了。

说到《苦难的历程》，我们曾经崇拜得五体投地，又看过根据小说改编的三部电影，更是深受感动。这部小说还获得过斯大林奖金，我们自然不会有丝毫的怀疑。后来，随着历史档案的公开，再回头审视这部小说，也就越来越看出这部小说实在是盛名之下其实难副，小说对于俄罗斯知识分子何以背叛自己独立的人格信仰，最后能够如此"快乐"地接受"无产阶级"专政，实在不能自圆其说，而对于"无产阶级"政权到底给俄罗斯知识分子带来了怎样的"幸福"和"自豪"，小说的种种描绘更无法让人相信。这部伪善的阿谀之作，如今被俄罗斯读者遗弃，也是必然的结果。

　　帕斯捷尔纳克的《日瓦戈医生》使我们看到了俄罗斯知识分子真实的面貌、他们在"革命"浪潮冲击下的生存状态和自我精神挣扎。读彭小莲和刘辉的作品《荒漠的旅程》，正好和《日瓦戈医生》里面的人物相对照，《荒漠的旅程》所不同于《日瓦戈医生》的地方是，《日瓦戈医生》里面的医生日瓦戈和他的情人拉拉，与"革命"不期而遇，"革命"主宰着他们的命运，扭曲着他们的人格。而《荒漠的旅程》中的知识分子却是自觉地投身于"革命"的洪流。国家的灾难、民族的不幸、民众的饥苦，使我们上一代，甚至是上两代知识分子，选择了投身革命的道路。那一代中国知识分子，大多出身于上层社会，他们许多人衣食无忧，而且在他们面前展开的是十分美好的人生道路，只是，他们放弃了个人的美好未来，勇敢地选择了为民族求取解放的战斗人生。为此，他们舍弃了锦衣玉食的生活享受，舍弃了留洋做官的飞黄腾达，他们毅然走进民间，拿起本来不属于他们的武器，献出了青春，直至献出了生命。

　　裴多菲的名诗"生命诚可贵，爱情价更高"，是那一代知识分子精神面貌的最高境界的写照。《荒漠的旅程》中一代、两代中国知识分子正是以自己崇高的选择投身到革命的队伍，也正是一代、两代中国知识分子的献身和无畏的追求，才动员起无限强大的民众力量，使那个磐石般坚固的封建统治，在人民力量面前崩溃瓦解。

《荒漠的旅程》的可贵，在于对那一代、两代知识分子的描绘真实可信。他们的信仰中有着中国知识分子温暖的体温，他们不是革命的符号，也不是永不生锈的"螺丝钉"，他们是一个个活生生的人，是外敌入侵、国土沦丧的国难面前一代青年精英不甘心做亡国奴的选择，他们毅然投身于革命的洪流，走上了他们的人生不归路。

出现在书中的知识分子，他们怀着中国知识分子的精英情结，以纯朴知识分子的认知目光，认识历史，认识时代，他们幻想在中国建立一个和世界融合的完美社会。但是，历史背叛了他们的幻想，一场痞子运动吞噬了精英意识，裹胁了一代、两代知识精英的追求和向往。读着彭小莲、刘辉的作品，我们看到了中国知识分子被出卖、被背叛的全过程，更看到了那一代、两代中国知识分子美丽却也悲怆的人生道路。

彭小莲、刘辉的作品，带给人们崇高的阅读愉悦。这种阅读愉悦，正是在他们的作品中，我们寻找到了中国人失去多年的生活理想，也看到了我们本来应该得到的生活环境。正是痞子运动和独裁政治，摧毁了中国知识分子和每一个人的追求向往，文化大革命虽然以失败告终，但它完成了预定的历史使命，这一场浩劫，从根本上击溃了中国人的心灵底线，修复这一道底线，彭小莲和她的伙伴刘辉正做着可贵的努力。

于是我想到了第三部小说《阿尔巴特街的儿女们》。阿尔巴特街是莫斯科一条著名的大街，苏联解体前是一条既得利益集团成员居住的"高干区"，解体之后成了一个繁华商业区。那一年我到俄罗斯，感谢组织者安排，带我到这条大街走了一趟。日后，我自己又去了一趟。我到阿尔巴特大街不是去购物,也不像我的同行者那样去看时尚的俄罗斯美女,我走在阿尔巴特大街上,举目向上看每一扇窗棂,这时,我似是听到了窗棂里迴动的恐惧和不安,更不时地似看到一个个"罪人"被推进克格勃的黑色汽车,匆匆离去,而在那一扇扇紧闭的窗棂里,还残留着他们的妻子和儿女们恐怖的哭声。

那一次走访俄罗斯,我的心情很是沉重,走在莫斯科城市中心的大街上,不时地可以看到一片片茂密的森林,森林被铁栅栏围住,栅栏上挂着小木版,上面写着"原始森林,不可入内,小心有狼"。对于中国人来说,城市中心地带居然有狼出没,绝对不可思议,但莫斯科就有这样的地方。沿着原始森林外围的铁栅栏走,我似是隐隐听到多少年前森林深处沉闷的枪声。我想,这里也许就是极权时期秘密处决异己分子的地方,正是无辜者的尸体,引来了嗜血的恶狼。那个恐怖的时代,该给那些嗜血的恶狼们,留下多么美好的记忆呀。

阿尔巴特街的儿女们,经历过的正是这样一个恐怖的时代,彭小莲和刘辉作品中描写的也正是这样的生活背景。彭小莲是将门之女,上海一解放她们一家就住进了高级干部的生活社区,那位和她一起完成这部作品的刘辉,正是彭小莲父亲下属的工作人员。可怕的政治迫害,将彭小莲的父亲打进一桩"反革命"冤案,从此彭小莲就和阿尔巴特街上的孩子一样,再也见不到父亲。也正是在彭小莲父亲陷于囹圄的时候,同大院小姑娘刘辉的父亲却得到"培养",到最后彭小莲一家被轰出她们优越的住房,而这套住房的新住户,正是刘辉和她的父母。

如果故事在这里终结,到底还有一点政治逻辑,可怕的是,"和尚打伞——无法无天"的政治体制又将刘家推进了灾难的深渊。一步步,彭小莲多少年寻找早已不在人世的父亲,刘家却在生活底层苦苦挣扎。

历史早就无法解释这一切发生的原因，人们只能无声地承受一切灾难。

历史终于终结了那场浩劫，最后彭小莲来到美国求学，一次在外出的班车上，她听到一声陌生的召唤，抬起头来，却发现原来是一个陌生人在喊自己的名字，身在异国，两个中国年轻人，其中的一位居然认出了自己儿时的伙伴，车里的洋人们大为吃惊，可是他们谁也不会想象，这两个年轻人，都背负着可怕的心灵和生活创伤流落到了异国他乡。

阿尔巴特街儿女们的故事，离奇地有了新的开始，她们相互留下地址、电话号码，表示日后联系，只是她们谁也没有想到，不同的生活经历，却使她们发现了相同的生活轨迹。于是，她们才约定一起写一部作品，用默默无声的陈述，拭去阿尔巴特街儿女们的血泪。

我是含着眼泪读完这部作品的，几乎无法表述自己的感觉，只是埋怨彭小莲：你们最初要写这部作品的时候，为什么没有想到我？如果我也和你们一起写，也许那个时代的政治遗产会给后人留下更多的思考。

作品中有一小段文字，使我深受感动，她们写道："我越来越想知道的不是我的未来，而是我所不熟悉的过去。"这一段文字，没有多少哲理，却感人至深。"过去"早已经越来越不被人们所熟悉，在"抹掉""过去"的过程中，重新营造"过去"，也许能让本来应该终结的时代，再残喘一些年月。

我们走过了一片荒漠，但我们还远没有看到这片荒漠开始走向绿洲，可喜的是，到底我们知道那是一片荒漠，我们更相信荒漠一旦拒绝绿洲，那必将是一片永远的死海。

谢谢小莲和刘辉，让我读到这样一部震撼人心的好作品，正是我们越来越想了解我们所不熟悉的过去，我们才能找到属于我们越来越想知道的未来。

我从纽约回来，上海突然变得那么陌生，闪烁的霓虹灯很是晃眼，一直透过小屋的窗户，把夜晚照亮，让人彻夜难眠。我似乎不是在这里出生、长大，记忆是如此脆弱，思念也变得模糊不清；过道上剥落的墙皮，原本看惯的场景，竟然变得看不惯了。街道上，人们依然随地吐痰，开过的豪华小车的窗户会突然打开，从里面飞出一包垃圾；我真恨不能把那包垃圾再塞进车里。其实我只在纽约生活了七年整，可是这个七年在我人生的经历中，不仅是漫长的，同样是艰难的，只是我无怨无悔；它把我改变了，是在不知不觉中被改变的，却改变得那么彻底。记忆也就这样被改变了，一次一次被推翻，认识也被颠覆了。

1989年的秋天，我走进在百老汇大街的纽约大学的大楼里，窄小的电梯外，我们依次站立在那里排队，等待着。校长排在后面，没有学生给他让位，大家只是按顺序走进电梯。

一天，我赶着跳上纽约大学的校车，突然听见有人用中文叫我："是彭小莲吗？"回头看去，在众多的美国人中，一个中国女人，一个我全然不认识的女人，穿着两用衫，留着短发，独自坐在一边，一看就是刚从大陆来的，像我一样，浑身透着一份惶恐。我不认识她。她说："我是刘辉。"我摇头，我的朋友里面没有叫刘辉的。她接着说："幼儿园里的，刘莺莺。"

疑惑了一会儿，我问她："是小莺吗？"

她笑了，在那里点头，又问："你到纽约来上学的？"

"对。你也在我们纽约大学上学？"

"不是，我带女儿来陪读的，老公在纽约读博士。"

"来了很久了？"

"才一个月。"

我们不再说话。我想，跟她我没有什么好说的，他们这些干部子弟，永远都是走运的。"文革"的时候，一段短暂的时间里，他们的父母成了走资派，倒霉了。可是，很快，他们就不用待在农村。他们以各种名义离开那里——当兵、去工厂，还有就是回到上海进大学，成为工农兵学员；现在，他们又通过各种途径，跑到美国来了。我转身向边上的美国朋友翻译着："这是我幼儿园的朋友。"于是，全车的人都在那里惊呼起来——三十年了，还能认出幼儿园的朋友。

这是一个借口，我只是以这样的方式，回避了和刘辉的继续交谈，后来我们再也没有来往。直到很久很久以后我离开了纽约，直到我被改变了，回到上海，不再那么恶狠狠地看着周围人的时候，我才学会认真听别人的声音；我才意识到，学会一点一点走进我不熟悉的领域，是多么的重要。虽然这种认识离我只有一步之遥，可是我走了七年，才跨过了这一步。

2011年的夏天，我在上海常熟路的一间咖啡馆里和刘辉坐下。那会儿，我依然不再认得出她，时间隔得太久了，一晃，又是一个二十年。鬓上鬓角的白发和脸上的皱纹，都显示出我们不再年轻。但是，她还是把我认出来了。我看到她穿着白色的Eileenfisher衬衣，那简洁的设计，柔软的面料，胸前挂着同样设计简洁的银项链。这不再是那个在大巴上叫我的刘辉——她变得自信，变得坦然。我问她，她回答，一切似乎都那么简单；而我，也是一个会用心听别人说话的人了——我们都变了。只是我从来没有想到，有一天，我们会这样坐在一起，谈论着自己的人生经历。我同样不会想到，像她这样，看上去总是那么幸运的人，竟会有着我根本无法想象的经历。

"当初你去纽约跟我不一样。你丈夫读博士，奖学金应该够你们生活的。"

刘辉没有接下我的话题。

"不是吗？"我追问着。

"不是你想象的那样。"

"那会是什么样的？"我没有说出口，就是那样注视着她。让我非常吃惊的是，她非常平静地告诉我她所经历的往事。让我更加吃惊的是，她对我的信任！

她说了很久，说了很多。

沉 溺

那是 1989 年 4 月的一天，风雨大作。这几乎不像是四月里的天气，夜晚的时候，甚至雷声滚滚。不久以后，胡耀邦去世了，街道上出现了学生的纪念游行队伍，交通开始堵塞，我骑着自行车绕过主要街道上班。那时候，我还在上海的一所中学教历史。

桌上的裂缝很深，我把它擦了又擦，可是一些污垢还是嵌在里面，我用手抠了抠，没有用处。不知道怎么回事，就是这么一个小动作，一阵轻微的恐慌把我拉进了现实里。在历史教研室的这张桌子前，我已经坐了十一个年头了。屋子里还是很冷，我捧着热茶，全然忘记了去喝。对面坐着我们的历史教研组长王老师，他左手总握着被茶渍染得黄蜡蜡的大口瓶，里面看不见茶水，全部被泡涨开的茶叶塞满了，他抽着香烟，吐出带茶叶味的烟圈，皱着眉对我说：

侬就咯能一年一年地耗啊？不想想办法？

想不出办法呀，老公是他们华师大的公派留学，办陪读，学校不肯出证明啊。

再去试试啊，他走了有三年了吧？

四年。

哎哟！四年啦？再不去，你准备办离婚吧。

我真的给他讲得吓出了一身冷汗。

我往家走,有人拉住我,在我耳边轻轻地说:

好像又要出事啦,学生都上街了。有机会,快去办美国探亲吧。

回头一看,是数学组的杨老师。我有点害怕,又有点着急,心里也有各种打算,似乎就是这样的提醒,让我鼓足了勇气。于是,我一下就冲到华师大去了。学校里还是人头攒动,但是大家在那里转来转去,听不见什么人说话,我似乎踩在一种梦境里,那种安静中充满着晃动,充满着一种骚乱,但是它们都被一种静谧掩饰着。历史系、校办都没人了,我说要开证明,人家什么话都没有多问,就那么抬头看了看我,然后图章"咚"的一下就敲下去,通过了!怎么回事?我抓起证明赶紧往校门外跑,就怕人家会后悔,要把它收回去似的。

开始跑护照跑签证了,一下子忙得不可开交,要去公证处办理自己的出身证明,要照相,还要给女儿晶晶准备材料。王老师真好,他说:

抓紧时间忙,我帮你代课。

我开始申请护照,递交了所有材料之后,就在那里等待。

可是王老师又说:

你太幼稚了,这要等到猴年马月?还插过队,怎么一点都没有社会经验。要抓紧啊,夜长梦多!快,准备好五十美金(当时人民币和美元是1:3的兑换率),我帮你找人,想办法用官价卖给出入境科的人,必须在最短时间内拿到你和女儿的护照。

我忘了我是干什么的,我忘了历史,忘了自己的职业,完完全全被一种实际得不能再实际的现实撑着、赶着往前跑。那时候,脑子里是空的,只记得天天下雨,我拎着湿漉漉的雨伞在到处跑。脚上穿着元宝套鞋,里面常常渗进了雨水。三天后,王老师带着我,拿着美金在福州路预约地点和出入境科的人碰头。我们没有走进他们的办公室——是在弄堂后面的拐角上。雨停了,可是弄堂被人踩得到处是泥泞,我们顾不上这些,任由裤子上沾满烂泥,按照事先说好的时间等在那里。很快,人来了,我们什么话都没有说,只是把装着钱的信封交给那个人,那个人同样没有说话,只是把两本护照交给我,然后便掉头走进楼里。

就这样，在一个雨天，在泥泞的弄堂里，我拿着五十美金，等于一百五十元人民币，我三个月的工资，哪里顾得上别的，就直接送出去了。换来的是，提前拿到了我和女儿的两本护照。

街道上还是湿的，显然晚上下过雨，可是我没有带伞，不是因为走得匆忙，是我已经不记得那些日子自己在期盼着什么。从我们瑞华公寓走到美国驻上海的总领事馆，只有两个街口，我在天还没有亮的时候，就赶到那里去排队等签证了。我很沮丧，因为这已经是第三次去排队了，每次等轮到我进去，限额满了，我只能下次再来。一次一次提前赶去，可是人家也一次一次来得比我更早。最后，我在凌晨三点的时候就去了，拿了一个小凳子，用大围巾把自己裹起来，靠着领事馆的大墙坐着。我心里充满着惆怅，不是渴望，是一份无奈，是一份遭人驱赶的向往，还有一份屈辱。为什么要这样去讨生活呢？直到十点左右，欣星——我最铁的发小——把晶晶送来了。差不多快中午的时候，终于放我们走进领馆的大门，轮到我们了。我拉着女儿的小手，依然是一点把握都没有，我害怕。似乎是女儿的小手在给我力量，欣星在我身后，轻轻地说：

祝你成功！

天呐，怎么算是成功呢？很多人告诉过我，进去以后，那小窗口后面的人，没有一次让人看清楚他们的面目，甚至确认不了是男是女。大多数的人把材料和护照递进去以后，连问话都没有，只看见那苍白、纤细的手指迅速地翻到护照的最后一页，在上面狠狠地盖上一个戳子，然后放上一张英文纸头，就把护照扔了出来。

接着就听见里面的人在喊：下一个。

如果你想问他：我的材料还不够全吗？

下一个！

那里的美国人中文都说得很好，但是他们从来不回答问题。

有人拿着被拒签的护照走到屋子门口，那里站着一个中国工作人员，被拒签的人怯怯地走上前问道：

我，为什么又被拒签了？

那中国人会像美国人一样，耸耸肩膀：你要去问他们，我不管这些事情。

轮到我的时候，我看见签证官对着晶晶说：

小朋友，快四年没见爸爸了，不想他啊？为什么不去看他啊？

我想啊，爸爸读书忙，没有空。

那我现在让你和妈妈一起去看他好吗？

好啊，叔叔，谢谢你。

同样没有任何解释，我走出领事馆的时候，外面下着小雨。我没有回家，搭上了15路电车，直奔大姨家而去。我一直以为，拿到签证的时候，我一定会高兴得跳起来，可是，挤在电车里，那些滴滴答答落下水珠的雨伞、雨衣靠着我，让我不知道躲到哪里好。望着窗外，梧桐树开始冒芽了，在雨中，像一个哭泣的少女。我吓了一跳，好像看见是晶晶在哭泣。她只有五岁。不会的，不会的，看见爸爸，她一定会高兴的。

晶晶，还记得爸爸吗？

她摇头。

爸爸去美国读书的时候，你才两岁，我们把他一直送到虹桥机场，爸爸抱着你，一点都不掩饰，就让眼泪鼻涕流得你的领子都湿透了……

妈妈，我们现在到哪里去？

晶晶，你知道吗，你那时候一直好奇地看着四周，就是不看爸爸。

妈妈，我不去姨婆婆家好吗？

我们要去美国看爸爸了。

你已经说过好几遍了。

我赶到大姨家，她还没有下班。她家离杨浦发电厂不远，在平凉路和隆昌路的交叉路口，她住在一座带草地花园的西式小洋楼里。屋子的四周是厂房，还有穷人住的棚户区。表妹表弟的同学，管他们叫"小花园里的人"。这是当年美国人造杨浦发电厂时，给厂长、高级工程师建造的房子，新中国成立后住上了华东电管局的领导和高级工程人员。大姨一家住在小洋房的二楼，再加楼梯边的亭子间。其实那不是一般石库门房子那样的亭子间，那屋子有二十五个平方米，表妹、表弟和保姆都住在里面。

  大姨平时进进出出，很少和邻居打招呼，顶多点个头，笑笑而已。她个子不算太高，但是腰板笔挺，穿着讲究，在大家都穿着毛装的时候，街上是灰蒙蒙的一片，人群像蓝蚂蚁似的涌动着。大姨会把她的哔叽裤子烫出像刀切一样的棱边，依然穿得山青水绿，永远不会淹没在人群里。

  大姨住的小楼的三层小阁楼上，住的是电厂办的秘书，她结婚后，一连生了三个孩子，乡下的老母亲进城为他们照看孩子。那阁楼，有一大半的空间被那个人字形的屋顶切去了，走近窗口的时候，人必须弓起身子，或者是跪在地上才行。三个孩子、夫妻俩和一个老人，住得很拥挤。大姨就让自己家的保姆招呼那老母亲，带着刚出生的孩子到亭子间来搭个铺，暂时和表妹表弟住在一起。

  人家对大姨感激不尽！没想到孩子满月后，连秘书都带着另外两个孩子住到亭子间来了。除了孩子的父亲，几乎全家都在那里睡觉。

  表妹和表弟问大姨：那，我们住到哪里去啊！

  大姨有点无奈，但是没有把人家赶走。

  我们人少，房子大，就让他们住吧。

  大姨很清高，不喜欢和人家有争执，人家住下了，就让他们住吧。但是，房钱却一直由大姨在付，大姨也不抱怨。于是，那亭子间成了真正的卧室，到了晚上，两家的孩子和大人都挤在里面睡觉，夜里，那里打呼的声音很响，还有孩子说梦话时的叫喊声。楼上楼下、周边的邻居和保姆都蛮喜欢大姨这种不言语的清高。后来大姨老了，一人独居，仍然和邻居们没什么来往，依然不怎么和人家打招呼，但大家都了解她的为人。于是，经常在二楼楼道的桌上，会看到一碗红烧肉、一条清蒸鱼、一锅排骨汤、一盆碧绿的炒青菜，是周围的邻居送来的，他们没有留下姓名。大姨笑了。

她说：我吃着大家送来的百家菜呢！

然后，大姨会把钱留在桌子上，她总是多留一点。没有人跟她争执，大家都知道大姨的脾气，谁要是跟她清算帐，她就会说：这又不是做生意，以后不要给我送菜了！

大姨有她自己的生活逻辑，大家心里明白，于是事事都依着她。

一有事，我就朝大姨家跑，在她那里说话总是变得那么简单，甚至可以用"极简"来形容。她的理智里面，有一种让人害怕的冷漠，有些像是一个科学家的计算方程，精确而很少废话，这是她的特点。一旦，精确到极致的时候，那简单里面就展现出一份智慧，一份常人难以产生的另类思考。连玩具，她都是买带孔的积木，要我们按图纸，用螺丝，一边判断一边思考着搭成模型。

快乐，是在过程中完成和体验到的。这是她的原话。

大姨理性得像个男人。

在我稍大一点的时候，看着表妹在家里弹钢琴，好羡慕啊。我们家没这个条件，我借了一个68贝司的手风琴开始学习。大姨自己先拿着手风琴背了一下，掂了掂分量，然后轻轻地放下琴。

小莺，拉手风琴太重。你现在还小，一累，会妨碍你长身体的，去学小提琴吧。

说完这话，大姨像心疼我似的，让我睡午觉，起来以后，就给我端来了点心——枣子、莲心炖的藕羹；有时是英国红茶放了牛奶，小盆子里放着两块小西点。

连妈妈也从来没有这样关心过我。

大姨回头朝我们神秘地一笑，她把唱针放在唱片上，轻轻地放着施特劳斯的《蓝色多瑙河》……有一次放俞丽拿的小提琴独奏《梁山伯与祝英台》，一边听大姨一边告诉我们：

这里是高音，代表祝英台……

那低音就是代表梁山伯了！

说对了，你们听出他们俩在悄悄地说什么吗？就是他俩的对话？

我和表妹一缩脖子，什么都没有听出来。到六十年代初，唱片开始变成了《江姐》和《洪湖赤卫队》。

最快乐的就是，跟着大姨去南京东路的"德大"吃西餐。只要奶酪烘焙鸡端上来，我就跟表妹挤挤眼睛，因为边上还有紫红色的洋菜、炸猪排，配着洋葱土豆泥、蔬菜色拉和乡下浓汤。我们还没有把勺子举起来的时候，大姨就会悄悄地说一个英文词组。

Table Manner。

我们互相看了看，然后都把胸挺了起来，放平肩膀。

记住，说话一定要等食物咽下去以后再开口。

我们不停地点头。

刀叉不要相互碰撞，要抿着嘴嚼食物，不要把盘子端起来喝汤。

还有，听人说话时要看着说话的人，眼睛不要往下看，更不能东张西望。

好，小莺，你这次说对了。开始吃吧。

我一直怕大姨，但是在我心目中，她替代了妈妈和爸爸的位置。

这都是很久很久以前的记忆了。1989年的时候，"德大"西餐厅早就面目全非了，到了今天，"德大"消失了，那里面的老建筑已经被敲打得面目全非，只保留了大楼的外观，等待着有钱人去"重新建设"。而大姨在阶级斗争紧张的年代，为我们营造过那么多"欢乐"的岁月，这都成了我的一个梦幻。我从来不跟别人说这些事情，因为一开口，自己都不敢相信，觉得很假。在我们那样的年代，会有这样吃西餐的"革命干部"？

大姨终于下班回家了。

大姨，我拿到去美国的签证了。

什么时候走？

还没有想好。我想给他先打个电话，听听他的意见。

大姨看着我没有说话，我突然想哭。大姨似乎什么都明白一样，她上前轻轻地抚摩着我的头。

没什么好害怕的，我们什么事情没经历过？文革，不也挺过来了？

我总觉得，觉得他那里出事情了。

他怎么跟你说的？

他什么都没有跟我说，但是最后给我的信里说了一句话，我觉得很奇怪。

他说什么？

他说，不管发生什么事情，我会对晶晶，对这个家负责任的。这一年来，他给我的信，越写越少，越写越短。不管我写信问他什么，他都不回答……不回信……

你和秦孝章分开快四年了吧？不要说四年不在一起了，在一起的夫妻，男的一到四十岁有非分之想的在百分之九十以上，只不过有些男人能把持住自己。孝章如果出轨了，我希望你给他时间让他回头。不要吵闹，要学着不亢不卑。我相信，秦孝章不是那种不讲情义、不懂感情的人。

我完全没有想到，大姨竟然会这样跟我说。她拉住我的手，可是我的眼泪还是落下来了。大姨把我手背上面的泪水慢慢地擦去。我哭得更加伤心，她又握紧了我的手，在上面充满信心地拍了拍。我似乎是受到了鼓励，停止了哭泣。我抬头看着大姨，看着在大姨身后大姨夫的照片。大姨也回头朝照片看了看，深深地叹了口气，然后朝我嫣然一笑。

我和你大姨夫，那是老派人，我们是心和心的约会。

为了证实大姨的说法，我跑到南京东路的邮电大楼往美国打长途。大厅里挤满了人，大家等着叫号，没有人说话，一眼望去人头攒动，可是大厅里并没有嘈杂的声音，时而传来电话铃声。每一次铃响，会让我一惊。我不停地呼吸着，几乎窒息，在那里等了四个小时，终于听见一声铃响之后是在叫我的名字，赶紧往那个五号窗户的电话亭跑，关上电话亭的玻璃门，拿起听筒时，听见的不是孝章的声音，是接线员在说话。

人不在家。有录音电话，但是无法使用对方付款，你不能留言。

很快，电话就"咔嗒"挂了。那时正是美国时间夜里三点，那么晚了，他上哪里去了？带着所有的疑虑、所有的不安，带着大姨的劝告，再带上晶晶，我们上路，飞往了纽约。

飞机上坐的几乎都是老外。我一句英文也不会说，给晶晶系上安全带后，就开始感觉到晕眩；我深深地呼吸着，努力朝窗外看去，窗子是封闭的，只看见浓浓的乌云压在城市的上空，像家里破旧的棉花絮，黑黑的，被撕扯成一团一团。我努力想把自己的未来整理出一个眉目，我努力去想孝章，想我们当初是怎样相爱、结婚的，想着他一米八的大个子，那份自信和好学……可是想着想着，想到的却是大姨和大姨夫，想到大姨说的，他们是心和心的约会，我趴在窗户上，眼泪又涌了上来。老派人的感情多可靠啊。大姨夫是在新中国成立前交大的江西同乡会上看见大姨的，那时候大姨漂亮、骄傲，四周围着一圈一圈的男生。大姨夫内向、文绉绉的，他没有像别的男生那样凑上去。他比大姨高两届，是他们机械系英文最棒的，他只是把自己的上课笔记交给大姨。大学生的爱情，都是从作业、功课、复习考试开始的。

大姨夫坐在大姨的身边，课本摊在大姨的腿上，已经讲下一页了，大姨夫把手搁在她的腿上。还没有来得及说话，大姨猛地站起来，拿起课本，一句话都不说，掉头就走。大姨夫沮丧地目送着大姨的背影。后来大姨跟小外婆说：

我要独身一辈子，男人的丑恶形态，我看够了！

那你要跟人家说明白啊，不要耽误人家的终身大事。

我跟他说了。

他怎么回答的？

他说，他早就知道我的事情了，现在有一个人要陪我一起独身。

男人啊……追求你的时候，说话都比蜜糖还甜，好听着呢……

大姨和小外婆，她们那时候都对男人有一种忌恨，那是因为外公在对待女人的态度上给她们留下了深深的阴影。大姨，是断然不要再和男人搞在一起。那是浪费生命！没想到的是，真有那么心诚的男人。大姨夫苏铭适真的等了大姨八年。1947年，党组织找大姨谈话：

大姨夫和大姨的合影

这是组织上的决定,为了党的事业,为了更有利于党组织的活动,你必须和苏铭适同志结婚。

大姨满脸通红,与其说是羞涩,不如说是幸福。她低下头,泪水盈盈,她想的是他,但是这里不是一个具体的男人,不是性,而是一份灵魂的煎熬。她现在就是要和另外一个灵魂一起去追随自己的理想,对党的爱,对人类、对科学的奉献!她激动的不是别的,就是这份共同的追求。他们是一起在党旗下,举起了右手的拳头,他们是不可分割的一个共同体。这时候,党的决定可以改变大姨所有的决定。独身,也就成了她自己的笑话。

可是外公得知自己的女儿要嫁给苏铭适时,在家里大发雷霆。

你知道苏家现在都败落了,穷得一塌糊涂吗?

什么败落,他父亲辛亥革命之后,还做过民国政府议员呢。

那是什么年代的事情!后来就降到省教育司长、中学校长;抗战期间,从北京到上海就失业了,靠委托"荣宝斋"卖自己写的字画维生呢!

那人家也有自己的本事嘛。苏铭适的哥哥苏铭途,从德国拿了医学博士回来,现在不是在上海开业?做得又不比你差。

你就这样跟我说话?跟他结婚,你别想从我这儿拿到一分一厘的嫁妆。

我不稀罕你那点嫁妆!

这就是大姨，她竟然敢不邀请外公，却邀请了外公的弟弟，正在上海一家大银行做经理的小叔叔做了证婚人。婚礼在国际饭店举行，排场很大，把上海工商界的名流都请来了，赵祖康、杨虎都出席了婚礼。但是，外公没有出场，宾客都很惊讶。婚后，杨虎的太太都责备了外公，于是，在取得了大姨的谅解后，外公托人送去了一对瑞士的欧米茄手表，还有其他的礼品，算是承认了这门婚事。

幸福，多幸福啊！一种缥缈的渴望，像飞机似的腾空而起，我们却伸手莫及……大姨的床头，永远挂着她和姨父结婚后的合影，都戴着眼镜，姨父是定格的英俊绅士，老派的照片，王开照相馆的风格，大姨的眉毛是修饰过的，文静高雅……用句过时的赞美说，都是像老电影里的明星照。还有那块白底浅彩色细条纹的小碎花布，是大姨夫从英国访问谈判回来，特为大姨买的衣料。那是六十年代初期，我们从来没有看见过这样的料子，如果有了污点，用肥皂轻轻地一搓就不见了，大姨把它做成了衬衣，春天穿在外面，像花丛里的旗帜，飞扬着，飞扬着。最让人不可思议的是，做成衣服以后，料子从来不会打褶起皱，洗过以后，只要用手抖去上面的水，十分钟就干了。大姨说：

中国这么多人口，如果能做出这样的料子，价廉物美，穿衣问题就解决了。

几年以后，中国也有了这样的布，我们管它叫"的确良"。

我在飞机上一路呕吐，于是，思绪从大姨的爱情转入我自己的婚姻。一切都变化了，我什么也想不起来了。我给晶晶盖好毛毯，心想，希望她有一个幸福的童年，不要像我那样父亲过早去世；我想有一个完整的家。

后面座位上走来一个中国女孩，她一直在为我倒水，扶着我去厕所，关照我说：不行的话，不要把门关得太死，万一出什么事……就这样，昏昏沉沉地抵达纽约的肯尼迪机场。晶晶睡着了，我抱着孩子走到移民检查口，努力让晶晶张开眼睛看一眼移民官，为的是让他看明白护照上的孩子照片和晶晶的脸是相同的，移民官不耐烦地挥了挥手，让我们入关了。那已经是深夜一点多了。

大转盘上的行李都拿光了，没有看见任何人到机场来接我们，机场灯光很暗，孝章没有出现。我又开始呕吐，放下晶晶，捏着飞机上拿下来的垃圾袋子，把脑袋埋在里面，不停地吐着，这时候，吐出来的都是苦胆水。晶晶靠着大行李，她醒了不说话，只是惊恐地看着我。人都走完了。突然，飞机上的那个女孩推着堆满行李的车子朝我跑来。

还没有人来接你？

我摇摇头。

你知道你丈夫住在哪里吗？

我没有回答。女孩边上的男人，不停地拽着她，让她不要管闲事。

不行，不行，她就一个人。这是纽约啊，一个女人和孩子，要出事的。

你快走吧，谢谢你了。我会有办法的。

你身上有多少钱？打车走吧。

我掏出钱包，那里露出五元、十元美金的票子。女孩突然伸手给了我二十美金。

快拿着，在纽约出租车很贵的。

不要，不要！

一定要打车。不能一个女人和孩子留在机场的，你看这里多危险啊。

我的堂弟在纽约，我有他的电话。

给你这个 Quarter（季美元硬币），快给他打电话！叫你堂弟过来。你知道怎么拨号吗？

怎么拨？

是曼哈顿的电话吗？前面要加拨"1"。

我往公用电话走去，拖着大行李。晶晶用小手拽着我的衣角，非常懂事地跟着我，不吵也不闹。我刚把硬币投进电话，突然，在机场空落落的大厅的纵深处，出现两个中国男人。那不是孝章吗？

你给谁打电话啊？我们不是都来了吗！

孝章不耐烦地跟我说。没有想象中的握手、拥抱，没有父女相见时的激动，孝章瞥了晶晶一眼，没好气地说道：

怎么越长越难看了,像谁啊,眼睛长得那么开。

晶晶躲到我身后,紧紧地抓住我衣服的下摆,没有表现出她对签证领事说的想念爸爸的样子,没有。她瞪着大眼睛,用五岁孩子的敏感观察着父亲。

孝章开着车子把我和晶晶扔在一个小公寓里,让我和开车一起来的朋友阿进合租一个单元。孝章说他住在别处,并解释道:

我那个屋子太小了,明天一大早要去打工,你和晶晶先睡吧。阿进和他爸爸,住在隔壁的房间,有事可以问阿进。你们先住下,明天我会过来处理事情的。

说完,孝章转身就走,晶晶倒在沙发上睡着了。我打开箱子,拿出从上海带来的鸭绒小被子,轻轻地给晶晶盖上。我望向窗外。路灯亮着,可是我的脑子里一片黑暗,什么也想不起来了,就像在飞机上看见的乌云,破败的黑棉絮,拉拉扯扯,塞满我的脑子。我的美国梦,就这样开始了。我是睁大眼睛,在那里做梦的,不是白日梦,是在黑夜里等待着什么,不知道那将会是什么。美国梦,就这么开始了……

黑棉絮

岁月给我们留下的童年记忆，怎么也无法抹去，刻骨铭心。

我和瑞华大院里太多的孩子一样，"文革"开始不久，父亲就去世了。在没有父亲的日子里，一步一步试探着往前走，四周似乎开始变成一个填不满的黑洞。大家都有这样的体验，可是相互之间从来不交流这份感受。当我从侧面看着他们的眼睛，就立刻发现，大家的神情是一样的——眉毛紧锁着，眼神里面流露出一份猜疑、一份怨恨、一份不安，更多的是一份恐惧。

我们都被"革命"吓坏了。我们不是不敢说，是我们自己也没有弄明白这一点。我们惧怕得厉害，于是经常成群结伙地在院子里狂奔，疯疯癫癫地嚎叫，看上去比谁都开心。邻居说我们成野孩子了。现在我才刚刚明白，那时候我们实在是害怕到极点，连家里的墙壁都不敢面对，因为那上面刷满了批判父母的大字报，或者是毛泽东语录，那充满杀气的文字，逼得我冲出屋子。在院子里，我们大喊大叫，不是因为我们想变成大人说的"野蛮小鬼"，不是！是因为用这样的方式，我们可以发泄内心的恐惧！那种惊恐的感觉，我至今都表述不清。等看见女儿出生的时候，我才终于对她说：

我和你爸爸，一定不会给你一个恐怖的童年！

一定！决不能让晶晶重复我们的童年！首先，晶晶不能没有父亲！

我十四岁那年，父亲被批斗以后，跌跌撞撞地回到瑞华公寓，脑溢血发作，抢救无效，当晚就去世了。那是1968年的事情。那时候，我们太小了，对生活没有认识，总觉得自己很成熟，所以最敢谈论的，就是死亡！

随便什么时间、场合，我们靠在那里就开始设想，怎么自杀才不会痛苦。

吃安眠药，睡着了，那就没有痛苦了。

谁说的，据说安眠药吃多了，会口渴，会睡不着。

那开煤气自杀。

不行不行，万一要着火了，烧死就太可怕了。

上吊，肯定死。就是，吊死鬼的样子，难看死了。

他们说，先吃安眠药，然后再吞水银，一定就睡过去了。

到哪里去搞水银啊？

买一个体温表，打碎了，里面那一点点水银就够了。

有人这样死的吗？

好像四号楼，就有人这样自杀的……

说到这里，我们都沉默了。

这都是在瑞华公寓里发生的事情。不知道怎么回事，当我不再年轻的时候，回想这些往事，感觉更加害怕，于是就特别想逃离瑞华公寓这个地方。可是它还是混杂在关于上海的印象中，刻在我的记忆里。

瑞华，在常熟路上。1949年以前，这条马路叫善钟路，为什么取这么一个名字？听瑞华开电梯的老伯伯讲过，瑞华是二十年代上海一个大富豪为讨好他的姨太太而建，大楼是请外国人设计的，连建造都请了外国人。作为礼物送给姨太太，就用姨太太的名字取为"瑞华"。大楼建成后，一直租给外国人。老伯在这里为外国人开了一辈子电梯，和妻子养育了六个子女，他们一直住在瑞华汽车库边上的小房子里。正对着我们瑞华的五原路，原来叫赵主教路，因为那里有一个小教堂。在我们这条路上，瑞华像一棵千年老树，从上个世纪初种在那里之后就再也不动了。即使墙壁上糊满了大字报、标语，可是在那些纸头后面，本质的东西不会改变。1949年以后，这房子就属于市委，是科处级干部住的机关家属大楼。现在，早已名存实亡。改革开放后，很多人家买下了居住权，住在底层的人家，把房子或租或卖给别人，沿街的后墙被打开了，开了很多小商店，只有大院还完整无损地存在着，没有违章建筑，院子还是中规中矩的样子，草地枯萎了，大树依然挺拔地升向天空，楼顶上，更没有被任何广告牌和霓虹灯遮蔽过。

小时候，家家户户的房门都是不上锁的，等到过节的时候，我们都往九楼的人家跑，反正大门敞开着，穿过他们家的厨房，我们就可以站在屋顶上看焰火。我们可以一眼望到外滩的高楼。如今视线被四周升起来的大楼挡住了，即使这样，瑞华公寓依然是常熟路上的一个地标，鹤立鸡群地杵在那些现代化的建筑群里。方格子的钢窗，凹凸不平的大理石厚墙，上面雕刻着图案，四栋扎扎实实、老派的十层高楼连在一起，那架势，让周边所有的新大楼相形见绌。

外公家被抄家以后，我们家就完蛋了。

一个潮湿又寒冷的早晨，天灰蒙蒙的，我还睡在被窝里，记不清妈妈是怎么出门的。她没有打招呼，没有告别，也不知道她是不是去市委上班，只是她这一走，就再没有回家。夜里，我假装关了灯休息，但是只要听见楼道里有一点响动，就朝门口冲过去。半夜的时候，似乎是电梯关门的声音响了。电梯早就停运了，怎么会有声响？我又踏进过道，突然听见爸爸在说：

小莺，睡觉去吧，你妈妈今天不会回家了。

妈妈会给他们抓起来吗？

情况没有那么严重。她今年才三十六岁，大学没有毕业就参加革命了。

那时候，她参加革命的时候几岁啊？

1949年初去的解放区……应该有……她三零年生人……

妈妈才十八岁啊！

比十八岁还早，她读医学院的时候，就加入上海地下党，给解放区送药。她是有贡献的。

可是，外公家是有问题的。

你外公家，也没有什么大问题。他不过是一个开私人诊所的外科医生，没有政治背景。再说，他都去世三年了。不要瞎想，快回去睡觉。

我就这样光着脚，站在爸爸的卧室门口和他说话。可是一回头，发现比我小四岁的弟弟，光着脚，身上裹着一条毛毯，也在听爸爸说话。爸爸说了那么多，说得很有逻辑。我知道，他也在等妈妈，想得比我更多、更有道理。于是，我对弟弟说：

我们回去睡觉吧，妈妈不会有问题的。

可是这一等就是两个星期过去了，一点消息都没有。家里的灯变得越来越暗，爸爸面壁而坐，很少说话。有一天晚上，他让我去瑞华公寓另外一栋大楼，几个在市委机关党委工作的邻居那里，向他们打听妈妈的消息。我跑到一家常有来往的叔叔家敲门，他一开门，看见我，还没有等我开口，立即把门关上了。我知道事情严重，赶紧又去一号楼。那时候，电梯停运了，我一口气跑到七楼，是他家保姆开的门。看见我以后，她没有让我进去，只说了一句：

你在门口等一下，我去问问我们家陈同志。

一会儿保姆出来了。

我家陈同志说，是你父亲让你来的吧？

是……

陈同志说，让你父亲到机关老实交代问题去！

我回家转告了父亲。他深深地叹了口气，然后努力从凳子上站起来，似乎要去机关似的，可是他已经有过三次小中风，动作很不灵活，他想用手抓住椅子的靠背，却拉住了自己的裤子，还没等站立起来，又倒在椅子上。父亲喘着气。

你……你到机关去打听打听吧！

我不敢！

爸爸的身体情况越来越糟，一直在照顾爸爸的保姆——小兰阿姨，她也害怕起来。走在院子里，别人家的保姆就会议论我们家的事情，组织上找她谈话，要她揭发妈妈的罪行。小兰阿姨虽然什么都没有说，可是她越来越紧张，最后决定离开我们家，就辞职走了。我开始羡慕起小兰阿姨，她想走就可以走，我多希望，我也可以逃离瑞华！三顿饭只准窝在家里做，真是憋闷

1960年，我们的全家福

死了。我跟爸爸说：

我们去吃食堂吧。

好的，食堂就在院子对面的汽车间里，下楼就是，很方便的。

我从食堂打饭回家，父亲转过身来，黑暗的屋里，就看见他两眼放光。我走到父亲面前，他的目光依然是怔怔的。

爸爸。

他的目光越过我的眼睛，直视着墙上的毛语录。突然，爸爸说的话吓了我一跳：

看来，真的要出事了！

出什么事啊？

你妈……

妈妈怎么啦？

还是没有消息，我今天去了银行，家里的存款，也让他们单位给全部冻结了，还把我的工资扣了一半，我在想……以后的日子……

为什么要去银行？

你弟弟想要一辆自行车……

都什么时候了，他还在想什么自行车。混蛋！

我愤怒透了，爸爸竟然还这样迁就弟弟，我知道，他重男轻女，儿子才是刘家的命根子。当初他就对我说过：你一个女孩，就不要上大学了，多做做家务吧！

想到这里，我没头没脑地大叫一声：我不要做家务。

我做不动啦……

爸爸没有明白我的意思，竟然说了这么一句话。我听了，又觉得爸爸太可怜了，我委屈极了，坐在厨房门口的小板凳上，哭了。爸爸用左手歪歪扭扭地开始写了几页不成字，不成行的材料，他拿起来看了看，对着墙壁在那里自语道：

要我写，我写不出别人什么来，总不能捏造？！还告诉我，市委机关要我去看有关你妈妈罪状的大字报，说她是反动官僚的孝子贤孙，又说她是漏网右派……你妈幼稚啊！工作这么勤奋，家都不要了……

我没有接话，越想越绝望，眼泪怎么都止不住地往下淌。心，就像上面挂着一个大大的秤砣，死死地往下坠，好沉好沉。

1968年6月18日清晨，父亲一瘸一拐地去出版社汇报思想，揭发问题。我看着他一步一歪地走出家门，那斜斜的影子贴在墙壁上，像一张黑手伸向我们，我甚至想把那影子扶正，可是当我靠近影子的时候，它已经消失了。

十点半左右，朝东的屋子，没有了阳光。我觉不出这是夏天，我想站立在太阳下面，那样会比较真实。我走出大楼的时候，一股热浪向我扑来，像一巴掌打在脸上，狠狠的、热乎乎的，我反倒感觉踏实很多。我冲到楼下院子里看着大门，突然希望看见爸爸回家。我又跑到食堂打饭，打算给爸爸准备点好吃的。一走出食堂，真的看见爸爸转进院子，走到四号楼门口了，他手里还拿了一包用油纸包的熟食，那是他刚从永隆食品店买回家的。我像久别重逢似的迎上去。爸爸说：

今天不要吃食堂菜了，这里有油爆虾，叫你弟弟一起回家吃中饭吧！

我搀扶着他上楼回家。停在家门口的时候，他又说：

他们斗我，我累了，快点吃饭吧。

我赶紧把熟食打开放到碗里，送到爸爸面前，还没来得及跑到院子去叫弟弟，爸爸已经用筷子夹起一只虾来，手抖着把虾往嘴里送，没等送到嘴边，筷子和虾一起掉在地上。

我……我……扶我上床吧。

爸爸无力地说着，我吓得气都喘不过来，还没有走近爸爸的时候，自己在桌子边上摔了一个大跟头，我看见油爆虾全部被打翻在地，我的脚正踩在油爆虾上。顾不了那么多了，我赶紧扶爸爸到床上，这时候他开始吐白沫。

爸爸，坚持，坚持住！我去叫救命车！

他已经不能说话了，却摇头示意我"不用"，又用手拉着我的衣角，然后指着他衣服的上口袋，想说什么却说不出来。

爸爸，坚持住啊！

我飞一样地跑了出去，我要找电话叫救护车！那年头，瑞华有电话的人家几乎都完蛋了，单位早就把电话给拆除了；只有公用电话，那个电话设在五原路上。来不及啦，就到二号楼五层徐景贤家去借打一下。欣星家和徐家住在一个单元里面，是邻居，我猛地推进门，大叫：

我爸爸不行了，要打电话叫救命车！

欣星也顾不上这一切了，推门就闯进徐景贤的房间，立刻帮我接通了电话。

我又跑回家，很快救护车就到了。楼下的几个男生都帮着抢救，用床单裹住父亲搬到担架上，从二楼一直抬到救护车上。突然，一个男孩甩着湿漉漉的手臂，大叫起来：

你爸小便出来了，没救了！

你胡说！

我嘶喊着，几乎要和他们打起来。

救护车呼啸着，往广慈医院方向开去。

我跟着救命车跑啊，跑啊……一边跑，一边听见旁边骑自行车的人跟我开玩笑：

35

小姑娘，准备进体校啊？

我还没有反应过来的时候，一抬头，发现自己跟丢了，救护车不知道在哪个道口转弯，消失了。身上一分钱都没有，于是，我跑跑停停，不知道什么时候，鞋子也跑掉了一只，但我还是找到了医院急诊间，只看到一个护士拿着一只信封，指着躺在那里的父亲对外面大叫：

家属是谁？有人吗？

是——我！

我靠在急诊室的墙壁上不停地大喘气，再也说不出话来。护士走上来，把一个信封交给我。

这是在病人上衣口袋里发现的，拿去吧！

我爸爸没事吧？

护士面无表情地接着说道：

你父亲大面积脑溢血，活不到明天了。可以回去准备了。

这是一个什么样的世界？有说话这么恶毒的？现在让我回想起来都觉得害怕。一个社会，就如此直接地把一个十四岁的孩子，推到父亲的死亡面前。我们都变得"坚强"起来，我非常理智地转身，离开广慈医院后，又跑到不远的绍兴路上，我已经把另一只脚上的鞋子也脱掉了，光着脚拼命地跑。那里是爸爸的工作单位，早上他还去过。我使劲敲开铁门，对里面的人大声叫喊着：

我父亲脑溢血，医生说他不行了。我要见我妈！

他们好像都有准备一样，更加冷静地对我说：你回医院去吧。

我回到急诊室，守在父亲旁边，他一直闭着眼睛。只看见他的脸在一点一点失去血色，像他村子里吹来的灰沙，慢慢地爬上他的脸颊。像飞机里看见的乌云，那黑棉絮就是这样一缕一缕被撕开，然后堵住人的血管，把生命往死里送。出版社的人来了，他们看了看父亲，就去和医生说话。一直到黄昏六点左右，市委机关造反派押着妈妈来了。妈妈还是那么漂亮，苍白的脸，清晰的五官，皮肤像大理石一样光洁。现在想来，她还毕竟只是一个三十六岁的年轻女性啊！她衣服是破烂的，但是洗得干干净净。她走在造反派的前面，像是电影里要去赴刑场就义的女英雄。她没有朝我看，也没有四下张望，就径直朝爸爸的担架床前走。她没有和爸爸划清界限，开始大声叫唤着爸爸的名字。

看得出，父亲用了很大的力气才睁开了眼睛，看到妈妈，爸爸的眼泪迅速地淌了出来，他不能说话了，但是脑子还是清楚的；他两眼紧紧地盯着妈妈，眼泪不停地流，妈妈努力憋着，还是控制不住，眼泪就像是断了线似的往下淌。我站立在那里，既不流泪也不说话，像是一个可怕的暗示。妈妈回头对我说：

你回家吧，这里有我。

我想起护士给我的信封，打开看了看，里面有两百元钱，还有一张小纸条，爸爸在上面歪歪扭扭地写了几个字：给小弟买自行车。

我眼前的字迹模糊起来。我冲出医院，一屁股在马路边上坐下，把头埋在双膝之间，失声痛哭起来。

天，完全黑了。街上的行人越来越少，医院门口的救护车一直发出尖利的呼叫，一刻不停。我听着害怕，慢慢地起身，朝邮局走去。我要给爸爸的四弟打电报。他是由爸爸支付全部费用读完的大学，我们都管他叫四叔。他已经从江苏电力学院毕业了，现在在安徽宿县华东电厂做技术员，一直很感恩。

第二天大早，四叔就从宿县赶来，连口水也没有喝，扔下行李即刻去了医院。快到中午时分，他眼泪一把鼻涕一把地抹着，从医院回到家里。

我没有送到二哥，没有。

爸爸死啦？

人在清晨的时候就走了，我只能去太平间看二哥了。

我愣在那里，脑子里一片空白。

妈妈呢？

你母亲，已经被造反派押回机关了。

我们全都说不出话来，四叔朝爸爸的卧室走去。他四下打量着，翻开箱子看着。

四叔，你找什么？

后天会去万国殡仪馆。快找一件好点的衣服，大殓的时候给二哥穿上。

我还是愣在那里。这是我第一次听见"大殓"这个词，还不明白是什么意思。

哪个是二哥的箱子？

这个。

我帮四叔打开了箱子，在里面翻来找去，终于找到一套父亲难得穿的中山装，毛料子的。四叔拿起衣服看了看。

就穿这件吧。

1968年6月20日清晨，四叔带着我和弟弟到殡仪馆。

父亲躺在像担架一样的床上，已经被推了出来，妈妈独自一个人站在他边上哭，周围站着几个造反派押着她。我上前向父亲深深地鞠躬，向他告别；父亲像睡着一样，脸上化了妆，显得有点血色，嘴闭得紧紧的，像是在微笑，比他活着的时候要好看很多，也温和很多！我第一次仔仔细细地端详着父亲的脸：方方的、坚定的轮廓，眼眉之间是坦白的、浪漫的，也是异想天开的；鼻子挺挺的，下面是宽宽的嘴，好像对自己匆匆离开这个世界表示认命的样子，妈妈能赶来给他送行，他显得很高兴。很快父亲就被推进去了。这就是全部的仪式，没有其他的亲朋好友过来，就是我们一家四口和四叔，没有人在那里讲话、致辞，更没有什么哀乐、花圈，就是一块白色的被单，遮住了父亲的全身。殡仪馆工作人员要妈妈去选骨灰盒，一个造反派上前不客气地推开殡仪馆的工作人员。

跟家属去谈，我们要把她押回去了。

赶在妈妈离开之前，四叔追了上去。

乡下的二老，该怎么向他们交代？

妈妈开不了口，朝造反派看了看。四叔赶紧又问：

有没有抚恤金啊？包括赡养父母的？

妈妈张着嘴,停顿了好一会儿,结结巴巴地说道:

你看我现在这样……这就押回去,关起来了。

我立刻想到了那个信封,装了两百块钱的信封,把它交给了母亲。

这是爸爸留下,给弟弟买自行车的。

妈妈接过信封,对四叔说:

现在身边只有这点了,家里的东西,还有二哥的,你看,有用的就全都拿走吧……

造反派突然警觉地推了妈妈一下,说:

你什么意思?是暗号吗?

妈妈的话还没有说完呢,于是也没有最后的告别,人就被押走了。我回头看去,身后就是一堵死死的墙壁,没有花圈,没有挽联,也没有爸爸的遗像,只是一间空洞的屋子。追悼会在妈妈被押走的时候,就算是结束了。爸爸不在了……

四叔满脸的怒气,一路没有跟我们说话。一踏进家门,他就对我说:

不是你妈的问题,二哥不会这么快就死的。看看你妈妈,从来就没有好好地照顾过你爸!二哥怎么那么糊涂,找你妈这样一个老婆,除了漂亮,还有什么用?

这就是我们的日子,过不下去啊,到处都是怨气,到处都是仇恨,互相指责、互相埋怨。我也抱怨啊,怨我怎么没有出生在一个工人阶级家庭呢?我不要住在家里,东西你都拿去,爱怎么处理就怎么处理吧,拿光才叫好呢!四叔在家住了两天,就是认认真真在那里打理爸爸的遗物,把他认为可以带走的,打了整整三个大旅行袋,还有两个满满的小包。围着那堆行李,我跟四叔说:

爸爸最舍不得的就是弟弟,他才十岁,你带他去安徽过,好吗?

四叔没有说话,我立刻又补充了一句:

我一定会去市委机关要钱的。有了钱,就去安徽宿县接弟弟回家。

四叔同意了，带着弟弟走了。

他们才上了15路无轨电车，市委机关造反派就来了。他们冲进家门，什么都不说，先把家里的书橱全部贴上了大封条，又把爸爸妈妈的卧室也贴了大封条。我着急了，大喊起来：

等等，让我把我睡觉盖的被子拿出来啊。

我卷了一床小被子，不去看他们在干什么了，就走到后面的小间里，面对着墙壁，像爸爸那样坐着。没过几天，我连买食堂饭菜票的钱都没有了。

故　土

　　在六塘河两岸的沙滩上，丛生着茂密的、像一堵绿墙似的芦苇，宽阔的、密密层层的苇叶，互相交错地织在一起，把明镜般的六塘河深深地隐掩在里边，以致帆船经过时，人们也只能看见白白的帆顶在苇梢上缓缓地移动……

我没有再念下去。我听见了轻轻的鼾声，欣星睡着了。
唉，你怎么睡着了？
啊……没有，没有，我在听你念呢。
你都打呼噜了，还说没有睡着，不念了！
不念就不念，不好听嘛。
是你自己说，要我念我爸爸写的小说给你听的吧。
我哪里知道是这样的……
什么样的……
嘿嘿，欣星噘着小嘴，用她一贯的表情，在那里偷笑。我气得看都不看她，拿着爸爸写的书走了。
小莺，不要生气啊。借给我看看吧。
不借！
我冲出门的时候，正赶上电梯停在那里，便冲进电梯，不跟她啰唆。

这是很久很久以前的事情，那时文革还没有开始。但是，我心里一直很庆幸，在瑞华有这样一个朋友。实际上，大院里，每家都有一大群孩子，可是我们互相都不怎么来往。欣星八岁的时候，她妈妈生病去世了。欣星家很特别，就她一个孩子，所以，从小父母都很心疼她。因为她妈妈的去世，爸爸跑到我们东湖路小学，那时候我们的小学是一栋私人住的小洋楼，教室也不是正规的那种，我在楼梯的过道看见欣星的爸爸，一个老大的个子，弯着腰，可怜巴巴的样子，在跟几个小朋友说话：

你们都是好孩子，跟欣星很熟哦？看见其他的同学，都跟他们说说，这几天，跟欣星玩的时候，就像什么事情都没有发生，不要在她面前提"妈妈"两个字。家里就她这一个孩子，没有人陪她说话，陪她玩，妈妈又不在了，你们都多跟她玩玩啊。

小朋友都没有说话，我跑到欣星爸爸面前。

我会陪欣星玩的！

好孩子，欣星就托给你啦！

好！

然后，她爸爸还是不放心，又跑到老师的办公室，希望老师关照大家：不要盯着她手臂上的黑纱看，她会伤心的。

这以后，我就拉着欣星的手，放学一起往瑞华走。走到瑞华的时候，只看见爸爸，拖着皮鞋，在院子里拼命地转圈子，不停地走啊走。院子里的小孩在笑话我爸爸。我把头低下来，等我快到三号楼的时候，有人在叫喊着：

你爸爸脚上戴手表啊！

走路是这样的。

另外一个男生一边学着爸爸走路，一边笑话着，假装撞在我身上。欣星狠狠地推了那个男生一把：

你干什么撞人？

我学她爸爸走路！

他说完，四周的孩子都在那里大笑起来。那时候，欣星的手，还是紧紧地拉着我。她悄悄地问我：

你爸爸为什么不把鞋子和裤带扣好啊？

爸爸今年又中风了一次，右手已经不能握笔写字了。他穿鞋就特别费力气，连系裤带都不行啦。他脚上戴的不是手表，是降血压的仪器。

你爸爸，为什么还要写呢？

他是作家！

可是他生病啦。

爸爸说，生病也要写，要写到最后。

什么是最后呢？

就是倒在书桌前。他现在都在练习用左手写字呢！

爸爸第一次中风，是在1956年前后。怎么那么年轻就中风了？如今，我怎么也想不通这个问题。那时候，爸爸连三十岁都不到啊。市委决定送爸爸去苏联疗养，但是爸爸不去，他就是要留在国内。他说，离开了这片土地，他就写不出东西了。1957年，作家峻青从苏联访问回来的时候，特地来看望爸爸，送上他刚出版的新书《欧行书简》。爸爸第二次中风，是我上小学一年级的时候，他总觉得自己的来日屈指可数，用左手写字又嫌太慢，于是出钱请一些在读大学的中文系学生到我们家来，他口述，让他们记录。但这样还是不能让他满意，他就开始练习用左手写，再让妈妈帮他修改，最后是大学生帮他誊抄。

那都是1961年的时候了，可这些大学生还是很穷很穷的。他们上我们家来的时候，一进门，就把鞋脱了，光着脚走进屋子。爸爸说：

穿上鞋，不要脱。天冷，光脚踩在地板上要着凉的。

没有关系，地板很干净的，我就是想省着点穿鞋。

有的大学生，是穿着草鞋来的，他们依旧把草鞋脱下来，放在门边上。爸爸按照抄写的字数给他们算工钱，可是到最后，总是多付钱给他们。父亲对我和弟弟说：

他们都是从福建农村来的。乡下很苦，在城里读大学不容易啊。

他们读的是什么学校？

华东师范。因为读师范，就不要交饭钱了。

我和弟弟似懂非懂地在那里点头。但就是从那时候开始，我知道，生活里穷人还是很多很多的——就算大学生也是很穷的。

和外公家比起来，爷爷家要破败得多。外公的房子在淮海路附近的雁荡公寓里，家里没有人弹琴，却在客厅里放了一架立式钢琴做摆设。沙发前，是一块小小的波斯地毯，还有那些漂亮的意大利玻璃器皿。虽然爸爸说，爷爷是泗阳县刘集的地主，可是他们的穷困是我没有想到的。还没有走进村子的时候，远远的，父亲指着一溜土坯房告诉我和妈妈：

这，就是爷爷家。

房子是用土垒起来的，屋顶上盖的全是稻草。据说他曾经雇了二十多个长工，自己从来没有务过农，是个熟读四书五经、五谷不分的秀才，在刘集一带的自然村落办私塾教书。抗战的时候，泗阳县地区是新四军的抗日根据地，爷爷是当地的开明绅士，坚决支持抗日，在地方上很有号召力，奶奶还是抗日妇救会的主任，所以土改的时候，虽然田地都给没收了，却没有把爷爷拉出去杀头，土坯房子也都给他留下了。那时候，看见爷爷的房子，看见爷爷，还看见爷爷穿的破破旧旧的老棉袍，脸上像刀刻的皱纹，我心里好伤心：爷爷怎么能算是地主？他过得那么苦啊！

爷爷，刘须勋(字慕尧)，爸爸从小就是受他的教育，读私塾，要抗日。所以，十四岁的时候，他就跟着大哥刘冬去新四军当红小鬼了。到1951年的时候，父亲只有二十出头，已经发表了很多作品，这是妈妈最崇拜他的原因。父亲成为母亲在革命道路上的榜样。我想起爸爸描写老家的句子。

> 站在山坡朝下看，这块土地真像一块美丽的彩色印花布。现在已经是寒冬腊月的天气，白雪把果木树披上白银似的舞衣，使这些光滑滑没有了绿色的树木，又变得这样好看。
>
> 这儿的土地因为靠近大沂河，所以非常肥美，秫秫穗头长得像牛角似的，小麦棵子长到肩膀高。自土改以后，家家都富足起

来了，村上的合作社、互助组，组织得有条有理。为了文化翻身，庄上除了办一所村学，还组织了读报组、识字班、农村剧团，日子眼看一天美好过一天……

我站在刘集的山坡上，怎么我看见的，跟爸爸描述的全都不一样？解放都这么多年了，爷爷家还是那么破破烂烂，穷得可怕。土地都开裂了，大田里种的东西东倒西歪的，都快死了。一片一片的田野，就像一个生病的大乌龟背，有气无力地趴在地壳上。歪歪扭扭的，地面上垂着一些秧苗。奶奶裹着小脚，站在村前的大槐树下，从大襟衣服的扣子上扯下打着补丁的手绢，拍打着身上的灰尘，然后不停地在那里擦眼泪。村口的风沙很大，风刮起来的时候，四周什么都看不见。哪里有爸爸描述的"彩色印花布"啊，分明是块烂棉絮扯在上面！

等我们从沙尘飞扬的路上走近奶奶的时候，村里围上来很多姓刘的七大姑八大姨的，我听见最多的议论是：

刘家的媳妇长得怎么那么漂亮？

像戏台子里的人。

你看她的皮肤，白得都透明了。

眼睛水灵水灵的，那么大。

那是刘家的孙女，那可不好看！

我知道他们在议论我，一扭头，跑远了。但是，还是忍不住朝妈妈望去，天哪，我从来没有发现，妈妈真的像他们说的，站在村子的人群里，真像是从戏台子上走下来的女人，好漂亮啊！妈妈笑着，给奶奶鞠躬，那姿势也像是做戏。她又跑来拉住我，要我赶紧学她的样子，向周围的老乡行礼问好。终于，我被妈妈拽着，别别扭扭地走到爷爷家。在一大堆土墙茅草房前，分不清有多少间，爷爷戴着老花镜坐在客厅里。他没有走出家门，穿着棉长袍，端坐在前屋看书写字。他的写字桌又大又破，上面堆放了许多线装书、砚台，还有一排吊起来的毛笔；屋子里，除了桌子上的文房四宝，四处都落满了灰尘；一墙壁一墙壁的书架子，上面都放了线装书。爸爸带着我和妈妈进屋的时候，爷爷把椅子往后挪了挪，我们向他行礼问好，爷爷只是朝我们笑笑，点点头，连声说：

好！好！

爷爷显得很有威严，周围的人好像都有点怕他。他摘下老花镜，拉了拉我的小手。他的手很暖和，软软的，和奶奶粗糙的手完全不一样。我好奇地看着爷爷的手，白净白净的，手指细细长长，像一个女人的手。

爸爸一直说爷爷是很有学问的人，就是给他们起的名字也是有讲究的。父亲家的四兄弟，就是"东、南、西、北"的意思，于是大伯叫刘冬（东），二伯叫刘楠（南），爸爸刘溪（西），四叔刘柏（北）。二伯十六岁那年，在村子的河里游泳，溺水死了。这几个儿子一直是爷爷手把手地教会了他们读书识字。

奶奶的小脚在院子里一瘸一瘸地走着，妈妈跟着孩子一起招呼她：

奶奶，快歇歇，我来弄啊。

奶奶笑得可开心了，还指挥着几个人准备好了吃饭的小桌，上面有玉米面贴饼子，花生、玉米、小米和高粱混在一起熬出来的大茬子粥；婶婶端着咸菜、花生米，还特别为我们做了一盘韭菜炒鸡蛋，我看着婶婶摘下了新鲜的韭菜，放在水盆子里，稍微涮了涮，就拿去炒了。村子里缺水，所以用水非常节约。这是桌上最高级的菜！

小孩拖着鼻涕满院子跑，小狗追在他们的身后；妇女抱着光屁股的婴儿，乡里的男人举着烟袋，都跑来看我们吃饭，里三层外三层围得水泄不通。我坐在一群人的脚边，妈妈往我碗里放了一张贴饼子，又放了一块咸菜，让我赶紧吃饭。我连气都透不过来，哪里还想吃饭。只有爸爸，他不吃，又兴奋又大声地和乡亲说话。我很少看见爸爸这么快乐，在家里的时候，他常常皱着眉头，不跟我们说话，要么就是低头写他的东西。这会儿，爸爸问这问那，把上海带去的水果糖、饼干，都分给了周围的老乡和他们的孩子。然后，他端起一碗大茬子粥边喝边嚷：

家乡的饭就是香！

我不知道自己吃了什么，只看见爸爸高兴地吃着饼子，听见他嘴巴发出沙罗沙罗、吧嗒吧嗒的声音。天，渐渐暗了下来。我愣住了，从爷爷家的院子里，看见一个巨大的月亮，大得把整个村子的天空都遮蔽了，金黄金黄的。我从来不知道月亮会有这么大，它几乎就贴在爷爷家的房顶上升起来了，我尖叫起来：

好大的月亮啊！

妇女看着我都笑了。

奶奶说：城里的孩子，看不见大月亮。

父亲给自己小说设计的封面

爸爸和妈妈没有注意我，还在和乡亲讨论他小说里的人物。周围的人没有散去，奶奶把煤油灯拿了出来，放在饭桌上，然后牵着我的手，让我去房里睡觉。

我躺在铺着草的床上，在漆黑的、弥漫着干草味的屋里，眼睛大睁着就是睡不着，看着土墙上方的小木窗外，月亮远去了，变小了，但是泄进来的一点点光亮，还是那么明亮清澈。我睡在那里，却想起了上海的香脆饼，还有奶油蛋糕。还是上海好。迷迷糊糊的，到了下半夜，我还听见爸爸在院子里说话。所有所有这些回忆，都让我非常难过。我到了这么穷的地方，吃得这么差，我的爷爷，怎么会是一个地主呢？越想越难过。爷爷应该算是一个读书人吗？怎么爸爸妈妈都是在那么坏的家庭里出生的？我以后的日子，是再也没有希望了。

当一阵柴草的味道飘进屋子的时候，天，已经大亮了。我刚刚睡醒。

婶婶进屋要帮我穿衣服，我说：

我自己会穿的。

哎呀，你妈多勤快啊！一大早起来就下大田劳动去了。她哪里是干活的人，长得这么漂亮，日头要把皮肤晒坏的。

听婶婶说话，我好生奇怪，她怎么不下大田去劳动呢？后来妈妈悄悄地告诉我：

这个乡下婶婶，是爷爷奶奶给你刘冬大伯，就是你爸爸的哥哥娶的，是包办婚姻的原配妻子。你大伯和她生了两个儿子，说和她没有感情，参加革命后，在解放区担任淮海报社总编辑，和在那里共事的女编辑产生了感情，有了真正的恋情，提出和婶婶离婚。婶婶人不错，她都同意啦！是爷爷奶奶不同意，爷爷给婶婶跪了下来，说是"我们刘家就认你这个媳妇，那城里的女人，和我们刘家没有关系。只要我还活着，就不会让这种女人进门"。所以大伯和婶婶没有住到一起，婶婶硬是被爷爷奶奶留住了。爷爷奶奶死活不认新婶婶。

新婶婶，是什么样的女人？

也是革命干部啊。

那爷爷为什么不让她进门？

大伯和新婶婶是自由恋爱。那是爷爷说的气话。

大伯，就是那个1937年就参加了革命的？

是啊，1942年，日军大扫荡，那是抗战最艰苦的时期，他把正在读私塾的二弟——就是你爸爸，那时候才十四岁，还有比你爸爸大一岁的大姑一起带进抗战队伍的。

十四岁？那么小啊？

你爸爸，可勇敢啦！他为地方抗日组织递送情报，是泗阳县穿城区地下交通站站长。

妈妈说这话的时候，满脸放光。

大伯现在干什么呀？

在南京，是江苏省社科院的领导。新婶婶和大伯生了七个儿女。

又生了七个？

不要叫！你大伯喜欢孩子。爷爷奶奶真的没有让新婶婶进过刘家的门。

后来，婶婶服侍了爷爷奶奶一辈子，为他们送终。婶婶也是裹着小脚，人很好，家里家外的事她都包了。我在爷爷奶奶家时，不太见她出房门，偶尔出来见到我们，也只是笑笑，很少说话。婶婶和大伯生的两个儿子，说来也是争气，在六十年代初，分别考进了南开大学数学系和南京水利学院。

大伯的"编辑太太"在九十年代初过世了，没有想到，他们家七个子女都希望把父亲的原配，就是大婶婶接到南京来住。孩子们都理解了那个时代，理解了父辈。老大说：

大婶婶真不容易，一辈子就守着刘家，还给爷爷奶奶送终了。

老了，让她和爸爸复婚吧，也算圆了她一个梦。

大伯这时候也老了，他同意了孩子们的提议，就托了大婶婶生的儿子带话过去。大婶婶一听到这个消息，没有多说什么，在刘集的老家，把破破烂烂的衣服收拾了一下，在家里的土坯房子前挂上一把大铜锁，让儿子陪着就进城了。那时候，村里人都为大婶婶高兴啊，说是"有情人终成眷属"！

大婶婶和大伯虽说是复婚了，可他们是分房住、分床睡。不过，孩子、大伯都和大婶婶合得来。那一家子，过得很和睦。大婶婶做的饭，大家也喜欢吃。开始的日子，真是觉得快乐。可是没过多久，大婶婶又在那里整理东西，老七偷偷地问：

大妈妈，你要走到哪里去？

大婶婶不说话，就是不停地叹气。

老七跑去找父亲。大伯跑到大婶婶的屋子里：

不舒服？想老家啦？

大婶婶看着大伯，眼泪唰唰地往下淌。大伯也不说话，就觉得自己欠她太多，大婶婶估计是要耍点脾气，那就让她耍吧。可是，谁都没有想到，大婶婶惊恐地跟大伯说：

我连着两个晚上都梦见你媳妇啦。

大伯还是不说话，他知道大婶婶指的是七个孩子的母亲。

我梦见啦，你媳妇就是挂在这墙上的照片。那照片动了，她跟我说话，她说：这是我的家，这是我的家，你走！你走！！我哪里是要来跟她抢这个家，我是要来好好照顾你们，给刘家尽孝啊。我也是没有几年的人了……

大伯无奈地跟她说：不要瞎想。人走了，不会跟你说这些话的。

我真的看见啦，你们不信这些，我哪里会骗你啊。

大婶婶害怕极了，她说，我这辈子都不跟人争什么东西，都老了，怎么还会来抢人家一家子呢？于是，最终还是打了包，又让亲生儿子把自己送回乡下去了。回乡的第二年，她在刘集老家的土坯房里去世了。

大伯，就一个人过着，在2010年的时候过世了。

中午，妈妈赤着沾满泥土的双脚，回家吃中饭。奶奶心痛地说：

城里人怎么受得了这个罪？快收工吧！

妈妈笑着说：没事，我在这里三天，就下地劳动三天。

爸爸没有下地，白天带着我去看村边的大河，他激动地对我说：

我小时候水性可好啦，经常下河抓小鱼、摘莲藕，还会爬树、掏鸟蛋。参加抗战那会儿还是孩子，拿着红缨枪，在路边站岗、查路条。

爸爸，你说乡下好，还是上海好？

不一样。

我不敢再问，真怕他太喜欢乡下，把我们一家都搬到这里来住。爸爸是属于农村的，他写的故事，都发生在乡下。他经常对妈妈说：没有了生活源泉，怎么写得出东西？

但是他写来写去还是那些事情，什么"草村农业生产合作社，在一个美丽的山区里，由于严重的旱灾，庄稼枯萎了，增产计划眼看就要落空。社员们在党支部书记查红山和合作社主任李老和的领导下，与自私自利思想和保守思想做了斗争，终于取得了抗旱的胜利，超额完成了增产任务……"现在想起来，爸爸的故事，不也是瞎编出来的吗？这个想法，我从来没有和任何人说过，说不出为什么。爸爸出了不少的书，但我至今没有完整地看完过一本。

你妈怎么会看上你爸爸的？

欣星又在问我。瑞华的人都这么说。

我爸爸出版过很多的书。

我怎么没有听说过。

他又不是写给小孩子看的，你当然不知道！

爸爸还是拖着一条没有恢复的脚，在瑞华的院子里走着走着。有时候，走得很快，我问爸爸：

你为什么要出去穷走啊。

想到很多很多的东西，就是不知道怎么把它写出来。

都想出来了的东西，为什么还写不出来呢？

这是创作，光是想到了还不行，还要往下走。

走什么呢？

他不再回答我，就这么独自一人下楼，不和人说话，手背在身后，低着头紧锁着眉头，一圈一圈走着。有时候，院子里的风很大，我看见他的头发被风吹得竖起来了，可是他全然不顾，依然在那里走着走着……

只有到今天，我才猜想着，那走不下去的创作，会不会是他已经看见家乡经历的"大跃进"，进入了人民公社化，老家的生活越来越苦，老百姓饿得越来越面黄肌瘦？是不是他已经不能再写人的苦难了？可是欢乐……他寻遍周遭，没有感受到欢乐，他写不下去了？还有那恶狠狠的外公，他就从来说着跟爸爸、妈妈不一样的话。

一次，就是乘妈妈休假在家，外公是特为赶着这个日子来的，他就是要来教训妈妈的。他拄着拐杖，乘着三轮车在三号楼前停下，我正在院子里跳橡皮筋，一抬头，发现外公咄咄逼人地看着我，我顿时就像木头一样，人杵在那里动弹不了。他面无表情地给了我一包糖炒栗子，便上楼了，我都闻到了栗子香味，却没心思吃，送给了小朋友，匆匆跟着外公上楼。外公站在电梯门口，敲开了16室的门。他是从来不会走进我家大门的，但我却记得特别清楚，家门像一个镜框，把他和妈妈分割在两边。妈妈站在门内，外公站在门外一字一句对她说：

你不信我的话吗？还要去农村！什么"消灭了血吸虫"是骗人的鬼话！

那么革命的妈妈和爸爸，竟然就让外公在楼道里说反动的话，他们不敢批判他。外公似乎就是为了说这句话赶到我们瑞华的，然后他掉头愤然地离去。我缩在楼梯口，连家门还没有踏进，他已经下楼了。

那份惊恐是从过去一直延续到今天。在现实和真相之间，我们怎么"划清界限"？怎么判断好人坏人？我们该听谁的话？爸爸，外公的反动是有道理的吗？我不敢问他，他也从来没有在他的创作里表现过。我对小说的认识，就是要编，编得和生活完全不一样，这就是小说。一直到了美国，我待在纽约，看了加缪的《局外人》，怎么写得那么真切，那无心开枪杀人的小伙子似乎就是对街邻居。我被吓住了，我想起了爸爸，他知道小说是可以像加缪这样写的吗？我几乎要像爸爸那样，在大风里拼命地走，越来越不明白，不能按照自己的真实感受写作，那么作家存在的意义是什么呢？爸爸，你为什么还要继续写下去呢？爸爸要是还活着有多好啊，我一定会接爸爸到美国来，会想办法让他认识美国的作家，问问他们是怎么写作的。作品、人物，原来必须是从心里、从感情里流出来，他们从来不知道，写作是要去符合什么政策和领导思想的。

日子就这样被改变了。原先，记得妈妈在教我跳舞，我学着新疆人，在肩膀上摆动着脑袋，爸爸站在一边哈哈大笑着。可是，在院子疯走的日子里，爸爸完全不一样了。回家后，他面壁而坐，像丢掉了魂灵一样，在阴影里，他会说：

小莺，给我代笔，我要给泗阳老家写信，汇钱回家。

写什么啊？

说我日子不多了，写不出东西，我已经托付你妈照顾好他们老人家的……

我不写！

让你念古诗，你不念；让你写信，你不写。

什么古诗，又是《枫桥夜泊》，哭死人的，不念！

外人的记忆中爸爸不是这样的，这些回国的日子里，我在上海作协的文

档中,看见介绍"自学成才的泗阳籍作家刘溪",档案里是这样描述的:

> 自小生长在苏北农村,参加工作后也多在农村,熟悉农村人和事。所以,他选择以农村生活为创作素材,走山西赵树理等人的"山药蛋派"的创作路子,故他的作品皆是农民读者,他每部小说完成后,均会带回老家,读给老农听,征求修改意见,特别是《一簇野蔷薇》《草村的秋天》两部长篇小说初稿写出后,分别回老家两个月,特聘会讲故事又通文理的三位老农民做顾问,逐字逐句读给他们听,从人物对话到情节安排,故事编写,老农们提出了很多修改意见,还特地访问人物原型,让他对照作品中的人物,谈谈是否符合本人的性格和语言特色,常常逗得乡亲们哈哈大笑,他的小说尚未出版,家乡人已先听为快了。家乡人都说:"刘溪心里装着家乡人,是真正的农民作家。"

我的目光长久地停留在最后一行字上,这是第一次,我看见另外一种评述,看见了另外一个父亲,不由地对父亲更多了一份敬重!

穿士林蓝布旗袍的女生

女人真的不能漂亮吗？怎么一说女人漂亮，就变成了"漂亮面孔笨肚肠"？

都说我母亲是漂亮的，可我至今，都说不上我是否了解自己的母亲。她不喜欢说话。我都过了花甲之年，可是看见她，还是有点害怕，连女儿很小的时候，都会跟我说：

外婆总是很忙很忙，她吃饭都是站着吃的。

母亲很少和我们说话，她一直就在那里忙于工作，或者用她的语言来说，是革命的需要。如今，母亲的节奏，慢下来很多。她八十多了。可是，她还有很多活动要参加，还在给老年合唱团当指挥。有时，还要跑去南京看望她的老战友；她独自拿着小包，也不要人陪，就奔火车站去了。在家的日子，她总是坐在电脑前，也不清楚在查看什么信息。书桌上放着她大学时代的照片，一个穿着士林蓝布旗袍的女生，没有化妆。旁边随意放着的书本，常常把照片遮挡住了。

有一天，在给母亲整理书桌的时候，我轻轻挪开了那堆书，仔细看了看那张照片，突然感到吃惊：妈妈年轻的

母亲年轻时的照片

时候是这样的？这是过去的审美标准，那份漂亮里面，除了单纯还是单纯，这是大学生的照片？那份单纯，甚至显得很不真实。再仔细想想，终于明白问题出在哪里，原来是那漂亮的眼睛闪烁着一份明媚，一份安静，像个美国学生，不像是生活在我们中间的人。从小在我周围的小朋友，眼睛里都流动着焦虑和不安，还有就是对人的观察和怀疑，没有谁的眼神是像妈妈这样单纯的。谁要是一单纯，就会被视为愚蠢。可是，妈妈那一辈人，他们生活在一个没有人教育"阶级斗争"的家庭环境里。他们不比我们，我们早早就变得"具有了阶级觉悟""思想复杂"。直到今天，跟妈妈说话还是有一种困难——她依然是那么单纯！在一些我们司空见惯的问题上，比如社会上一些缺乏社会道德底线的行为时，她会惊讶得愤怒，好像她不是中国人似的；反倒是我们这些从美国回来的人，比她更适应国情。真累！

　　只有在经历了太多的事情以后，我才发现，我越来越想知道的竟然不是我的未来，而是我所不熟悉的过去。到了美国，我才知道，我们生活中有太多的事情，一直被掩蔽在大山的后面。似乎只有在认识过去的过程中，我才能找寻到生命的答案，才会明白自己的未来原来蕴含在往事之中。我成年以后，一直在质疑的，是父母当年的选择，特别是妈妈，为什么有那么好的日子不过……外公吴序新，在日本名古屋医学院取得医学博士学位后，就回上海开私人诊所了。四年以后，1930年妈妈出生时，外公已经是上海滩著名的外科医生，还兼任着南洋医学院的院长。外公还有一个职位，是妈妈不喜欢说的。外公曾任上海淞沪警备司令部卫生处处长，少将军衔。这是我偶然间在妈妈的"交代材料"里看见的。外公一家住在法租界的淮海路上。妈妈是含着金钥匙来到人间的；但是，金钥匙不见得就意味着幸福。

　　妈妈哪里知道那么多？家里很多事情是瞒着她的，就像家里有太多的事情瞒着我一样。妈妈不像那个时代大多数人那样，她不愁吃不愁穿，长得又漂亮，未来似乎就是属于她的。她学着美国电影里的秀兰·邓波儿在那里唱啊跳的，一去拉斐电影院（新中国成立后改称"长城电影院"），老板看到她，就大声叫喊着：

小波儿啊，不要钱，不要钱，进去看电影吧。

那时候，大姨正在务本女中读书，这是一所中国人自己办的女中；四岁的妈妈跟在大姨身后，跑去读务本附属幼稚园；等升到务本附小三年级时，外公一出去就医，妈妈就跷着二郎腿，坐在外公的书桌前，读起《西游记》和《水浒传》来。

家里条件好，她长得比周围的孩子都健康、结实。开始，班里的男生不知道她多有力气，上课的时候，就在她背后拽她的小辫子。妈妈回头跟男生说：

你不要拽呀，很疼的。

就是要让你疼啊！

妈妈瞪了男生一眼。后来男生又去拽她的小辫子，妈妈猛地站起来，跑到男生的背后，两只手紧紧地抓住男生的颈背，把他的头往下按，那男生动都不能动。妈妈严厉地质问道：

下次你敢不敢再拉我的小辫子了？

男生沉默着。

说话，不然我就不松手。

不——拉——了。

下课后，男生怯怯地跟在妈妈身后，妈妈向他招了招手：

我带你去打水仗！

妈妈像个孩子王，在自己家石库门的弄堂里开始"战斗"。她先把外公的大号针筒注满了水，再分配给男生，又招呼了对面邻居家的小孩。妈妈和舅舅结成一对，跟他们对打；他们一会儿跑上阳台，从高处往下射水，一会儿，又躲到厨房的背后，从门背后往外射，可是人家已经跑到楼梯上，从窗户那里把水射出来了。大家笑得前仰后合，浑身都湿透了，真开心啊！妈妈开始跑向水池子，赶紧给针筒注水，突然，外公在阳台上大叫一声：

给我回家！吵得我都不能睡午觉了。

舅舅吓得把针筒掉在地上，打破了。外公冲下楼来，站在院子里，一怒之下，对着两个孩子命令道：

都给我跪下!

舅舅扑通一声,已经在外公跟前跪下了。妈妈却站着,把头抬得高高的。

你也跪下!

妈妈不说话,就是不跪。外公从来没有打过孩子,拿妈妈也没有办法,只好跟她说:

那你就对着墙壁站着吧!

这就是妈妈的个性,倔强得比男孩子还男孩子,似乎和她那张漂亮的脸庞一点儿都不相衬。但是,在三个子女中,外公最喜欢的就是妈妈。也许是母亲一直待在外公身边,外公是看着她长大的缘故。

在妈妈八岁那年,她的母亲——我的亲外婆,圆圆外婆死了。大殓的那天,妈妈还很好奇,说是家里怎么来了那么多人,自己的母亲(圆圆外婆)脸上涂了淡红的胭脂,像舞台上唱戏的,穿着大红大绿的衣裳,睡在一个有框的小床里,她不知道那叫棺材,更不明白,圆圆外婆的妹妹——就是我后来叫的小外婆——为什么哭得捶胸顿足、死去活来。这,就是外公家,掩藏着太多的秘密,连圆圆外婆的死都显得很神秘。大姨后来悄悄地跟我妈妈说:

你母亲是自残而死的。

什么叫自残?

等你长大了就懂了。

圆圆外婆生病的时候,妈妈想为她解脱痛苦,于是跑到她的房门口大声朗读学校的语文教科书,她想,母亲最喜欢读书好的孩子,她听了一定会高兴,然后病就会好的!外公从楼上跑下来,气不打一处来:

你在那里乱喊乱叫什么?就不能让你母亲好好休息休息?回自己屋子!

妈妈觉得特别委屈,但是不敢和外公争执。

按照大人的要求,妈妈披麻戴孝,跪在圆圆外婆的灵前,听着和尚敲打着木鱼抑郁的调子;妈妈终于知道有事情发生了,而且一定是非常不好的事情，她开始轻轻地哭泣起来。圆圆外婆死了以后，小外婆还住在外公家里，但是再也感受不到圆圆外婆给他们带来的家庭温暖。小外婆一直郁郁寡欢，外公也不搭理小外婆。那时候，家里常常出现一个年轻的女人，穿着时髦，画着细细的眉毛，一说话就喜欢靠在外公的椅背上，挨着外公，两人显得非常亲昵。

大姨和小外婆管这个女人叫"柳寡妇"。大家都很讨厌这个柳寡妇，但是外公喜欢啊，于是谁也阻止不了她老是上门。小外婆全都当作看不见，只在二楼朝西的后房住着，照顾着舅舅。他是最可怜的孩子了，从小因为患上鼻炎，总在那里"挤眉弄眼"地擤鼻涕，吃饭时外公嫌弃地瞥了一眼舅舅，吓得他赶紧边吸鼻涕边吃饭。外公啪地一下拍了桌子：

不要吃了，把鼻子弄干净再吃饭！

小外婆抱着舅舅走了。舅舅处处靠着小外婆的"庇护"。可是一旦妈妈和舅舅发生争吵，小外婆赶紧抱住舅舅，在他的耳朵边上说：

她是你阿姐嗷，让让她，让让她吧。

每次看见妈妈在那里看书、做功课时，小外婆也是鼓励她说：

女孩不比男孩差，侬姆妈，当年在医学院读书的时候，全班就数她的功课好，一直是班上优等生。女孩子，漂亮面孔是不能当饭吃的！

家里人说话，处处都会回避着提到圆圆外婆。等妈妈长大一点的时候，一天，突然发现小外婆在看着圆圆外婆的照片，妈妈也凑上去看，可是小外婆却把照片收起来了。妈妈上去就抢，小外婆便把妈妈的手推开了。

为什么不给我看妈妈的照片？

你妈妈命苦，不看了。

左起：妈妈、舅舅和大姨

妈妈到底怎么啦？

小外婆拉着妈妈的手，含着眼泪悄悄地说道：

侬阿爸对不起侬姆妈，造孽啊！

妈妈看着小外婆伤心的样子，也不明白里面的事情，就是知道小外婆心好，对她好，对自己的姐姐好，对他们一家都好，于是陪小外婆一起落泪。妈妈在作文里写道：这个家只有父亲，他不喜欢我，喜欢我的人走了……

真的，圆圆外婆一走，妈妈变成了弄堂里的"邋遢小鬼"，老师看见大姨去接她时候，感慨地说道：

你妹妹以前这么干净的女生，尬漂亮的小姑娘。噉哟，现在有多久没洗头发了？你闻闻，臭烘烘的。

对不起，她母亲去世了，我没有好好照顾她。我知道了。

大姨羞得抬不起头，从此就管起了妈妈的生活卫生。

这个比妈妈大十二岁的姐姐，成了她半个母亲。

大姨后来跟我们说：

你妈从小跟着我，连早晨起来梳头都学我样，我洗了头照镜子，边梳头边甩动着湿漉漉的头发，她没有洗头，也学着我的样子，在那里摇头甩头发。

妈妈什么事情都跟大姨说，有一次在饭桌上，她告诉大姨：

班上有个女生，一早上要倒九个马桶，她在班上一说，把我们全班笑死了。

这时候，大姨对妈妈拉下了脸：

这有什么可笑的？女孩靠劳动养家，从小就吃苦，没什么低人一等的！你不仅要尊重她，还要学习她独立自主的能力。

这样的教育，渐渐地种在妈妈的心里。

大姨就像我妈的母亲一样，一直照顾着她。九十二岁的时候，大姨得了脑瘤，病倒住进华东医院。我从美国赶回来看望她，可是她最不放心的，居然还是我的母亲。她不止一次地对我说：

你妈就像她自己的娘——圆圆外婆，太老实啊，不会保护自己！她什么都同我商量，听我的话，遗憾的是，她一生中两件重大的事没有听我的，一个是婚姻，一个是弃医从政。就这样，把一生都改变了……

大姨从白色的被单里，伸出颤颤巍巍的老手，拉着我：

我去世以后，你一定要善待你妈妈，她今年也八十岁了。你买的房子，要专门留一间给你母亲，让她和你住在一起。这样，我就放心了。

听大姨和妈妈的故事，我常常想，她们都是从小失去母亲和母爱的人，她们过于独立的个性里，依然缺少着什么。那是什么呢？我当时也没有想明白，但是我跟自己说，有一天，等我有孩子的时候，我一定要给孩子全部的母爱，要给他一个完整的家。妈妈生在一个富裕的家庭，可是金钱并没有给她带来快乐，生活依然是压抑的、扭曲的。

从幼稚园到小学二年级，妈妈每天和大姨一起走着上学。直到1937年务本女中被日本人炸毁后，大姨也进了大学，妈妈就由家里的车夫阿二每天接送了。

那时的务本女中，有不少爱国教师，他们的激进思想给予妈妈很大的影响。务本附小的地理老师在课堂上把自己的脸比作中国地图，指着左眼上方说，这是东北，指着右眼上方说，这是新疆；鼻子是运河，上面是黄河，鼻子下面是长江，嘴巴的左下方是上海。他问同学：

一个人可以失去自己的左眼吗？

不可以！

我们祖国的山河能丢弃东北吗？

不可以！

妈妈和教师、同学一样，认为国家有难，匹夫有责！

一天，大姨从交大下课后，去务本小学接妈妈，在回家的路上，妈妈拉着大姨的手，边走边大声唱：

汪汪汪，汪狗叫，汪狗你为什么叫？你给日本当走狗，上台汪汪把尾摇，日本强盗最可恨，抢占国土杀同胞，全国人民齐抗日，你要卖国办不到！

路上的行人用赞许的目光，看着这漂亮的小姑娘。

大姨惊喜地问妈妈：

谁教你的？

是级任程老师教的！

说着她又唱起了另一首歌：

雁南飞，树叶黄，想起战士在前方，日夜战斗在西风里，还是穿件单衣裳，不受敌人的威胁，忍着难忍的冻饿，为了民族的前途，咬紧牙关肉搏，多加一根线，多补一层棉，密密地缝结起，许个大心愿……

多少年过去了，大姨还会告诉我们，在我们瑞华公寓二号楼四层的邻居，有一个终生独身的务本教师——程老师。大姨说：

她是我务本女中的同学，后来读了务本师范，毕业后就在务本小学教书了。1935年冬天，就是她，在务本女中领导大家响应"一二·九"运动，反对政府卖国的《何梅协定》，组织大家罢课，唱着"同学们，大家起来……"去江湾市政府请愿。你妈读小学的时候，我想有这样好的级任教师，我就放心了。

程老师作为妈妈的级任老师，一直教到妈妈小学六年级毕业，她经常告诉学生的就是：

外滩外白渡桥前的日本兵，在中国领土上耀武扬威，要过桥的中国人向他们鞠躬，有一次一个国人朝地上吐了一口痰，日本人见了大骂他"中国猪"，并强行他让趴下去，舔掉这口痰。

妈妈就是在这样的教育下长大成人的。她主动参加程老师编排的抗日演剧队，一份强烈的民族仇恨点燃了母亲。年轻和热血，这是谁也阻挡不了的。她渴望改变祖国的命运；她渴望有一天，中国就像程老师写在黑板上的苏维埃共和国那样，是一个在共产党领导下、人人自由平等的共产主义社会。我看过郑超麟先生在国民党监狱里翻译的纪德先生1936年写的《访苏归来》。我知道纪德已经看见了，苏联实际上是第一个残暴地打破美好的乌托邦幻想的政权。如果妈妈当时就看到了这本书，她还会去追随苏联式的理想吗？今天，当俄罗斯政府把全俄历史教科书中的"十月革命"改为"十月政变"时，妈妈，你又会对自己虔诚的信仰作何感想？我不敢问她，这个问题对于八十多岁的母亲来说，或许太残酷了。

1937年卢沟桥事变，抗战全面爆发，连外公都关掉了和日本人合开的南洋医学院。日本人开始一次一次上门，邀请外公出任汪伪政府的上海卫生局局长，外公谢绝了。他也郁闷，于是带着全家去看周信芳的京戏：《明末遗恨》和《徽钦二帝》。外公即使对日本文化有再深的感情，在这国难当头的时候，他也绝不会为侵略者服务的。这些都深深地影响着成长中的母亲。

在大姨的鼓励下，妈妈考入了省立上海中学，那是当时上海最难考的公立学校。校舍在漕河泾区吴家巷。在妈妈的回忆里，是这样记载的：

> 上海中学的四年住读生活十分平静，学校场地很大，周围一片荒凉。每周六下午回家，周日下午返校，家里用小轿车接送。每次返校，出了徐家汇，路两边就是稻田和荒地，汽车在高低不平的公路上开半小时光景，就看到了校园中高高耸立的水塔。空旷的校门口边有两家小店，校园中有教育楼、实验楼、大礼堂、体育馆、食堂、学生宿舍、教工住宅，乃至银行、医院、消费合作社。全体学生和教职员工都一律住校。学生生活规律而严肃，学生穿校服，女生是蓝布旗袍，后来改为夏天穿白衬衫黑裙子。早晨听军号起床，用最快的速度把印有蓝色"上中"字样的白床罩铺在折好的被子上，

把吊在天花板下的圆形蚊帐先竖着叠,而后在上端卷成圆筒样,必须同一格式。上厕所,洗漱后赶往操场,升旗,做操。白天上课,晚饭后两小时夜自修,回宿舍不久即吹熄灯号。

校长是留美回国的教育家,他不喜欢政治,所以提倡上中的精神是乐观、进取、牺牲、合作;要求学生也是:只读圣贤书,不问天下事。

可是进了大学,却完全相反!因为,妈妈进的是同济大学医学院,一个有着比较成熟的共产党地下支部的大学。她在那里参加了很多地下党组织的活动,偷偷地唱革命歌曲,批判国民党的腐败,还传阅艾思奇写的《大众哲学》《中国革命与中国共产党》。外公只因为大姨当初坚决选择了读理工科,为了自己的事业后继有人,于是让妈妈学医,而且一定要报考他自己信奉的德日流派——同济医学院!他对妈妈说:医生是不求人的!

外公怎么也不会想到,他就此将最心爱的女儿"送"上了革命的道路。

1949年4月,国民党开始了"四二六"大逮捕。妈妈已经不要小车来接送她了,她虽然穿着士林蓝旗袍,可还是像个假小子,骑着自行车满街跑。一天,妈妈正准备去市区,听到后面有人在叫她:小猫!回头一看,不是学生会主席小孙吗,那个白白净净、说话总是嗲嗲的苏州人,他平时和妈妈接触很多。他约妈妈周日在家中等他,有要紧事和她商量。周日上午九点,小孙按时来到吴家,妈妈早已"安排"好,偷偷地带着小孙到三楼谈话。坐定后,小孙突然严肃地问妈妈:

你愿意终身为共产主义事业奋斗吗?

愿意!

那么,你愿意加入中国共产党吗?

我……

小孙对着她点头。

我知道共产党要推翻黑暗的制度,是为了实现共产主义。为共产主义奋斗，这就要加入共产党？

小孙捏紧了拳头说：因为组织起来，就是力量，就会壮大我们的队伍。

哦！好的，我加入！

好，今后我们就是同志了！

后面履行的就是和大家一样的手续。就这样，妈妈像许多热血青年一样，成了中国共产党的预备党员。后来才知道，为了迎接上海解放，中共地下组织要发展一批党员，妈妈很早就列入在他们发展对象的名单之中。

小孙临离开外公家前，关照妈妈：

国民党正在逮捕共产党员，我们共产党员是不怕危险、不怕牺牲的。党组织为了保存自己力量，在国民党内部"安插"了我们的人，逮捕前会通知大家避开的。很快，妈妈就得到命令，必须"躲避"到解放区。临走前，妈妈去了大姨家，说自己要走了，去解放区。大姨夫苏铭适看了一眼大姨：

有其姐必有其妹啊！

大姨严肃地瞥了他一眼。那时候，妈妈还不知道大姨和大姨夫已经是共产党员了。大姨问妈妈：你打算怎么走呢？

突破封锁线，先到常州解放区。

你读书那么好，这就放下不读了，真的很可惜。

以后还可以再读嘛。

大姨没说话，长久地注视着妈妈。她意识到妈妈还是太年轻、冲动了，现在劝说任何话，妈妈都是听不进去的。妈妈早就心不在焉了，她急着问大姨借钱上路。大姨拿出了银圆和一根粗粗的金项链，让她一路注意安全。但是，妈妈一走，大姨立即和组织上联系，设法把妹妹留下，希望她完成学业。可组织拒绝了，妈妈属于茅山工委地下党，大姨是上海地下党，无法插手。

晚上回家，妈妈轻轻地走进小外婆的房间，交给她一张条子：

我明天一大早就要离开上海。你等我走了，再把我的信交给爸爸。

大阿姐，知道了吗？

晓得了，还给了我盘缠。

小外婆开始淌眼泪，拿出一块圆圆外婆小时候戴在妈妈脖子上的金锁片，那锁片正面刻着"长命百岁",背面是妈妈的生肖"羊"。她叮嘱道,路上当心噢!

小外婆把金锁片放在妈妈的手心里,一只手捏紧了妈妈的手,另一只手朝外甩了甩:这个家,也是没有什么可以留恋的。走吧,走吧!

第二天,没等天亮,妈妈就拎着小皮箱离开了家。她和小孙及另外几个同学聚齐后,在郊区公路上走了好长一段,遇到几个好心的国民党士兵。他们说:

你们这些年轻学生,不要再往前走了,要是被捉住,一定会让你们去挖战壕的!

妈妈他们听从了劝告,改走水路。他们在苏州河边上找到了船,那种用三条绳索连在一起,有矮篷的小船,第一条船的船头上插了一面小白旗,旗帜上用黑墨写着"难民船"。船小人多,像沙丁鱼似的,一个挨一个贴身躺在昏暗的船舱里。开始,他们都很紧张,但是很快,就为自己与战友们一起献身革命的激情所替代。小船停停走走,三天后在苏州靠岸了。那时,苏州已经解放,他们赶紧搭乘军列去了解放区。到达常州以后,妈妈被分配在常州地委文工团,穿着黄军装,她做的第一件事情,就是把身上带的金货,仔仔细细地核算了一下,然后向组织汇报,哪些是大姨给她的盘缠,哪些是小外婆给她的金锁片,扣去一路上为大家住宿、吃饭花去的开销,把剩余的金货和钱财全部交给了组织;她说:我是一个共产党员,一切都交给党了。

请原谅女儿的不辞而别。我要去解放全中国!

外公看见妈妈留下的字条,几乎是暴跳如雷,他怎么也想不明白,一心读书的妈妈,什么时候跟上共产党的?他越想越气,盛怒之下,把正在读"大同大学"的舅舅关了起来:

你不许再出去!就在家待着。禁止参加学校任何政治活动。

舅舅胆小,什么都不敢说,但是大姨知道后,对外公说:

这么大的男孩子,你关得住吗?

你妹妹，她怎么那么傻？她还怕我养不起她吗？我的钱，将来不都是她的？也不都是你们这些孩子的？

你以为，妹妹是为了钱去革命的？

那你说是为什么？你看看共产党的军队已横渡长江，上海马上也会失守。蒋介石是有美国人撑腰的，中国终归是国民党的天下。政府现在到处在抓人，杀共产党。

你不必为她担心，她已经是一个非常成熟的大学生了！

把妈妈引向革命道路的小孙，1949年以后被党组织安排到东海舰队政治学校任教，五七年反右的时候，作为海军政校领导之一的小孙，不同意把一些战友打成右派，站出来为别人说了公道话。最后，他自己被划成右派，开除军籍、党籍，下放农村劳改。二十年以后，"文革"结束后的一天，妈妈终于见到了小孙。可是，当初那个生气勃勃、充满了理想的年轻人，全然消失了。站在妈妈面前的是一个老农民，他似乎将所有的愿望、理想都彻底放弃了，牙齿已经落光，整张脸像我爷爷那样爬满了刀刻一般的皱纹。他看着妈妈，既没有快乐，也没有感慨，就是那么木然地看着。久别重逢，对比妈妈的激动，他只是点点头，什么话也没有说。他的一生，就在这几行字里完成了，也就这样被革命耗尽了，我甚至都不知道他的全名。

这些善良的大学生，对未来没有想象力，他们太天真了。但是外公是狡猾的，共产党还没有到上海，他就把自己的大部分财产转移去了香港，委托他的侄儿在那里帮他照看、经营。然后，他又把家业一点一点清点好。他似乎不想离开上海，但是为了留下来，他还是做了很多的准备。1949年夏天的时候，突然家门口涌满了人群，锣鼓敲得震天响，看热闹的人把外公家的门前挤得水泄不通。这时候的外公，却谨慎地站立在对面的街道上，夹杂在路人中间观察着。几个穿着解放装的人，提着糨糊桶，在他的家门上贴上了"光荣人家"的大红标语。他只是凝视了一会儿，没有走上前和人家握手、打招呼，便转身走了，消失在人群里，不知道是喜还是忧。

阳光下的阴影

妈妈似乎是瑞华的一道风景。

院子里的小朋友,如今都过了知天命之年,看见我,一定先说到我妈妈。她给所有人的记忆是和别人不一样的。她不穿那些干部服装,也不穿一些干部家属的农村服装,还有上海人的两用衫之类的衣服,她也不要穿。春天的时候,妈妈穿着重磅真丝的绸子、小花格子的衬衫,衣料是柔软又有骨架的,不会那样贴在身上,在阳光下,亮闪闪的料子,把她衬得格外艳丽;夏天的时候,她甩着两条长辫子,穿着白衬衫,衬衫系在深蓝色的长裙子里,匆匆忙忙地跑出我们三号门大楼,顿时像一束蓝色的飘带,烁烁发光,划过灰蒙蒙的大院。

瑞华的人都说妈妈漂亮,她明媚,一脸的阳光;可是我瑞华的家,从来没有给我一点阳光的感觉。屋子坐西朝东,上午还没有过去,太阳就早早地升到天空,转向另外一面。

家,总是那样黑乎乎、阴沉沉的。记忆是从六岁开始的,这之前,我似乎没有生活过,因为我没有六岁之前的记忆。

六岁那年,1959年的一个春天,不知道为什么我没去幼儿园,家里也没有大人。现在想来,是爸爸妈妈特地把我留在家里的。突然我从窗户里看见外公外婆,他们坐着三轮车来了。吓得我赶紧把窗帘拉上,真是恐惧啊,因为外公外婆的格调、穿戴是和"瑞华"不一致的!瑞华的大人都穿干部服;

小外婆和外公的合影

坐小汽车的、官大的，都穿呢子中山装；要么，就是那些老人，他们穿着短大褂在院子里晃悠，这可能是刚从乡下进城来看儿子，或者给自己当官的子女来带孩子的。没有人像我的外公外婆这样，一看就是典型的上海资本家，这正是干部们要"清除"的革命对象。他们没有小汽车坐了，就坐三轮车！

如果有小朋友看见我的外公外婆是这样的，他们肯定会嘲笑我、排挤我。今天，大家都在怀念"风花雪月"的老上海，可我体会不到那份情调，因为在我成长的记忆里，这些都会被说成"残渣余孽"、"剥削阶级"。那种老上海的情调，对于过去的我似乎从来没有存在过，因为当它突然冒出来的时候，正是当下的现在，是抓不住、说不明白的。不过就眼下这一会儿，想到往事，我还是能体验到那份惧怕。

你看，外公竟然穿着乳白色的吊带西装裤，深藏青的西装，戴着硬质白色铜盆帽，像是租界里的警察头目，更像《红色娘子军》里的南霸天；他脚蹬黑白镶拼的羊皮鞋，两个手掌上下合拢压在拐杖的扶把上。这都是什么年代了，还有这样的装束？外婆呢，穿着深色碎花绸衣，前襟上方别着一颗亮晶晶的宝石，黑色绸裤，戴着金表；当她跨下三轮车，把裤子往上提了提的时候，金表从袖子里亮出来，在阳光下烁烁发光，只是这束光没有照亮他们的脸颊。外公外婆的面孔毫无表情，就那么冲着大楼走进来了。

天哪，他们跑来干什么啊！

这会儿，我真想跑到二楼的李家外婆那里，她是小脚，终年穿着黑色的老布裤子，裤腿口是扎紧的，大襟衣衫，袖口天天朝上卷着，一看就是干活的人。她是跟着女儿到上海的，在这里给李家七口人做饭、打理家务。阿婆手上总是沾着面粉，见我就笑盈盈地说：

小莺啊，饿吗？

又有烙饼做好啦？

想吃大娘做的烙饼吧？

想！

她便伸出皱树皮一般的手，卷起刚烤好的饼；这饼又大又香，她怕烫着我，用报纸裹上，才送到我手上。对，躲到二楼去，就说我饿了，要吃烙饼。我掉头朝二楼跑去，刚把门打开，却一头撞在小外婆的怀里。

啧啧！小外婆发出了声音。

小外婆！

几日不见，怎么变得像个野蛮小鬼了？

小外婆细声细气地说着，伸出她白白净净的手，没有进我们家门，就轻轻地把门带上，拉着我下楼了。外公始终是面无表情，从看着我走出来，到我坐在他边上，始终没有开口说一个字。我喃喃地叫了声：

外公。

嗯。

就这么一个字，算搭理过我了。然后我别别扭扭地上车，挤在他们俩的中间。我害怕和外公小外婆在一起，更害怕和他们坐在三轮车上，像展览品那样，经过大楼下面的院子，被四周邻居们指指点点。连我家的保姆小兰阿姨都说过：

一看你的大姨、外公外婆就都是剥削阶级！和我们不是一路人。

我们大姨是好人，她是革命干部。

你给我省省啦，还革命干部。你看她那副打扮，就是个资产阶级。

人不可貌相！

什么不可貌相，谁不是看了相貌就知道他是什么人的。

大姨是上海地下党的。你看电影就知道的嘛，地下党的人就是要穿得像资产阶级那样，那才能打到敌人内部去！

现在解放了，又不要她打到敌人内部去的。

我翻了她一个白眼，心想和她根本就说不清楚。就算大姨真的穿得像资产阶级，我知道，大姨就是革命者！

我又瘦又小，皮肤黑黄黑黄的，在外公、小外婆满面红光的衬托下，似乎像是那个蹬三轮的女儿，不适时宜地坐在了后面。车夫两条腿又细又瘦、古铜色的肌肉，脚穿破布条编成的鞋踩着踏板，上下来回用力地转圈，我顺着他的脚，从他背后向上看去，卷起的裤腿和灰色的上衣打满了补丁，腰部吃力地在空荡荡的衣衫内左右摆动。他整个人悬在空中，屁股根本没有坐在他的位置上，就这么费力地上上下下蹬着车子，把我们三人往前拖。

从小被教育的"阶级感情"，大概就是在这种时候产生了，为什么人和人会那么不平等？为什么没饭吃的穷人要"拖"着我们？这不就是剥削吗？不要说邻居的目光让我恐怖，就是在自己的内心，也有一种犯罪感，我怎么可以这样和外公小外婆坐在车上？我郁闷极了。妈妈爸爸，你们为什么不来？我们这是上哪里去？不知道多少时间过去了，好不容易三轮车停下，车夫用汗渍渍的手把我抱下车，我看见外公给他车钱的时候，他弓着腰，卑微地再三向我外公道谢：

谢谢，给多了。谢谢先生。

瑞华的保姆们不是这样的！她们称自己的东家"张同志""李同志"。妈妈不止一次地对我说：

这些从农村来帮佣的阿姨和我们只是分工不同，她们和我们是平等的。

什么"先生""太太",这些字眼学校里都是不让说的,可见外公、小外婆还是属于旧社会的人,他们说的话都和我们不一样。外公转过身,指着前面的石拱门,对我说了那天的第一句话:

这是万国公墓。

我颤颤巍巍地跟着他们在墓群中穿梭,那些长方形的大墓都在青草丛中。我从没有来过这样的地方!但是我知道,这是埋死人的地方。天气很好,阳光灿烂,墓地里充满了生气。我们走在死人聚集的地方,鸟儿大声地叫着,这让我不再害怕。终于,我们在一座高大的石碑前停了下来,石碑上有雕刻,雕花中有一张照片,是用瓷器烧出来的一个非常美丽的女人肖像,她像活人似的,微笑着,和外公床头上方那张巨大照片上的女人一模一样;她明媚地看着我。

这时外公对我说了他的第二句话:

这才是你真正的外婆!

我立刻转身看着跟我一起来的"小外婆",她向我点了点头,证实了外公的话。我觉得这些资产阶级,就是名堂、花头多得很。

赶快向外婆鞠躬吧。外公用严厉的口吻跟我说话。

从这一刻开始,我把墓碑上的外婆,我的亲外婆称为圆圆外婆;现实里的外婆,叫小外婆。这算搞清楚了。

这个长方形的墓是拱形的;在众多的墓碑里,它显得非常独特。我走到墓的那一头弯腰鞠躬时,头和墓碑一般高了。这里面躺着的是我的外婆?那前面站着的小外婆是谁呢?妈妈怎么长得和小外婆那么相像?一抬头,发现小外婆

圆圆外婆墓碑上的照片

哭得非常伤心，鼻子都红了，眼泪就那样控制不住地往下淌。我一点都不难过，我觉得小外婆是在演戏给大家看。我们的家总是让人感觉鬼鬼祟祟的，很多事情都像是在瞒着我。这也让我紧张、害怕。

锄草的人来了，守墓人也过来了，他们清理了周围的杂草，在墓碑上放了鲜花。外婆还在哭，外公没有哭，可是人却木呆呆的，两眼死死地盯着照片看。他不是每天在床头都能看见这张照片的吗？这一定也是在演戏。对，就是课本里教导我们说的，资产阶级是一个虚伪的阶级。我不管外婆是怎么死的，我是不会哭的，我认都不认识她，也没有听妈妈说起过她。肯定妈妈也不想念她，否则她为什么不来给圆圆外婆扫墓？突然外公说了第三句话，是用握紧的拐杖指着墓的左面空地说的：

我死了就埋在这里！

外公又指了指墓边的空地，看着小外婆说：

你将来就埋在我边上。

你看，多恶心的资产阶级，死人了，还要搞什么大小老婆的把戏。

我还没有想到死的问题，但是看见墓碑上圆圆外婆的照片，她的微笑在我心里久久挥之不去。他们为什么要带我来看她呢？是因为我已经长大了，应该知道一些家里的秘密了？

没有人回答我的问题，就像来的时候那样，他们叫了一辆三轮车，又一言不发地把我送回了家。原来，死人真的会永远留在活人的心里！这是我记事以来第一次的感受，不管他们是不是在演戏，反正外公还想跟她葬在一起。十多年后的一天，记得是在"文革"时期，我真正懂事了，才意识到他们的伤心不是演戏。一天，小外婆告诉我，政府把万国公墓全部铲平了，要改造成良田种粮食。我问小外婆：

他们通知你去迁坟了？

小外婆摇了摇头。

那圆圆外婆和外公的墓地呢？

小外婆还是摇了摇头，什么话都没有说，可是眼泪却扑簌簌地滚下来了。那时候，外公已经去世，他的骨灰盒真的葬在圆圆外婆边上。尽管显得不合时宜，但出于对亲情的怀念，我还是借了一辆自行车，一口气骑到虹桥路的万国公墓。

赶到那里的时候，只看见有很多人，他们在土里面扒砖头，是准备拿回家去用的；有些地方，像是被盗过的墓地，尸骨翻在外面；还有两个男孩子，用一根树杈子，挑着一个骷髅头，一边跑一边大喊大叫着，吓唬那些放学路边的女生。四周已经被洗劫一空，成了工地，唯一留下的是一座大理石墙的大墓碑，那是宋庆龄父母的墓。一个人在那里拾砖头，我问他：
这个墓碑怎么没有砸掉啊？
人家说，因为周总理有指示的，宋家墓地不准动，所以就保留下来了。
这么大的墓碑，不好砸啊。
是的，是的，砸起来也蛮费工的。
可是几年以后，这个墓碑还是被造反派砸烂了，因为上面刻着"宋子文"的名字。

圆圆外婆和外公都是太普通的人了，所以他们一定化为灰烬了。那么美丽的一个女人，在这个世界上，不知道什么时候就彻底烟消云散了，连骨灰都不知道飘向何方。墓碑上，那个烧造上去的漂亮照片也被夷为了灰烬。坐在废墟上，我就那么发愣着，没有眼泪，没有思考，似乎也没有很深的伤感，就是感觉很累、很累。如果什么时候躺下了，我不会挣扎的。圆圆外婆死后也没有安身之地，她走的时候还那么年轻。事实上，什么都可以给人抹去，遗忘在我们这里变成了必然，生命越来越没有价值。

命，真的是与生俱来的。外公就是命好，冥冥之中，他似乎知道自己的好日子会在哪天过完。1965年年底，"文革"开始的前夜，他去世了。
现在看他1964年前后跟大姨和妈妈一起照的相片，我就发现外公的政治嗅觉很灵敏，从他的服饰你就能察觉到这一点。他已经不再西装革履，那个像旧社会警察戴的铜盆白帽子也早就没有了踪影。他竟然穿的是那种装了海福绒领子的棉布大衣；他摘掉了金丝边眼镜，戴了一副赛璐珞黑框子的、不值钱的老式眼镜。那个老土样子，就像是公园里看门扫地的。他不是没有钱，他在香港的侄子一直把他转移到香港的财产定期汇来。他有钱，但是，他一定是意识到，以后的日子很快就要彻底地来收拾他们了。

于是，在他发现大便出血时，心定定地跟小外婆说：

我没有什么大病，就是胃出血而已。大概时辰要到了……

那时候，他才六十八岁，说这些话的时候，没有人认真当回事。可是他不去医院看病，连家门口的曙光医院都不肯去，那里有个主治大夫，是他当年的得意门生。他不去，人家要上门来看他，他也拒绝，就是不要治疗，硬是挺死。有一天，妈妈去看望外公，他坐在沙发上，冷静地看着女儿，然后对她说：

玖玖，我如果死了，不要马上去火化，因为人的大脑死了以后，身上的细胞不会马上死。要停几天……

这是什么意思啊？妈妈一直说她不喜欢外公，要跟他划清界限；可是真的面对父亲的死亡，她也开始害怕了，喃喃地安慰着父亲：

爸爸，不会死的。

谁知道。

外公似乎给自己算了命，设了局，他真是厉害，就是有这种预感，于是私下又悄悄地对小外婆说：

我要是先走了，你一定要多保重啊！以后随便出了什么事情，都不要跟人家去争，看看不行的时候，就到老大家去，跟她过。他们都是技术干部，门面好，又有本事，哪朝政府都要靠有本事的人。没有人敢碰他们的。老大是个能干的人。

这个老大，指的就是我大姨。

这话关照过后不久，他就死了。那天，他吃了早饭，那时他的早饭也很简单了，就是一点肉松，或者剥半个皮蛋给他，放点酱油在里面，还有几片泡菜。他吃了一点就觉得胃很不舒服，于是放下碗筷，老清老早，竟然走到药柜前，服了两片安定，然后重新回卧室去睡觉；这一睡，就再也没有醒来。

物质，那么具体的实物，可是从中你会看到人的本质。外公家的钱财在外公去世后，大姨、妈妈、舅舅把他留下的财产全部交给了政府，剩下的在"文革"中全被外公家的佣人阿喜卷走了。

想起外公就会想起阿喜。后来她和外公的司机结婚了。外公允许阿喜和司机住在楼下厨房后面，安居乐业，生儿育女。他还为阿喜的男人在电车场找了事做。1951年到1955年间，他们生了三个孩子，奇怪的是从不听见孩子的吵闹声，也不怎么见他们的身影。外公每天上午必去复兴公园，走过下面，阿喜的一家总是垂头低眼往下看，好像大气都不敢出。阿喜最会做人，在外公的面前时一直装自己是下人。其实那个时候，外面的人都对外公很不好了。阿喜的丈夫，一看见外公更是一副奴颜婢膝的腔调。他们的后脑勺好像都长了眼睛，什么事情都瞒不过他们。

看见我，阿喜就变了一个人。一看见我到外公家吃饭，她就要我少吃点，好像是吃他们家的东西。我想阿喜一定注意到我不喜欢她。外公穿戴考究，每天上午出门前都是那位清洁工为他熨好衣裤、擦亮皮鞋，由小外婆亲自送去给外公的。后来，那位清洁工不知怎么辞了，为外公备衣备鞋成了阿喜的活，她的工资增加了，却又不能包下清洁工做的一切活，外婆特地找了一个专门洗衣、收拾打扫屋子的佣人。小外婆说：

阿喜能干，做事细致。

她还要舅舅每月也贴钱给阿喜。舅舅是在1952年去北京建筑工学院任教的，他走后，和小外婆朝夕相处的就是阿喜了。

外公死的时候，阿喜里里外外都在帮着小外婆张罗，小外婆更信任她了。于是，她和她的一家一直留在外公家里。其实，小外婆很多时候也是很幼稚的，也不会看人。在外公死了以后，她越来越相信阿喜，说她人聪明，办事牢靠。可是，我就感觉到阿喜像旧社会给有钱人家掌大权的管家，全然不像我们瑞华的帮佣阿姨们，全心全意带着我们这些孩子早出晚归。外公一死，阿喜一家人的头都抬起来了，说话声音也比过去响，她的三个孩子竟然也出现在楼下客厅里，堂而皇之地来回走动着。一次，听说舅舅从北京回来探亲，我赶快去小外婆家看舅舅，在门口竟然被阿喜拦下了，她对我说：

谁让你来的？你小外婆和舅舅正在休息，回家吧！

事后，我非常气地告诉小外婆，可是她居然不相信，还说：

阿喜怎么会是这样的人呢？

不是这样的人，还能是怎么样的人？在金钱面前，她就把她的本性全部暴露了。

外公的大殓在常德路万国殡仪馆举行，来悼念的人都穿得衣冠楚楚，像早年的外公那样。影影绰绰的人群间还有很多公安局的便衣。我缩在墙角上一直不动，我还是害怕。即使外公已经死了，这些社会关系一直存续着，他的魂灵在追杀着我们。

现在我能理解外公，他当初为什么那么渴望"蒋介石反攻大陆"，那是他的价值观。他胆子很大，经常和这些西装革履的人在复兴公园的茶室里"讨论形势"，他们知道四周都是便衣，却依旧叽叽咕咕说着自己的语言，一个眼神、一个动作，互相之间就全部领会了。外公托人在香港带回来一个很精致、频道很多的小半导体，从头上还能拉出一根敏感度很高的天线。外公把半导体放在上衣口袋里，看着他的朋友，用手指朝口袋的方向戳戳：

昨日……夜里……

有消息？

外公微微地，几乎是察觉不出地点了点头。

讲啥……

老蒋，这次好像是决心很大……

有便衣走上来了，然后冲外公看了看，他们立刻沉默下来，在那里喝茶。

晚上，警察就到我们家来了，他们严厉地警告我妈妈要管好外公，不然就让外公进局子里去了。警察进门的那一刻，走廊里昏暗的小灯亮了，无线电里，正响亮地播送着上海人民广播电台的节目，播音员雄赳赳的声音讲述着大好形势，还有雄壮嘹亮的歌曲让大家充满信心！可是，配合着警察的脚步，我觉得像是走进了墓穴。外公一定是夜深人静的时候，把小半导体贴着耳朵在偷偷地听。这是一个什么人家啊！警察走了以后，爸爸低声抱怨：

我们的前途要给他毁了！

我知道，爸爸说的"我们"里面，也包括了我和弟弟。春天，学校组织活动，一说去复兴公园游玩，我的心就会咯噔咯噔地跳着，万一同学和老师在公园里认出了我的外公，他们就会骂我，说我是美蒋特务的走狗。春天没有给我快乐，它狠狠地把我们劈开了，撕裂得血淋淋的，虽然我看不见鲜血，却能闻到那一阵阵的血腥味。

看着外公心平气和地躺在玻璃棺材里的时候，我真的恨他！他管自己走了，却把恐怖留给了我们。那攒动的人群中，你仔细看看就会发现，有那么多的眼睛在低下头的时候，都悄悄地在用眼角窥视着周围的人。我多想离开这个地方，这么多身份不明的人聚集在一起，气都透不过来！后来，大家排队给外公下葬的时候，我抽了一朵漂亮的纸花回家，我想，下次给外公他们扫墓的时候，我要把这朵花献给我最漂亮的圆圆外婆。可是，没有等到那一天，纸花已经被抄家的造反派踩得稀烂；差不多也就在这个时期，外公、圆圆外婆的墓地也被毁了。

我特别理解刘辉（小莺）对她外公的"恨"，可是，想起来又有一阵阵的寒意渗透到我的身体里。外公对她，对她母亲，还有她的大姨，都是那么好，可是怎么就能恨成那样？从小的教育真厉害，一点一点地渗进人的血液，甚至是灵魂里，于是人就可以从阶级的角度，给自己的恶妻找到充分的理由。没有办法啊，像刘辉这样，生活在充满了"革命"氛围的大院里，有这样的外公外婆在那里进进出出，世人的目光、周边的"觉悟"都可以把你吞噬。不恨不行，即便开始时因为害怕装出来的恨，久而久之，只要一直装下去，装到最后就会成为真的。

1955年底的时候，我们家也搬进了瑞华，我太清楚那是个什么地方了。我在空气里都能闻到"革命"的气息，在那里进进出出的人们都是自信的。大家都有着强烈的当家做主之人的意识。可是，对于我们家，那是一个很特别的时期，我们没有住多久，才一年多点时间，领导就通知我们搬家，离开瑞华！理由是"有一个重要的人物"要搬进这个房子。这是革命的需要。当一切被冠以"革命"之名的时候，就变得不可改变。革命是神圣的，是最高的原则，必须无条件地服从。

什么"重要人物"啊，三号门，二楼16室，这个号码对我依然是记忆犹新的，因为我们家刚从那里搬出去，搬进来的就是幼儿园里的小朋友刘辉一家。回头再算一算时间，我明白了，组织上是多么器重刘辉的父亲啊。在刘辉（小莺）的叙述里，1957年那会儿不正是她爸爸刚经历了第一次的中风？考虑到他上下楼不方便，因为电梯不是二十四小时运行的，所以就要我们把房子让出去。他们家从四楼，搬到了二楼。

"我现在也真正理解了，你父亲有多么热爱文学！"

"你怎么会这样想的呢？"

"你想，那时候谁可以出国啊？还是送到苏联疗养，多好的机会！可是你爸爸都不要去。其实，他着急什么，养好了身体，回来还是可以写的啊。"

"他那时候，一定是觉得自己活不久了，所以要抓紧时间。"

"对，他一定是这样想的！"

谈到她父亲，刘辉似乎要回避话题，显然她不喜欢自己的父亲，这让我很不能理解，有这样的作家父亲，那么年轻，就在那个时代出了四部长篇，多了不起啊！可是，她不再接话，就那么支支吾吾地开始说别的事情。

那时候，瑞华的底层，从一号楼到四号楼，全部让给了上海市委机关幼儿园。我和刘辉就是一起在那里度过了我们的童年。从小班到大班，也有上百人的队伍。那都是一些学龄前的儿童，可是在那样的大院文化里，我们每个孩子的"阶级觉悟"都是很强的。

现在，我们坐在Costa咖啡馆的椅子上，似乎是对童年的讽刺，我们怎么不再是"革命小将"，不再是"早上八九点钟的太阳"？喝的咖啡是意大利的，刘辉穿的是Eileenfisher牌子——我在美国从来都不敢光顾那家商店，随便一件麻料短袖衫就几百美金。我们是怎么从过去走到今天的？

刘辉说："我记得特别清楚。那时候，老师安排你在六一联欢演出做小主席，就有小朋友大声告诉老师：'不能让她去，她的爸爸是反革命！'"

童年的记忆早就模糊了，可大院里的阴影，我还是能感觉到的。人只分成两种：革命的和反革命的！我们在那个院子奔跑，在院子里嬉戏，可很小的时候，我也就会离开大家很远，站立在一边慢慢地观察着老师和其他小朋友。我依然记得三岁的时候，还是住在瑞华的日子里，，在黄昏的时刻，我就会让我们家的老保姆抱着我，在大院对面的45路车站等待妈妈回家。我的手紧紧地搂着老保姆。她跟我说："阿婆累了，自己下来站着好吗？""不好！"我大声地叫着。不知道为什么，我那么小就会感到害怕。只有把自己全身的肌肤贴紧在老保姆身上，感受到她身体上的温度时，我才敢往远处望去。那里，黄昏的光线渐渐暗淡下来，我觉得天要塌下来了。我多害怕妈妈不回家啊！

上海的住宅区域和北京，和其他城市多么不一样啊！这是随着历史的进程一点一点发展起来的。所以在石库门的弄堂里，住着有点家产的上海市民，他们甚至几代人在这里居住着，随着人口的增加，房子的格局越来越小，越来越憋气；有时候，一个小小的亭子间居然能住上一户人家。屋子里除了放一张饭桌和几把椅子，就再也放不下一张床了。全家在夜里打地铺，白天就把地铺收起来。

那些资本家，大多还住在自己家的花园洋房或者叫"新式里弄"的房子里，那些房子的格局也很相似；只是花园洋房的每栋楼前，都会有一个很大的院子，那里种了很多的树木，花园被黑色的竹篱笆围着，面对着街面。人家多了，院子里的草地被踩烂了，没有人再种。好点的居民，就让土地上长满野草，看上去还是绿油油的一片，不仔细看，真以为那还是一片草地。有些人家就把院子割成一块一块地种菜、养鸡。这样的房子几乎都坐落在徐汇区、静安区和卢湾区一带。但是，已经很少再看见有哪家可以独家居住整栋楼房的。1949年以后，政府成立了"房管局"，要求住房宽裕的人家把房子让出来，和一般的市民或者机关干部一起居住。那时候没有什么私产、公产的概念，所有的一切都是可以由政府来支配的。

最典型的就是上海的公寓房子。这些全部是由外国人在上个世纪初造的大楼，设有电梯、暖气片，钢筋水泥的结构，只是等大家都可以住进这些房子时，暖气片就不再供暖了，变成了一个多余的装饰。过去人家置换房屋，就属公寓房子最吃香，因为它是"煤卫独用"（指的是煤气和卫生间独家使用）、"钢窗蜡地"（蜡地就是打蜡地板的意思，那种地板，很多都是用橡木做的，不仅结实，而且颜色也漂亮）。这样的公寓常常是资本家、高级知识分子和干部们一起合住的多。像瑞华公寓这样纯粹干部机关居住的公寓大院，在上海几乎是仅有的一个。

我们家搬离瑞华以后，市委安排我们在几条街面远的居民楼里住下。因为就近入学，我很多小学同学依然是住在瑞华的，每次看见他们嘻嘻哈哈走进院子的时候，我都会和他们保持距离，我知道，他们根本不会意识到我的存在，就像我对他们的感受一样，是下意识的。在内心深处，我对住在大院里的人有一份防范，就像我在纽约重新看见刘辉一样。防范源于我的嫉恨，因为我是被大院开除的。

而此刻，这么近地面对着刘辉，我才会体验到，像她这样家庭背景的人在大院里生活真的很不容易。可是更多的时候，我仍然不了解她，因为在骨子里她是怀念瑞华的，而且刻骨铭心。她的记忆都属于那里。她告诉我，在美国的那些日子，起初真的是非常非常艰难，瑞华让她最有安全感。

我到底要什么

到美国好几天以后，才终于搞清楚我是住在什么地方。这里不是纽约，是靠近纽约的新泽西州。很多在纽约读书的中国学生都住在这里，因为这里的房钱比纽约要便宜得多，但是坐地铁又能直接抵达纽约。

五月的美国东部，到了夜晚依然是冷飕飕的，我们中国人已经不舍得开暖气了，大家都是这样蜷缩着身体，或者穿上很多衣服，有时我也会用毯子裹住自己，挨过那一个个夜晚。白天，屋子外面的阳光特别灿烂，树叶已经发芽了，天湛蓝湛蓝的，像杨柳青年画的颜色。我努力想高兴一点，可还是笑不出来，我在问自己，跑到美国来是为了什么？我到底要什么？秦孝章不要这个婚姻了，那我就挺着，像我的大姨婆那样，年轻的时候为了一个口头的承诺，就要守寡一辈子？那是什么呢？对她，这很清楚，为了守住女人的贞操！那我呢？为晶晶守住一个虚拟的父亲！不对，不是虚拟的，必须是一个真实的父亲，这就是我要的。想到这里，我觉得踏实一点，站起来去给晶晶做饭，还没有踏进厨房，眼泪便不知不觉地淌下来了。四周是一片寂静，静得可以听见心脏的跳动，这份安静让我感觉到很深很深的惧怕，因为我对自己的需要并不是那么有把握。

我对生命感觉到一种无边无际的绝望！我不会英文，我身无分文，还带着一个女儿，我能向丈夫祈求什么？在上海，我明明有自己的收入，有一份不错的工作，我跑美国来干什么？他不说话，他回避我，到底发生了什么事情？到底有没有第三者，那个女人又是谁呢？过去的苦难是明确的，没有疑惑。1970年的冬天，山脉、天空、树林连成一片沉沉的灰白色。我到黑龙江呼玛插队，我们在草甸子中间架起了毡毛帐篷，后面的矮坡上，层层叠叠坐落着为修建铁路而死的铁道兵战士的陵墓；白天我们在山脚下炸石头，把碎石装载在大车上拖去工地，垫高铁路的路基。每天冒着零下四十度、滴水成冰的严冬，没有菜也没有油，就是啃着夹着冰雪碴子的馒头，然后再来回拖石头。所有的人都不敢停下休息，不是我们有多么"革命"，多么要"奉献"，是我们不敢，只要稍微有一点停顿，在毡鞋里、皮帽里的汗水立刻就会结成冰，连眉毛、鼻子、嘴巴都会被冻住。那时候，我们不知道美帝国主义是什么样的，我们到黑龙江是去"反帝反修"、保卫祖国，不让苏联打过来。

靠着煤气点火的时候，一抬头看见墙壁上贴着一张列维坦的油画，那俄罗斯的白桦林多像我们的黑龙江啊！我觉得自己走进了一个梦里，生活被搅得没有章法，那时候收工后，是睡在帐篷里，在烧着木柴的铁桶边上取暖，像绘画上的景象，浪漫得很。可是大家都不愿意回忆那样的生活，躺下睡觉，我们像沙丁鱼那样挤在树干搭起的长通铺上，一觉醒来，发现通铺在水中，原来草甸子到冬天被冻住了，铁桶里的火把冻土烧得化开后，我们的床铺成了船，我们睡在船上，脏鞋子、臭袜子都漂在水面上。

秦孝章给我们买了很多食品，冰箱塞得满满的。可是，一想到黑龙江就感觉饥饿。在又冻又饿的日子里，我举不起掘石的镐头了，突然一阵晕眩，等醒来的时候，人家告诉我是被抬回帐篷后的第三天了。我发现自己的小便又黄又红，转头又看见铺上一抹头发，掉下来一大把，再看看墙壁上的小镜子，我忍不住扑哧笑出了声。我的脑袋就像一只鹦鹉：头发从额上到脑后都没了，只竖着一排折断的短发。我得了急性黄疸型肝炎，除了躺在那里，什么都干不了。我只能和大家一起干等着，等到哪一天拖拉机来了，可以把我拖回生产队。我发烧呕吐，吃不下睡不着。绝望吗？说不清楚，反正我没有一滴眼泪。现在的我不知不觉就会流泪。后来，我太能够理解得抑郁症的病人了——连自己都把控不住，那泪水似乎永远就积在眼眶边上，随时都会流下来。

深夜了，我还是睁着眼睛，一宿接一宿地失眠。突然，听到有钥匙插进锁孔的声音，有人推门悄悄走了进来，然后轻轻的脚步声从走廊朝我的房间过来，有人把靠着墙壁的一张席梦思大垫子放下来。我不说话，我知道那是秦孝章。他怎么回这里来睡觉了？黑夜里，他知道我醒着，对着黑暗，似乎人也可以变得有点勇气，或者当自己的面孔被黑暗隐藏起来的时候，也可以诚实一点。

小莺，美国法律是允许分居三个月的夫妻离婚的，你知道吗？

这是什么暗示？我没有接话。

我对不起你，其实当年在安徽插队的时候，我就是蛮花心的男人，不是你想象中的那样，是什么读书人。你可能把我想得太好了。

到底发生了什么事情？

没有什么大事，我就是犯了男人常会犯的错误。你明白我说的是什么。

你想和我离婚吗？

我从来没有想和你离婚！

这显然是谎言，他只是下不了决心，说不出口，要我开口。只要我提出离婚，他就可以解脱。大姨说，我对他要有一份宽容，那我是应该宽容地让他出走，还是宽容地让他留下？我抬头看着天花板，那里有大卡车开过的影子，投进屋顶的反光把那影子夸大，当它消失的时候，像一只大手按向我，死死地掐着我，远远的还传来卡车的颠簸声。我深深地在那里喘气。

你说什么？他问我。

我什么都没有说。

那影子似乎就是秦孝章，我要把他冻结住，他是晶晶的爸爸！我不能有豪言壮语，没有父亲的日子，对一个孩子来说太残酷了，我有着太深切的体会。我和他是没有血缘关系的夫妻，我能拉住他吗？我要拉住他！否则我和晶晶以后怎么活下去？

天大亮了，晶晶看见爸爸睡在那里，快乐地爬到他的被窝里。秦孝章抱起女儿：

想跟爸爸出去玩？

想！

你在家里歇着吧，小孩倒时差快，这些日子你又没有休息好。

直到中午，我烧好了饭菜，孝章带着女儿回来了。晶晶笑得像朵花似的，手里拿着一块画板和画笔，还有几张从电脑里打印出来的图案。我问她：

这是谁给你的？

晶晶看着我，紧紧闭着嘴，不回答我的问题，我变得有点疑神疑鬼了，怎么那么小的五岁孩子，也要和父亲一起来欺骗我？我突然感觉，他是在努力，是在下最后的决心离开我，但是他想留下女儿，让我离开。我几乎要叫喊起来，这个世界不能那么残酷啊，我除了女儿还有什么？

我把晶晶托付给阿进的父亲照看一下，这会儿他儿子出去打工了，他会有时间。我拿了所有准备好的有关我身份的文件，在阿进的指引下，去新泽西州政府办理我的工作许可和社保卡，有了它们，我就可以去打工了。

纽瓦克是一个衰败的城市，在哈里森小镇的南面。铁桥、公路、楼群破旧不堪，满地的纸屑和污秽，路边站着无所事事的游荡者，与华尔街形成了两个世界。我边问路边找，走了近两个小时，才看见州政府大楼。那里人头攒动，各种肤色、各种发色——几乎所有的人都在渴望移民美国。可是，不管他们怎么穿着打扮，你知道，他们和我一样，都是揣着美国梦的穷人。到哪里都一样，即使在富得流油的美国，穷人还是远远多于富人！拿了号，我等了一小时才被叫到窗口前。一个胖胖的、画着浓妆的黑人妇女，用她那贴了长长的假指甲的手指，慢腾腾地翻阅了一下我所有文件，接着就把那叠材料扔还给我。

你丈夫的I-20呢？

他是拿J-1签证的。我结结巴巴的英文，她都没有耐心听完。

把材料准备齐了再来办理！

你听我说……

下一个！

人家已经挤上来了，我必须照她说的办啊！我得赶在今天下午把材料递上去，否则又浪费了一天。我不能等待，我必须要去打工，我要养活晶晶！一刻都不能等待！我转身连奔带跑地往家冲，当我走在那座像上海外白渡桥那样的旧铁桥时，旁边来往汽车的车轮碾压着钢板，整个桥身震动着，发出吉嘎吉嘎的巨响，下面是发黑的河水，我想起了被冻住的黑龙江，坦克都能在上面开。当年我们不是为了保卫自己的主权去的吗？我修铁路，病得被拖拉机拉回

在黑龙江插队军训时的照片

了屯子，瑞华的发小晓琳在屯里做赤脚医生，她照顾着我。一星期后我能下地了，她说：

给你继续打针得上公社卫生院取消炎针剂啊。去一次不容易，我想多拿点药回来。你就陪我一起去吧，好吗？

我和她走了十几里路终于走到公社，拿好药已经是傍晚了。我们把药装在纸箱里，用绳子扎紧，又找了根木棍穿过去，这样两个人抬着它走路就可以轻松很多。我们挑着小药箱往生产队赶。为了抄近路回屯子里，我们还是决定走冻冰的河面。四周白雪皑皑，万物寂静，只有我和晓琳走在结冰的河面上，毡鞋踏着干雪，发出咯吱咯吱的声音，走着走着，我们心里开始发慌，可谁都不愿说，只管蒙着头向前走。后来，晓林终于熬不住了，叫起来：

我们走错了！走进黑龙江的河套子里去了。

我不吱声，继续走，要有个人壮胆的。她又说：

有人就这样迷路，后来走到对面去了，被老毛子弄死以后扔回来的！

我还是不吱声。又走了几步，她放下木棍，蹲下去哭叫起来：

碰到熊瞎子，我俩就死定了！

我也叫起来：

我们不走，今晚就会冻死在这雪地里。走啊！

太恐怖了！她猛地站了起来。我们又抬起了箱子，就这样凭着方向感往前走，希望能走出黑龙江，走进呼玛河。走啊走啊，不知道走了多少时间，月亮早就升起来了。突然，在月光下，我们看见前面有路了，还有屯口。我们不知道，即使看见了屯口，还有要走三四里路才能到。同时，我们又看见了大路边的两座知青墓，他们是在放炮的时候被炸死的！我们在这里又绕了两圈，才走出墓地。看着墓地，我觉得他们就是我的救星，我撂下木棍奔过去，扑通一声向他们跪下，深深地磕了几个头！回到屯口的知青食堂一看，已经是半夜三点！想着想着，我都没有感觉到，就从哈里森到纽瓦克又跑了一个来回。

秦孝章真的带我和晶晶去他的研究院了。我觉得这应该是一个好的暗示：他向同学公开了我们的关系，我们之间还有女儿！到了研究生院的社会学系，各个国家的博士生，韩国的、法国的、荷兰的，还有台湾地区的，大家都对我们非常热情，都在说要请我们去吃饭。我英文说得不好，只好就在那里重复着简单的句子——谢谢！

走进他的导师办公室，那里除了书就是电脑。一位银灰色短发、带着金丝边眼镜的女教授，微笑着起身，招呼我坐下。我又想哭了，我似乎看见了大姨，她穿着柔软丝织的白衬衣，外面套着深藏青的羊绒开衫，笔挺的身板就像她的鼻梁，宽松的浅色薄呢西装裤，把衬衫系在裤腰里，上面圈着细细的黑皮带。我拉着晶晶的小手，在小沙发上坐下。我低下头，看见了她亮亮的、小巧精致的黑皮鞋。反正我从来没有看见过这么漂亮、高雅的女教授。秦孝章向我介绍：

她叫路易丝·蒂利，她先生是查尔斯·蒂利，他们都是我的导师。

后来，阿进告诉我：

秦孝章福气真好！蒂利夫妇收他做学生，你知道吗？查尔斯在美国，在全世界社会学、历史学中是什么地位吗？

我怎么知道。

他们夫妇二人都是哈佛毕业，查尔斯曾经创下哈佛最年轻博士的记录，他们到新学院之前都在哈佛任教。查尔斯的研究成果和方式像我们知道的马克思一样被学术界承认和应用,他的著作是每个研究社会科学的学生必读的,孝章自他门下毕业定是前途无量!

原来像我大姨一样说话的路易丝·蒂利是全美历史协会的主席,她的丈夫查尔斯·蒂利是全美社会学协会的主席。那天路易丝·蒂利用她软绵绵、修长纤细的手握住我的手,然后又轻轻地抚摸着晶晶的头,她没有多问什么,只是用亲切的语调对我说:

真高兴见到你们,对不起,我们没有能很好地帮助你们。你的先生是这里最优秀的学生,我为他骄傲,他的见解、他在写的论文将会对我们的研究起重要的作用。我想你一定会支持他的。

我分明听到露易丝在说"他们",孝章和谁成了"他们",又一起在做论文?我不敢问,我的英文也不好,我不知道,她是否知道我和孝章之间发生的事情?看着她那慈祥的目光,我恨自己不能开口问话,我该怎么办啊!但是我很快站了起来,不想多打扰她的工作。她没有留我,只是拿起一个很讲究的、显然是早就准备好的大包,把它放在我的手里:

这是我和查尔斯的一点心意,欢迎你和你们的女儿来美国。

回家打开一看,是高级睡衣、衬衫、毛衣、外套、围巾和手套,上面挂着商店的标签,却撕掉了价格!谁说美国人总是送穷人旧衣服的,看着它们,我跟自己说,不能和孝章吵架,一定要独立,要养活自己和晶晶,让秦孝章好好完成论文!

孝章说要带我和晶晶去看自由女神像,让我们稍微等他一会儿,他要去纽约大学图书馆借几本社会学的专业书。听说要去看自由女神像,晶晶很兴奋,因为我们从路经的河岸边,早就看见了自由女神像。她右手高举着火炬,左手紧握着《美国独立宣言》,在夕阳的照耀下烁烁发光,只是我觉得自己离她很远很远,似乎永远也走不到她的身旁。在那里的公园里,除了游客和啄食的鸽子,就是躺在公园椅子上的流浪汉和讨饭的乞丐。看见这种景象,我总是敏感地对自己说:一定要在美国生存下去!此刻,我和晶晶就要看见它了。

可是，当孝章背着一整包书从纽约大学图书馆出来的时候，之前的和谐突然不见了。他焦躁地对我们说：

不能陪你们了，我有个会。你们自己回家吧。

我和妈妈自己回家？

晶晶惊恐起来；她紧紧地拽着我的手，睁大了眼睛。

孝章却匆忙地往前赶路，连头也没有回地跟我们说：

原路地铁回家，哈里森下。

我和晶晶傻傻地站立在纽约大学图书馆的台阶前。那里都是进进出出的美国学生，整座红石头垒砌的大楼面对着华盛顿广场，高高的凯旋门把第五大道标志出来。我在看什么？就这几天的工夫，生活就被颠覆了。这不同于黑龙江呼玛的严寒和饥饿，我仿佛走上了一条没有归宿的陌生道路。突然，扩音器里传出了各种乐器的调音声，不远处搭起的舞台灯亮了，演员有序地拿着乐器走上了舞台，按照位置坐了下来。我拉着晶晶的手，朝人群和乐团走去。我看见了指挥棒，看见了小提琴独奏的女生披着金黄色的头发，这是贝多芬的G大调小提琴独奏曲，它的节奏和音符让我热泪盈眶。但是，晶晶不断地拽着我的手，这次我的脚像被钉住了，怎么也挪不开，我的心肺都被交响乐炸开了！接下来是门德尔松的E小调，独奏家的琴弓和金色的头发在我眼前飞扬，那华丽的乐曲完全把我抛向不知何处的远方。这时候，晶晶开始小声地哭泣，她抬着满是泪花的脸，断断续续央求我：

妈妈，我们到哪里去啊？我们怎么回家？我们走吧……

周围的听众朝我投来非常不满的目光。我赶紧带着晶晶离开了。

纽约，美国人从来都说，纽约不是美国。街道上到处躺着乞丐，可是随处又能听见如此雄壮的交响乐。刹那间，你那沉重的心会被优美的旋律安抚一下，人走远了，可是那些音符依然在心里跳跃。再抬头看一下天空，你会看见那轻盈的白云。尽管铁路两边是一些废弃的旧厂房，透过玻璃破碎的大格子方窗往里看，是被弃用的车间。对开的铁门有一扇敞开着，有着大块的铁锈印迹，四处的墙壁上都有五颜六色的涂鸦，那些搬不走的铁皮钢块被扔在杂草丛生的泥地里，还有的就漂在水沟上。但是，纽约终究是纽约，它给人一份生气与一份疯疯癫癫的冲动。

我和晶晶凭着记忆走进进站口。地铁又黑又脏，空荡荡的月台上只有我和晶晶，阴森森的。女儿把我的手抓得越来越紧，恨不能抠进我的肉里。几分钟后，火车哐啷哐啷地朝我们开来。五岁的晶晶一进车厢就看见一个白头发的美国老人，立刻向他问道：

哈里森？哈里森？

她不会英文，却记住了爸爸和我们分手时说的地名。老人向她点头，还说了"yes"。她还是不放心，站在摇晃的车门前，扶着柱子抬头看上面的地图，她看到哈里森的字样了，又去数从我们上去的第9街到哈里森有几站。当地铁在回去的第一站停下时，她马上爬到车窗旁张望站头上写的地名，当她看到W.C的字样，便高兴地对我说：

妈妈，我们没有错，我们来的时候经过这里的！

火车仿佛好长时间都开不出纽约这个巨大的废品收购站，由近而渐渐远去的曼哈顿像天边的海市蜃楼，预示着我将进入另外一个不可预知的世界。听着高架火车的隆隆声，我似乎听见了大兴安岭的爆炸声，那炸起落下的石块像冰雹一样砸在我身上，我本能地抱起了头；爆炸后的一瞬间是寂静，随后是我们这帮十七岁知青男女的嚎叫和哭喊声。原来，青浦来的知青朋友王明方，身着大红球衫，伸开两手两脚飞上了天，他的肚肠、腿、手都被炸成碎片，红球衫的破片挂在树梢上，山坡上另一个男知青正挣扎着想爬起来，一下一下地抬头，每抬一下，那裂开的脑瓜就涌出一大堆血，然后便不动了。周围是一片被炸的痕迹，我哭叫着爬向离我五米之远的爆炸点。现在想起来都后怕，我们完全没有知识，为了采石赶进度，连点七个炮，只有四炮打响了，爆破手就想上去看看那些哑炮，结果两个哑炮响了，把他们炸飞了，只有我碰到的是一个真正的哑炮。如果这个炮点爆炸的话，那么我和其他一起围上去的人一样也会被炸死的……轰的一下，火车冲进了隧道，车厢暗淡下来。我们很快就到了哈里森站。晶晶拍着小手，笑着说：

妈妈，这下好了，我们到家了。

天已经黑了。我拉紧了晶晶的小手在街上走。夜晚，她的笑声显得特别响亮。

日子过得很慢，因为在等待工作许可。哈里森是个蓝领小镇，我英文差，但是每天早晨，会准时出门，沿着街道挨家挨户地敲门推荐自己。雇主和管事的一听我的英文，就会笑吟吟地说：

留下你的名字，我们会给你电话的。

遇到好心的，还会让我填张表。一周下来，音信寥寥，我也信心全无！还是去中国城打工吧，那就必须乘火车去曼哈顿，可是谁照顾晶晶呢？那些日子，秦孝章会隔三岔五地来看一次孩子，就是那么几句话：爸爸忙；爸爸要打工养活你们；爸爸要考试了……

晶晶最开心的，就是和阿进的爸爸打扑克，我们都管他叫陈家阿爸。透着阳光的小客厅，一老一少坐在小沙发上，晶晶拿起扑克就用上海话叫起来：

陈家阿爸，挡牌！

好呃，不好赖及皮嗷。

一天，陈家父子去纽约会朋友了，孝章回来和我们一起吃晚饭。饭桌上，我们都沉默着，这哪像是一家人啊！可是说什么呢？我们都低头吃着，晶晶看着我，我问她：

还想吃什么？

她摇头，又看着孝章，可是孝章就是装作什么都没有看见，依然那样低着头吃饭。晶晶开始用勺子敲打着饭桌，她太希望引起孝章的注意了，可是孝章依然不搭理她。我悄悄地提醒孩子：

晶晶，好好吃饭。

她还是看着孝章，把下巴扣在台面上，拿着勺子，搅动着碗里的饭，发出刺耳的声音。孝章火了：

快吃啊！

晶晶就像没有听见一样，继续把那个搪瓷碗刮出尖厉的声音，一下又一下。我对她摇摇手，她刮得更加响亮了。孝章一巴掌拍在她的后脑勺上：

叫你不要这个样子，还要这样！

没想到的是，晶晶毫无准备，这一巴掌把她的鼻子磕在了台面上。哇的一声，孩子大哭起来，只看见眼泪和鼻血都喷了出来。我吓得赶紧拿起手巾，跑上前捂住晶晶的鼻子，想不到鼻血竟然止都止不住！我又急又气，把这些日子积攒的愤怒全部爆发了出来。我放下晶晶，往电话机冲过去。我尖叫着：

你有什么冲我来，为什么打小孩！我要打911，我要叫警察！

我真想让警察来把这个男人抓走！我恨透了！没有想到的是，晶晶一下子跳下椅子，跪在地上抱住我一只腿，死命拽着，大哭大叫：

不要！不要！他是我爸爸，我不要警察来抓他，我要爸爸！

我一回头，只看见她鼻涕、鼻血、眼泪全都滴落在白T恤上。我放下电话，抱起晶晶，跟着她一起哭了起来。究竟是为什么？我们好好的一家人怎么会搞成这样？

No.1——我的大姨

姨夫告诉我，在上大学的时候，同学都管大姨叫：Number1。不仅因为她读书总是在班上名列第一，而且她是交大机械系唯一的女生。其实，我在心里也是这么称呼大姨的，不是因为她的学习成绩好，而是因为在我的生命里，大姨替代了爸爸、妈妈和所有亲人的位置，她对我是那么举足轻重，遇到任何问题，我都会跑去问大姨；即使到了美国，我也会在心里默默地和大姨对话。

我也知道，我的大姨既不是圆圆外婆生的，也不是小外婆的孩子。她是我外公第一任妻子傅敏外婆生的，她和我母亲是同父异母的姊妹。但是，傅敏外婆和我的大姨婆罗人凤是从小一起长大的发小，她们同在南昌女子学堂读书。大姨和小外婆更没有任何血缘关系，小外婆却总是在我面前夸着大姨：

你大姨啊，就是像她傅家的人，有独立主见，还敢维护正义！你大姨年轻的时候，就和她母亲家的人走得很近，最崇拜的就是她的外公。

大姨的外公是什么人？

她外公可了不起，不是一般的人啊！她外公叫傅冰之，当年中过翰林，然后自费跑去德国学造兵舰，学习成绩好啊！德国人还以他的名字——傅冰之命名了一艘军舰。德国人留他，他不干。他就是信奉康有为、梁启超宣扬的"实业科技救国"。大概是在1910年前后吧，回国的他在南京与人合伙创办了两个化工厂。傅冰之只要来上海，再忙都会去见你大姨，还指导她应该进哪类学校、读什么书啊。当时，大姨的外婆……

等等，小外婆你说慢点，什么大姨的外婆啊？

大姨的外婆，不就是傅敏外婆的母亲吗？傅冰之的夫人，她常常往我们家跑，不光是因为傅敏外婆和你大姨婆是同窗好友，我们罗家和他们傅家也是世交，所以傅敏外婆的妈妈常来我们家串门。那时候，我的父亲罗志清考中了举人，在南昌开着最大的药铺"同仁堂"，还设了一个私塾学堂。傅敏外婆的妈妈就是在那个学堂里，喜欢上了正在读私塾的吴序新，他长得真是相貌堂堂。吴序新的父亲在同仁堂对面开了一家"吴记"粮布店。当初，外公吴序新的奶奶在蚕石村守寡，她带大的四个儿子，个个都出息得很。老三就带着儿子吴序新到南昌来做生意了。傅敏外婆的母亲拿到了吴序新的生辰八字，托人算了命，说是和她女儿般配得很，立刻就为女儿傅敏说媒，订了婚。没想到傅冰之回乡探亲，听说了女儿的这门亲事，大为不满，说是门不当户不对，书香门第怎么可以和一个地主暴发户商人联姻？女儿岂能嫁给一个粮布店老板的儿子！最后，亲眼看见十六岁的吴序新一表人才，书也读得好，觉得是一块能成气候的材料，就同意了这门婚事。成婚后，他居然亲自带着女婿、女儿去了日本，他们是在日本读的高中。小夫妻俩考上了庚子赔款的官费留学生，而后又考进了名古屋的医科大学。那女婿后来就是你的外公。

这是我第一次听说外公的过去，人物关系有点复杂，我回头慢慢琢磨了很久，才把他们搞清楚。

小外婆继续跟我说：

后来傅敏外婆生病去世了，你外公就娶了他自己的学生——圆圆外婆做填房。大姨多倔的性格啊，她就是不相信继母，不认你的圆圆外婆，也不肯叫她娘。开始的时候她根本就不搭理你圆圆外婆，所以每天放学后人都不着家，就是往她舅舅家跑，总要弄到很晚才回家睡觉。

大姨，她有几个舅舅？

她有两个舅舅，都是日本留学生，还都加入了共产党。那时候很奇怪，从日本回来的留学生和留美的学生不一样，留美的回来都不主张革命，提倡宪政制度；留日的回来很多都加入了共产党，后来都做了大官。你看夏衍、周扬、郭沫若……很多都是留日的。大姨的一个舅舅在北伐战争中牺牲了；另一个舅舅叫张凤举，不知为什么没有姓傅家的姓，跟的是傅冰之太太娘家的姓。他和郭沫若这些人一起办了"创造社"。你大姨喜欢去张凤举舅舅那里，受他的影响很大。有一天她很早就放学回家了，然后气呼呼地跟我说，再也不去舅舅那里了！我不知道出了什么事情，也不敢问。抗战胜利后才知道，张凤举舅舅脱离共产党了，娶的太太是当时煤炭大王的女儿。到了1948年，张凤举带口信给你大姨，说自己要去美国了，一直都很想念他的外甥女，希望临走前见她一面。大姨那个倔脾气，就是不肯原谅她舅舅，说：真想不到舅舅走到今天这一步，不能去见他！

唉，听了也是伤心，为什么就不去见见呢？总还是有一份亲情在的呀。只是大姨的激进我也是深有体会的。当我第一次从美国回到上海时，我已经加入了美国国籍，表弟表妹就劝我要有思想准备，也许大姨会弄得我很难堪的。可是，再狼狈的见面，我也得去。如果上海还给我留下记忆的话，不是那些闪烁的霓虹灯，不是淮海路上的梧桐树，更不是我们瑞华的老建筑，而是我的大姨；上海是和大姨联系在一起的。回上海，不见大姨，就失去了它全部的意义。我还是匆匆忙忙往她家跑，看见我的时候，大姨没有撵我出门，也没有发生什么特别让我难堪的事情，她只是没有接受我给她带去的美国礼物。大姨不喜欢美国，她说：

美国在二战初对日本的绥靖政策，直接导致了日本军国主义对中国和亚洲的扩张。

大姨虽然一直在打扮装束上像个典型的资产阶级出身的小姐、太太，但是她的人生经历，却是谁都想不到的。1918年，大姨出生在日本，刚满五个月就被当时正在日本留学的外公、傅敏

天天跑张凤举舅舅家的大姨

外婆送回了中国。那时候，傅敏外婆要读书，还要照顾大女儿，也就是大姨的姐姐，她顾不上那么多。于是傅敏外婆抱着不满周岁的大姨，一路小心翼翼地把她从日本送回南昌郊区的婆家，这里说的婆家，就是外公的老家——吴家。后来，傅敏外婆对长大后的大姨说：

哎哟，当年抱着你去南昌蚕石村时，我穿着洋装裙，当地的人围着我观望，像看个猴子似的，那些妇女都叫喊起来啦，说是：快看喔，她没有穿裤子呢！我哪里没有穿裤子，我就是没有穿她们那种套在外面的长裤呀。

外公的老家居住在蚕石村，离南昌才八十多里地，村庄背山靠河，山清水秀，山区的旱路是崎岖的，去南昌城全靠水路，要花一天多的时间。传说蚕石村的大户吴氏家族是当年越王勾践的后代。又有传说，当年有一对讨饭的夫妇流浪到这依山傍水的地方，看到两颗桑树下有块大石头，上面有条蚕宝宝，就决定在此定居了，一直繁衍发展到五十多户人家。他们是靠山吃山，靠水吃水，就这么活下来了，在山涧中开辟出水田种稻度日，这方水土就被取名为"蚕石村"。

外公的奶奶很早就守寡了，她有四个儿子，都非常能干，靠砍柴种稻、摇船运输做买卖起家，后来钱攒得多了，就发放印子钱收利钱。老大开了做帽子的作坊；老二做米布生意，老三开茶庄；老四开钱庄。老三不甘心在村子里开个茶庄，就跑到大城市南昌，在最热闹的市口开了家"吴长记"米行，专门卖米和布。这个老三，就是外公的父亲。吴家四个儿子成家立业后，生有八男八女，却没有分过家，在蚕石村造了连成一片儿的四栋大屋，是村里最富裕的大户。

可是，就算外公家有再大的势力，在中国内地，女孩子实在是没有什么地位，到头她们不都是"泼出去的水"吗？特别是在这交通闭塞、信息不灵通的山区，女孩更是一点地位都没有的。于是，这个在日本出生的大姨，就由吴家的太奶奶开始抚养。虽说吴家那么有钱，可是这吴家的太奶奶却大字不识一个，把大姨养到五岁时，觉得实在是个累赘，认为女孩总是赔钱货，也就不和任何人打个招呼或者是商量一下，便自作主张，把大姨当作"望郎子"送给邻村人家了。

人家抱过大姨，就认作童养媳收留。一夜之间，从富庶吴家的养女沦落为童养媳，简直是荒谬，也充满了无奈。其实对他们来说这也不是什么大不了的事情，收留大姨的农家，同样把自己亲生的女儿送给别人去做童养媳了。于是，大姨先是"许配"给养父母家，一个比她大三岁的大男孩，等到养母生第二个男孩时，那个大男孩突然生病死了。养母的婆婆拿起扫帚追打着大姨，一定要把她赶出家门，一边赶一边叫唤着：

我还望什么郎仔，都是你这个灾星，把我的孙子给克死啦！

那老人家哭天喊地叫着；但养母还是把大姨抓到自己的屋里，跟婆婆吵起来，一定要收留大姨，这样大姨又被"许配"给比她小六岁的二儿子！"丈夫"刚出世，就由大姨背着他洗衣服、刷地板，还要给养父，也是她的公公清烟斗。只有等全家人吃完饭，她喂完丈夫才能上桌子，把残汤剩菜咽下去。即使这样，她还是吃不饱穿不暖。一直到大姨老了，她都不敢回忆那一段生活。她对我说：

那种苦日子是一辈子都忘不掉的！不仅仅是肉体上吃苦，最苦的是心啊！被人家歧视、没有尊严地活着，真是连猪狗都不如！那时候，我们住的是老房子，中间的客堂间是大家合用的。二进院房子里的孩子，每天上学都是要经过客堂间，真是揪心啊，看着他们背着书包上学堂，我却是背着"丈夫"在家里劈柴、做饭，还要挨打。有一次过年，他们让我回吴家大院拜年，看到自己亲生父亲的家，原来是这么有钱的人家啊，全家上下个个都吃得油光满面的，穿的都是绫罗绸缎——虽然不是天天穿得那么好。可是，我却从来没有看见过那样的衣服。我的脚上、手上，连耳朵上都生满了冻疮。

听着大姨说的这些往事，我被吓住了。那时候，我还在上小学，一点想象力都没有，这些只有在书本上读到的故事，这样残酷的事情，竟然就发生在我的亲人大姨身上。大姨说：

我想不通，就因为我是女孩，就该低人一等，就可以被随便送人吗？

到了"文革"的时候，造反派押着大姨，把她拖到台上批斗，硬是要这个"资产阶级小姐"低头认罪!

大姨愤怒极了,她说:

我不是!我从小被人家送掉,做过童养媳!

造反派几乎都狂叫起来:

你骗得了革命群众雪亮的眼睛吗?

你这个样子的人,像做过童养媳的吗?

你这是狡辩,是顽抗到底!

大姨比他们更加愤怒:

我不需要狡辩,我的历史清清楚楚写在白纸上,可以到档案里去查!

这段寄人篱下的童养媳生活,像烙印一般刻在大姨的心上,是太深太深的疤痕,永远也抹不去了。大姨八岁那年,养父在南昌城有了一点小生意,把养母和大姨带进了城,租了廉价房子住下,大姨就成了一个现成的使唤丫头。开始的时候,她喜欢在傍晚看着一些穿得花花绿绿的年轻女孩进进出出,她不知道那是一个妓院;可是夜晚,隔着薄薄的板壁,她听见"咦咦啊啊"的呻吟声,很是害怕;有的时候,还会听见有人拿着竹板子在那里打人,有女孩的惨叫声,有男人的怒骂声。梦里,伴着这些声音,她不知道哪些是她的生活,哪些是梦呓。她甚至产生了一种很不好的预感,很快,她就不敢趴在窗上看那些女人了。

生活里,唯一的一个亮点,就是西厢房住着一个年轻女教师。她到客堂间结绒线,大姨有点空,就搬个小板凳坐在她边上。

我教你结绒线,好吗?

我……娘不会给我买绒线的。

她不喜欢你吗?

她不是我亲生父母,我的父母都在日本。

他们在日本干什么?

在日本读书,他们不要我了。

不要难过,有一天你的父母会来接你的。

大姨认真听着，可是她不敢相信女教师跟她说的话。当她可以跟女教师学着识字的时候，她还是觉得生活多了一点温暖；这成了大姨童年里面唯一值得回忆的地方。她从女教师那里回来，窝进自己的破被子时，还是忍不住幻想着有一天，爸爸妈妈来接她回家。其实，父母长的是什么样的面目，她全然不知，想着想着就睡着了。在梦里，她看见的却是自己的养父母，大喊大叫地要她干活，不然就用竹棍子朝她打来，大姨尖叫着，从噩梦里醒来。生活实际得可怕，第二天一大早，大姨又重新开始她的辛苦劳作。

1925年的夏天，大姨的叔叔（外公的弟弟）突然出现在小木楼前，说是大姨的太奶奶去世了，要带她回蚕石村奔丧。养父养母一口答应，就让大姨回到吴家大院行孝。大姨跟着叔叔出了南昌城，回到蚕石村时，只看见吴家大院门口站着一对穿着体面的夫妻，叔叔对大姨说：

快叫，他们就是你的爸爸妈妈呀。

大姨怀疑地注视着他们，紧紧地拉着叔叔的手，不肯往前走一步。

快叫爸爸妈妈啊！他们是来接你回家的！

大姨还是往后退着。可是傅敏外婆看见自己的女儿竟是如此瘦小，脸色黑黄黑黄的，还穿得破破烂烂，完全像个小叫花子。不等大姨开口，她已经冲上去，一把抱住了大姨，号啕大哭起来！

怎么给弄成这个样子！

回家说吧！外公劝着傅敏外婆。

怎么可以把她卖去做童养媳的，这是我们傅家的孩子吗？早知道是这样，我根本就不会把她送回家的！

人还活着，能找回家就好，能找回家就好！

原来外公和傅敏外婆从日本回国，一到南昌就听说他们的二女儿被送走了，还给人家做了童养媳！傅敏外婆急得都要发疯了，她什么都顾不上，慌慌张张地往蚕石村赶，到处打听，这才听说，大姨已经跟养父母回南昌去了。吴家人告诉他们：

这是村里的规矩，送走的女儿是不能要回来的。

外公和傅敏外婆怎么肯答应啊，和小叔叔商量以后，打算先把孩子骗出来，然后再花钱想办法！后来，外公和养父母交涉的时候，养父母还算开明，同意放大姨回家，但是问外公要了一笔可观的赡养费，算是把大姨赎出来了。外公、傅敏外婆把大姨带到上海的时候，她已经是个九岁的孩子了。傅敏外婆害怕再失去大姨，每天在家为她补课，教她知识。大姨天资聪慧，很快就插班进了小学三年级。

大姨的命实在是够苦的，刚刚得到一点温暖的母爱，进入一个完整的家庭，没想到两年以后，自己就是妇产科医生的傅敏外婆，竟然死于产后大出血。傅敏外婆的死对外公是一个巨大的打击，他怎么也不能接受这样一个事实，十多年来几乎一直陪伴在自己身旁的妻子，突然就身亡了！他几乎每天夜晚都在梦中见到傅敏外婆，白天独自坐在餐桌前，看着饭菜难以下咽。有一天早晨，年少的大姨跑到父亲面前，看着呆呆的父亲，问他：爸爸，你怎么不吃饭啊！

吴序新竟然自言自语起来：醒来时，明明看见床前的墙上，戴着凤冠的侬姆妈在朝我微笑。等我扑上前去时，她却缩进墙壁里，没了……

说到这里，外公失声大哭。以后的日子更是过得惶惶不可终日。他在日本一起留学的同窗好友、内科兼小儿科医生臧伯庸，劝说外公续弦。这让外公动心了。大姨听到这个消息以后，就感觉她的世界重新变得黑暗起来。继母、后妈，这些像野兽一样啃唷着大姨的心。偏偏在这时候，蚕石村的母亲也怕傅敏生的孩子拖累外公，会影响他续弦，于是很快就带话过来：

让那个女仔赶快回蚕石村来吧，这样儿子找老婆容易些；续弦以后，这女仔也没有好日子过，可以回来跟我们过啊。

天呐，重回蚕石村！这等于是说，还要把大姨再卖一次？大姨跑到自己的外公傅冰之和舅舅那里，打死也不肯回蚕石村！傅冰之到底是从德国回来的，他理解大姨的痛苦和恐惧，在这件事上也内疚得很，于是对她说：

有外公在，你不要害怕，不会再让你受苦的！

1929年，外公娶了圆圆外婆罗人鹏。小时候，大姨去过罗家，那时候

大姨的大学毕业照

大姨上务本女中时期的照片

就是管圆圆外婆叫大妈妈的,可是当圆圆外婆真的嫁给外公以后,她却不肯回家了,每天放学后先到张凤举舅舅家里,在舅舅家吃过晚饭才回家。

这个张凤举当年和外公、傅敏外婆一同留学日本,在日本期间都受了章太炎的影响,接受革命思想,和郭沫若等结成好友,回国后在上海建立"创造社",宣传新文化运动,宣传苏联,宣传共产主义。从日本回来后,他就加入了中国共产党,在家里开展地下组织活动,参与领导上海工运。大姨听张凤举舅舅说革命,说中国的命运和解放的道路,阅读舅舅介绍给她看的西方文学著作,开始向往人人平等的共产主义社会。大姨本来就喜欢这个舅舅,母亲去世后,和他走得更近了。每天学校下课后,先跑到舅舅家,晚上很晚回家,佣人特意为她留下饭菜,端到楼上让她独自享用。后来,即便大姨和圆圆外婆走近了,她还是习惯在下课后去张凤举舅舅家里看看,听听他又有什么新思想。

在舅舅那里,她亲眼看见了共产党的地下活动,接触了革命。尽管张凤举和外公没有走在一条路上,但是外公对他一直非常尊重,对自己的老丈人傅冰之在南京开办化工厂这种实业救国的行为也很佩服。大姨的教育一直都得到傅冰之和张凤举的关心和指点，傅家对自己女儿的栽培让外公一直感恩在心，于是他就不反对女儿和激进的小舅子来往。蒋介石发动"四一二政变"屠杀共产党时，外公竟然冒着危险掩护张凤举，把他藏在自己家里。

从舅舅家吃完饭回来，大姨轻手轻脚走进门，直接上了三楼，躲进自己的卧室。

傅敏外婆从乡下带出来的佣人阿香，在傅敏外婆死后，还是留在外公家帮佣，专门伺候大姨和她在日本长大的姐姐。晚上，阿香听到大姨的脚步声，就托着盘，上面放着留给大姨的饭菜，跟着上了三楼。有一天，阿香忍不住开口对大姨说：

你的后妈，真是难得的好人，把最好的饭菜都给你留着，你就叫她一声妈吧！

大姨紧紧地闭着嘴，就是不说话。

又一天，大姨回家早了，从楼梯上经过的时候，看见姐姐的房门开着，透过门缝，她看见圆圆外婆在对久病不起的姐姐一勺一勺地喂着汤药，帮她擦去留在嘴边的药渣，为她掖好被角，帮她睡下去。那轻手轻脚的样子，像是对待自己的亲生女儿。怕姐姐睡不着，她一直坐在床边上，拉着姐姐的手，轻轻抚摸着她。渐渐地，姐姐心里踏实，慢慢地入睡了。吴家的佣人都说，圆圆外婆人好，从来不把佣人当下人看。后来姐姐不行了，她便把大姨从学校叫回家，让她守在自己床前。她想跟大姨说什么，可是说不出话来。大姨跪在姐姐的床沿边上，把脸凑近她的嘴唇，姐姐喃喃地跟大姨说：

叫妈妈吧，她是世上最好的人！

在一旁的圆圆外婆听见了，轻轻地对大姨说：

不难为你，就叫嬢嬢（方言里对婶婶、姨妈等这类亲戚的称呼）吧。

大姨应了一声，然后对圆圆外婆说：大嬢嬢好！

叫过之后，姐姐乏力地看着她们，笑了。

姐姐去世后，圆圆外婆生下了我的妈妈——吴进，她比大姨小整整一轮，小十二岁；又过了一年，我的舅舅相继出世。大姨就像一个小妈妈那样，帮着圆圆外婆照顾起弟弟妹妹。圆圆外婆去世以后，她就把圆圆外婆的妹妹，我的小外婆"绑"在自己身上了；连我都记得，在困难时期，大姨经常用国家配给高干的烟票，买最好的"红牡丹"或"中华"牌香烟，一面劝小外婆少抽烟，一面把好烟递到小外婆手中。听着也是伤心，明明是这么有钱的人家，可是钱却从来没有为他们买到感情，买到幸福，而是用生命，用一个一个人的死去，换来了这份亲情。

　　青少年时期的那些日子，大姨是在张凤举舅舅那里长大成熟的，她深受"创造社"的影响，听他们揭露中国社会存在的弊病，大谈苏联如何在改变着世界，谁加入了共产党，谁真的去过莫斯科，还有那些莫名其妙的公有制的讨论……这一切，在大姨的脑海里，跟她幼年做童养媳的经历纠缠在一起，渐渐地绘制成另外一个情景。她的知识结构，她对共产主义的向往，就这样慢慢地形成了。张凤举舅舅后来退出了共产党，跑去了美国，但也没有影响到大姨。

　　1938年，大姨考取了清华大学物理系。正值抗战时期，北方的清华大学、北京大学、南开大学等学校合并为西南联大，转入云南昆明。这时候，大姨生病了，因为从小体质不好，她的双腿因为流火，肿烂得不能走路，医院说要给她锯腿。她父亲和傅冰之外公都不同意锯腿，更不放心送她去外地读书，就让她在上海交通大学借读。留在上海的日子里，外公坚持用自己的方法给她医治，要大姨在家休息，先休学一年。就这样，大姨保住了双腿，身体终于康复了。大姨带着妈妈去南京见她的外公。在妈妈的回忆里：

　　傅冰之的化工厂很大，当时他虽然年纪已大，但仍不分昼夜地工作着。他亲自领着大姨和我参观厂里的设备，还支持大姨转系，主张她去就读机械系。在工厂里，我真正感受到了"实业救国"的价值。

　　于是大姨放弃了纯理论的物理，转到机械系。记得大姨走进机械系的第一天，她像男生一样，背着大三角尺，迈着大步，站立在教室门口，所有的同学都站立起来，肃然起敬地看着机械系出现的第一个女生。有一个同学大叫着：

Number One！

这个雅号就这样在系里叫开了。

这些有趣的细节，换取的代价就是大姨没日没夜地读书，因为所有系里教授的课程，都是使用原版英文教材，教师授课也是说英文。不要说是专业了，就是这点英语，也把大姨搞得焦头烂额。这时候，后来成为我大姨夫的苏铭适出现在大姨身边，他是系里英文最好的学生；虽然系里的男生都在关注着大姨，可她哪里感受得到啊，她把全部的精力和时间，都花在补习英文上面了。

我一直保存着大姨在务本女中读书时的照片，她穿着西装短裤，满面春风地骑在自行车上，像我们后来在电影《青春之歌》里看见的林道静，追求着真理，向往着革命，满脸的青春和阳光！有着爱国激情的大姨，开始参加在交大的共产党外围组织，积极地宣传抗日，不做亡国奴。

有一天，化学系的闵舒丰跑来告诉大姨：

我想，我们应该加入中国共产党。

我们再了解了解吧。

入了党，有的是时间让你了解，我们一起提出申请吧。

参加政党，还是要先了解、搞清这个党的最终目的，以及它是代表谁的。

闵阿姨不明白大姨还磨蹭什么，觉得他们该迎头赶上，这才是时代的需要啊！她很快就申请加入了共产党。大姨却通过关系，借来了斯诺的《西行漫记》，还有延安政府出的艾思奇写的《大众哲学》，仔仔细细地阅读着，了解着延安政府的主张和共产党宣传的一些共产主义理论。她终于明白了，只有推翻帝国主义和封建主义两座大山，才能够在中国实现民主。看着大姨这样，闵阿姨着急地说：在一片废墟上，你还在浪费时间吗？以最快的速度，走向新世界啊！

1939年，大姨加入了共产党。在她的影响下，姨夫苏铭适于1943年也加入了共产党。那一代人的理想，他们的乌托邦精神，我们都不敢奢望。

记得 1975 年，那是"文革"后期了，我幸运地从安徽农村以工农兵学员的身份进了华师大历史系。班里大多数同学都是"选拔"出来的党员，很快，党组织找我谈话：

你应该定期写汇报，积极向党组织靠拢，争取早日入党。

和大姨完全不一样的是，我变得那么"落后"，我只想脱离所有的组织，就这么晃晃悠悠地做一个"逍遥派"。我不知道怎么跟大姨说这个事情，但这属于大事，不说是肯定不行的。周末，在大姨的书桌前，我一边翻着报纸，看着报纸上正在掀起的"反击右倾翻案风""批林批邓的热潮"，一边假装心不在焉地跟大姨说话：

系里让我写入党申请。

你写了吗？

不会写啊！

然后，就是一片沉默。不知道大姨是什么态度，我偷偷地放下报纸，怯怯地抬头看着大姨，准备接受"再教育"。万万没有想到的是，大姨一脸严肃，然后对我说：

不要仅仅把入党看成是光荣、有利的事，你要有勇气、有思想准备，才能入党。现在党内斗争很激烈，也很复杂。我劝你想想好，再做决定吧。

我没有说话，和大姨一样，一脸的严肃和庄严。可是走出大姨家的时候，我哈哈大笑着，都要飞起来了。原来，大姨是这样思考的，我就不用写申请啦，还可以继续充满理由地"落后"下去！

大姨对于我，永远是一个谜，她做的决定只符合她个人逻辑。1980 年，中美正式建交后的第二年，北京统战部传来口信，说大姨的张凤举舅舅从美国回来了，想见见他在上海唯一的外甥女吴颐，就是我大姨。大姨接到通知以后，没有给北京任何回话。我的表弟很纳闷，来找我商量：

舅公都是八十多岁高龄的老人了，从地球的那一半来找外甥女，以后不会再有见面的机会了。我妈这样做，是不是太残忍了？

我们没有办法啊。

你说，我能代妈妈去北京见舅公吗？

你知道你母亲为什么不见他？你去北京有什么意思？她知道你背着她去见舅公，她会更加生气！

我们都说不下去了。就这样，大姨唯一的亲舅舅，这一去就再也没有回来过，从此就和她们傅家断了联系。我几次想张口问大姨，为什么不见她的舅舅？但是一想到大姨多年来对我的教育，想到在她知道我做了美国公民后的失望，我就明白了：这和大姨的信仰发生了冲突！你想，涉及信仰的问题，还有谁能改变大姨？舅公自动退党，而后又做了美国人，大姨曾经说过：

中国人为什么要去做美国公民？可以到国外去学习啊，应该像我外公傅冰之和我父亲那样，学成回来为自己的祖国服务！

真是的，一个信仰问题就能让人陷入怎样剧烈的情感纠葛啊！还有那么长久的爱恨交织！经历过辛酸的童年，经历过"文革"的残酷，大姨的原则变得越来越坚定，她不会轻易听信别人说的东西；她用一种冷冷的、傲慢的眼神环视着周围，对比她那么善良、真诚的内心，简直是判若两人。但是谁都不可能改变大姨，她顽强地坚持着，她相信自己价值观的力量；她充满了个性。这个性，像鲜明的旗帜那样，竖立在我们的生活中间。

开心的日子

实际上,在我们的生活里,早就没有了鲜花,没有了绿叶和礼物,这些东西一律都被划为是"资产阶级"的。但是没有这些东西,生活确实能继续下去。秋天,树叶照常落满瑞华大院,金灿灿的。我和欣星似乎就在等待着这一天,我们看见阳光下闪烁着金色时就冲进院子,大喊大叫着,把白果树叶拣了一堆,拿回家做书签。冬天,虽然寒冷,太阳还是照常升起,那时候,空气没有污染那么严重,天蓝得很清澈;白云飘过时,像一位飞翔的小天使。

太阳在欣星家的小饭厅里坦然地散步,每个角落都是阳光。欣星家是瑞华大院里最好的朝向,坐北朝南。我喜欢往那里跑,不仅是为了她们家的阳光,还因为在那里,我们可以听徐景贤讲故事。那时候,我们都管他叫小徐叔叔。

欣星家的饭厅和瑞华很多人家一样,是两家合用的。她家和徐景贤家合用,欣星爸爸在那里放了一张香红木的饭桌;紧挨着墙壁的是欣星和保姆睡觉的大床。饭桌,把屋子一割两半,另外一半,靠着窗户的地方,是徐景贤的丈母娘睡觉的小床。我一直不知道,这间屋子的房钱由谁家支付。那时候,家具大多都是从市委机关里借来的。仔细看看那张饭桌,就会发现桌角上钉着一块小小的铅皮铁片牌子,上面有编号。只要是向机关租借的家具,都有这块小牌子。每一件家具收费标准是不一样的,香红木饭桌每月租金是两角

欣星（左一）和我（小莺）

钱，沙发会贵一点，书橱也是两角钱，饭桌周围的方凳是六分钱一个。家家都有也只有这样的家具，所以等到"文革"抄家，这些家具被正当地拿走时，跑来跑去，进入任何一个门洞，看到的都是家徒四壁！

但是，在"文革"前，徐景贤还不是什么上海市革委会头头，只是在宣传部工作的年轻人，负责管创作。那时没有人叫他"徐老三"，大院里认识他的孩子，都管他叫小徐叔叔。欣星爸爸是他的上级，是理论处处长。但是，他们那时候似乎没有什么等级意识，大家都相处得不分上下级，说话争论都没有上下级别之分，像是自家人，随便得很。

徐景贤一回来，阿婆就给他端上热饭热菜，我和欣星已经双腿盘好，坐在欣星的大床上，面对着饭桌，等小徐叔叔讲故事。他会一边吃饭一边跟我们讲，有时候说到一半停下来想想，又改变成另外一个说法从头开始讲，但是讲着讲着，故事已经朝完全不同的方向发展了。那时候，他正在写话剧剧本《年轻的一代》，他会跟我们讲：

林育生和他的妹妹，有不同的选择。他妹妹林岚，决定到祖国最艰苦的地方去，但是林育生贪图安逸，他想留在上海。

他们是一个家庭出身的吗?

是,而且都是革命干部子女,和你们一样。

那么,林育生怎么会有落后思想?

受他女朋友的影响。他的女朋友是资产阶级家庭出身。

家庭出身很可怕啊!欣星说道。

我觉得欣星还朝我看看。我对小徐叔叔说:

我是革命干部家庭出身的。

但是你要注意,因为你妈妈是出生在一个资产阶级家庭啊!

妈妈早就背叛了她的家庭。

那当然了,我跟你父亲是一个处的,所以对她的背景有点了解。你妈工作特别努力、积极,就是要洗清自己身上资产阶级小姐的流毒。

小徐叔叔,成分很重要嗷!

成分是很重要,但是我们的党,还是看重每个人的表现啊!

我和欣星不停地点头,都觉得自己比同年龄的小朋友懂得更多。

这些"成熟"依然帮不了我们。"文革"开始,小徐叔叔竟然成为了大人物,搬到康平路爱堂去住了。可是,他没有把自己的父母和丈母娘接去。我问欣星的爸爸:

阿婆为什么不搬到爱堂去啊,那里的条件比我们瑞华好多了。

小徐叔叔是有原则的,他是为了革命的需要搬到爱堂,他的母亲还是要和群众打成一片的。

现在想来,你可以说徐景贤是"清廉"的。可是,他们为什么一升迁就要住到大房子里去?为什么他本人就不要和人民打成一片?人和人并不是平等的。在"革命"的名义下面,权利会膨胀。我明白了,在中国,人就是这样,房子是一种身份、地位和权利的象征。所以,爸爸妈妈一出问题,第一件事情,就是将我们扫地出门。合情合理!

"文革"中,宣传部成了重点批判的对象。我和欣星已经意识到,离春天到来的日子将变得非常漫长。还是1968年初，妈妈已经失踪很久了，学校也关门了；除了《毛泽东选集》，没有一本书是可以正大光明地拿在手上阅读的。我们变得无所事事，欣星来找我，我们商量着是否去一个什么地方，远远地离开家、离开瑞华，然后过自己的日子。自己能过什么样的日子？我们没有一点想象力，就是想逃离瑞华这个地方。我问欣星：

你是独生女儿，你爸会放你去吗？

我离开家，不就给他减少麻烦，家里就不要用保姆了吗？

你家保姆蛮坏的……

对我还好嘛，我是吃她奶长大的，她都是为我好！

那我要和你玩，她干嘛不让我跟你玩？

她说你比别人有心眼。

还说我什么？

说你们家成分不好，不要被你影响、带坏。

她现在算是帮徐景贤家做点事情，就神气起来。你家为什么还用她？

好像，好像……我爸爸有点怕她。我也不知道。

我们找个可以住读的学校去上学，让她给徐景贤家做就是了。

好！

我们的谈话常常就是这样，有一搭没一搭地说着、向往着。

我们还会在院子里疯玩儿，只要还有小朋友能在一起玩，我们就是快乐的。那时候，院子的大楼里，几乎每家都有人出事，"文革"刚开始的日子里，只要有人家的门口贴上大字报，造反派来抄家的时候，大家都会很紧张地去打听，现在都成了家常便饭；当造反派敲错门来抄家，也没有人害怕。倒是哪家还没有出事，就会变得很奇怪。在那样的日子里，我们哭过、害怕过，但还是在那里肆无忌惮地大笑着，常常是在笑给别人看，有时也是笑给自己听的。

二楼的黑子给我和欣星讲了一个"笑话"：

有一个人跳楼自杀，他跳下去后，没有死掉；造反派立刻冲上来问：是谁跳楼自杀了？跳楼的人说：我也是刚到，没看清楚。

要是现在的我听到这个"笑话",一定会哭的;但是那时候,我们在瑞华的院子里哈哈大笑,不知道怎么回事,还越想越好笑。欣星听黑子讲话的时候,还是噘着她的小嘴,一副发嗲的样子。她是被她爸爸宠惯的孩子,可是听到这样的"笑话",她哈哈大笑的样子,完全就和我们一样了。这个故事怎么会觉得滑稽、好笑?现在,我怎么也想不明白这些事情了。

我总是和她在一起,尽管我们已经不需要做作业了,我还是泡在她家,她爸爸对我就像对欣星那样,好像我也是他的女儿。

像你做独养女儿多好啊,爸爸妈妈都宝贝你,要什么有什么。

你有一个弟弟多好啊,他什么都听你的,你还能差他做事情。

才不可能呢,我爸爸是重男轻女的。

没有,我看你爸爸妈妈都对你很好!

你知道什么呀,我爸爸跟我说:女孩子家有什么用啊,你长得那么难看,以后就不要上大学,做做家务就可以了。

你不会跟他说,长得难看,就是因为像你!

好,下次他再说我,就这样回嘴!

你妈妈那么漂亮,是我们瑞华最漂亮的女人,她怎么会嫁给你爸爸的?

又来了,你问我妈去!

然后,我们倒在床上大笑不止!

很快,徐景贤升到市革委会里,成了上海的第一把手,因为他排在中央的张春桥、姚文元后面,大家都开始叫他"徐老三"。这时,他真的就带着欣星家的保姆搬走了。当天下午,市委来人把电话也给拆掉了。现在,那里就剩下欣星和她爸爸两个人。欣星跟着我,一起到食堂打饭吃。晚上,欣星爸爸回家后,不再像过去那么关注欣星,他独自走进屋子,什么话都不说,要么就是闷闷地在走廊和卧室之间走进走出。他像一个影子,飘荡在房间和过道里。三号楼里,有人是和欣星爸爸一个部门的,在单位里开始揭发欣星爸爸,说他参加过"三青团",还曾经受训于蒋纬国的"三青团青年训练班",

特别丢人的是，还揭发出欣星爸爸在单位和另外一个女人有不正当的关系，于是又被戴上了生活作风腐败的帽子。

都是一个宣传部的同事，一个市委机关宿舍里的邻居，这些"陈渣烂事"传得很快，我和欣星走在院子里的时候，人家就在那里大叫着欣星爸爸的名字，还大声叫喊着那个女人的名字！就像是欣星自己的"罪证"，被人公然宣读出来。真是无处可逃，我们像过街的老鼠，一出现就被人拦截住，所有的去路都堵上了，石块和唾沫朝我们飞来。回到家，欣星还不敢把这些事情告诉爸爸。

欣星爸爸的情绪越来越低落，整日低头不语，空荡荡的54室，没有了人气，变得有点阴森森的。一天，吃过晚饭，我去看欣星，是她爸爸给我开门的，那个曾经那么喜欢我的叔叔，在欣星生日的那天，如果正好在路上碰见我，会带着我和欣星去照相馆拍照。现在他全变了，经过厨房的时候，他问我：

小莺啊，你会用煤气吗？

欣星爸爸，你连煤气都不会用啊。

我们过去都是给资产阶级思想腐蚀了，动手能力很差。

我教你。

我就是想烧点开水。

欣星爸爸，这个很简单的！

我示范给他看以后，就到欣星房间里去了。

欣星很早就躺在被窝里，她从那里伸出半个脸，对我说：

小莺，不要回家了，在这里陪我睡觉，好吗？

为什么啊？

不知道为什么，总觉得我们家要出事了！

出什么事啊？

不知道，就觉得不对啊！

你爸爸又在机关里给批斗啦？

他什么都不跟我说，我好怕啊。你看他呀……

那你睡到你爸爸的房间里去好了!

不要,晚上他在那里写检查,还要念给我听。我害怕!

我爸爸行动不方便,我要给他做事情的。

你不要回家,就陪陪我几天嘛!

欣星突然无望地恳求起来,那恳求的声音,听上去却像是命令。回头望去,在对面的屋子里,欣星的爸爸还是像一个影子那样,贴在写字桌前,低头写交代,没完没了地写。突然,他会回头朝欣星的屋子张望一下,看见我在那里,似乎又放心很多似的,继续写下去。欣星依然用那非常可怜、无望的眼神看着我,于是我答应了。那时候,家家都吃不饱,我就在吃了晚饭以后到她家去睡觉。天,实在是冷得受不了,挂在那里的毛巾,到半夜的时候,就冻成了冰柱子。晚上我们烧了热水,两双脚一起泡进脚盆,刚把脚伸进去的时候,水太烫,我们会同时大叫起来,把脚提起来悬在半空;然后,我们把冰柱子的脚布放进水里,把脚踩在上面。

好舒服啊!

我们异口同声地说道。我们俩的脚碰到一起,于是我们就开始去踩对方的脚,脚盆外面常常溅了一地的水,我们才不管呢。那时候,已经没有人再往地板上打蜡了;最后看谁把对方的脚踩住,就算是胜利!我们哈哈大笑,在热水里泡上好一会儿,等脚热了就钻进被窝。

睡在床上的另一头,我和欣星谈得最多的是:妈妈不知道怎么样了?我也好害怕啊。只有当灯关掉的时候,我才敢把自己的担心说出来。我不怕有人揭发我,我不怕人家说我不划清界限,黑夜给了我很多支持,让我变得胆子大起来了。我好想妈妈啊!这时候,我敢跟自己的朋友说点我心里害怕的感觉和事情。我们常常说着说着,就沉默了。我发现眼泪顺着眼角淌在枕巾上。我转过身,把被子捊紧了,我怕自己会发出抽泣声。

我数着日子,等到第七天过去的时候,我该回家睡觉了。那时,我爸爸还活着。他身体不好,我总觉得在外面待久了,对不起爸爸。我对欣星说:

今天是最后一天了。

你真的不要走，我不能一个人，我觉得会发生什么的，害怕死了！

她刚说到这里，我心想看看屋子能出什么样的事情啊？一回头，突然发现欣星爸爸笔直地、默默地站在房间中央，像个吊死鬼。灯下的身影倒在地上，像一把刀，一直刺到我和欣星中间。他正紧张地看着在走廊上和我说话的欣星。似乎欣星爸爸也在暗示，要我留下。我想了想说：

好吧，最后一个晚上，睡觉去！

于是泡好脚，我们像往常一样早早上床了。

天冷就特别不容易憋尿，半夜的时候老想上厕所，但我使劲憋着，就是不去。最后实在不行了，我才把脚伸进冰冷的拖鞋里，踢踏着鞋皮，哆哆嗦嗦往厕所里冲。只看见走廊转弯处有微弱的灯光泻在地上，哎呀，晚上睡觉前怎么忘了关厨房和走廊的电灯呢。于是，我吸着冷气，上完厕所，又拖着鞋皮朝灯光走去。灯光是从厨房的门缝隙里漏出来的，那门正虚掩着；我下意识地推了推门，好像里面有人用力把门顶着，不知道怎么回事，半夜里，我竟然什么都不怕了。我怎么就不怕里面可能躲着什么坏人呢？没有，我什么都没有想，就是用尽力气推、推！一直推出一个小缝隙，可以钻进去的时候，我不禁尖叫起来，门背后是一个沙发，欣星爸爸正坐着，就在上次我教他怎么开的煤气灶边上。那煤气灶黑红的四个开关都大开着，但没有点火。欣星爸爸膝盖上放着报纸和书，两个手臂穿过沙发左右两边的空心扶手，双手手掌紧紧地合拢，手指已经僵化，纠缠着在一起，似乎怕被人拉开一样。他的头往下耷拉着，嘴里吐着白沫。我赶紧关上煤气，大声呼叫着：

欣星爸爸，欣星爸爸！

我去拉他的手，却怎么也掰不开那双合拢在一起的手。我像疯了一样朝欣星的卧室冲去，大叫着：

欣星，你爸煤气中毒啦！

只见欣星已经坐了起来，整个人蜷缩在床角，用被子捂着头颈说：

他是自杀。

我什么都顾不上了，赶紧穿上衣服冲出大门，跑到隔壁人家，又冲下楼去，四处乱敲邻居家的门，像疯子一样，在楼道里大声呼叫着：

救命啊！救命啊！

几个善良的邻居来了，他们立刻把欣星爸爸和沙发一起拖到后阳台上去吹新鲜的空气，然后把厨房的门全部打开，让煤气味散去。很快，救护车呼叫着冲进了瑞华大院，大人们慌忙地把欣星爸爸抬下楼，又把他抬进救护车里。

听着尖锐的救护车的呼啸声在瑞华院子消失的时候，我才回到五楼；欣星已经完全被吓傻了。有邻居来了，他们帮忙着打开了屋子里所有的窗户，冷风嗖嗖地穿过屋子，呼呼地咆哮着，有的东西被吹倒了，乒乒乓乓地响着，倒在地板上。可是，没有人关窗，任凭凛冽的寒风灌满了屋子。最后，我和欣星呆坐在屋子的中央，什么话都不说，就这么默默地陪着她。她家有一个老式的座钟，在嘀嗒嘀嗒走着，那声音听着就像是丧钟，我们越听越害怕。一抬头，看看已经是凌晨五点了，天还没亮透。等到阳光重新照在饭厅里的时候，机关里来人了，开始抄欣星的家。

我们两个被叫到房子的正中，一个造反派凶狠地跟我们说话：

我们正在抢救你父亲，但是，我们发现他服用了大量的安眠药。

欣星爸爸被救回来了吗？

还没有消息。

什么时候会有消息？

不知道！他可能是顾及孩子，因此先服了安眠药，到凌晨才开煤气自杀的，幸好发现得早……

你以为这些话会让欣星放心？她只会感到更恐怖。

欣星带着哭腔跟我说：

还不如不要救，死了算了，爸爸活着多苦啊！

瞎说什么呀。他是你爸爸！

就是因为是我爸爸，他要是被救活了，但是变成痴呆、傻子了，那怎么办啊？

当然先抢救,不然你就成孤儿了!

正当我们说着悄悄话的时候,一个造反派抓起一个信封,上面写着欣星的名字,他烦躁地把信封朝欣星头上砸过来。欣星吓得哇地大叫一声。没有人搭理她,我打开一看,里面有一个银行存折,上面有两千元人民币。那时候的两千元有多大啊,真是可以让人活上至少半辈子啊。我吓得赶紧和欣星拿着信封躲进厕所里,我们关紧了门,哆哆嗦嗦地翻着信封,发现里面还有一张信纸,上面是用楷体写的字:

　　欣星,这是你的生活费,爸爸对不起你!

欣星一把抱住我,号啕大哭起来:
我爸心真狠,扔下我一个人在世界上,他自己走了。
你不是一个人,还有我!从此我们就是亲姐妹了。
说这话的时候,我自己也没有底气,我们这些成分不好的人搞在一起,早晚都是要倒霉的。欣星只是哭,什么话都不回答我。

谁也没有想到的是,才说完这话不久,六月里倒是我的父亲先死了。欣星的父亲最终被抢救过来了,也没有任何后遗症,一直活到九十年代末。他还是过上了几天好日子的。

可是,我却再也没有机会和爸爸对话了……

逃离瑞华

坐落在常熟路上的瑞华公寓

　　我在屋子的走廊里站着。站到无趣的时候，又来来回回在那小过道里踱着。屋顶上有灰尘落下来，我也懒得抬头去看。这似乎已经不是我的家了，父母的卧室贴着封条，书橱上也贴着封条，四叔带着弟弟回宿县了，家，成了一个空空落落的小仓库。仅有的一些东西也是不能随便触摸的，那上面都贴着封条。我对这些都无所谓，脑子里是空的；我只是关心手上捏的最后那两张小小的、脏兮兮的饭票,这是我最后的二两饭票和五分钱菜票。我想,我还是要活下去的!对,我还是要活下去的。这成了我出门的理由,我朝妈妈单位走去。到了延安西路33号,那大楼要走上好多级台阶,才能面对正门,一切都很威严、很壮丽。如今,那大楼已被推倒,盖了贵都饭店,外墙装饰着厕所常用的那种瓷砖。如此难看的楼房,轻轻易易就替代了过去的老建筑。

我在门口站了好一会儿,才敢推动那扇沉重的玻璃钢大门。看门的问:

找谁?

找我妈妈,吴进。

人家不再说话,打电话上去叫造反派下来。很快,戴着红袖章的人走了下来,一边大声地训斥我:

你妈妈不老实交代,你还来这里干什么?

我没有钱吃饭了。

你还不跟吴进划清界限?还一口一个妈妈、妈妈的!

我听着,说不出话,眼泪就那么莫名其妙地落了下来。只听见那人又在吼叫着:

你哭什么?

我没钱吃饭了。

你等着。

等了一会儿,有人下来给了我三十元钱:

够你们吃三个月的了,你走吧!

拿着三十元钱,我第一时间就冲到欣星家去了,我们有钱啦!那时候,欣星爸爸自杀未遂,也被关起来了。我非常有信心地告诉她:

走,去宿县,把我弟弟接回家。

去了,还要回来的呀。

我们在南京下车,到我大伯家里,说不定他会收留我们呢。

我们可以离开瑞华啦!

就是！还不走啊？

人家万一不收留我们呢？

不会的，当年就是大伯带着我爸爸去抗战的，他们兄弟之间感情特别深。我爸爸觉得他的条件比大伯好，就承担了四叔还有两个侄子，就是我大伯的原配乡下老婆生的两个儿子的生活费。后来他们都考上了大学，爸爸继续负担他们的生活费、学费。四叔从南京电力学院毕业，大伯的一个乡下儿子读的是南开大学数学系，另一个在南京水利学院。四年，多少钱啊，全部是爸爸供的。

你妈没有意见？

没有。我妈觉得，读大学那么好的事情，一定要支持的。

于是，我们买了最便宜的棚车票，直奔南京大伯家去。车票才一元八角一张。车子很破，就是那种装货的车。这种车子里面没有座位，空空荡荡的车厢里铺着稻草，在车厢的犄角上，用一个草幔子围着，里面放了一只木质的马桶。每当有人上厕所，所有人都要经受一次煎熬。那久久散不去的臭味让人不敢靠在它边上坐下。可是，坐在车厢中间的人，没地方靠，没坐多久，就累得不知道怎么办好。后来在一个小站停车，有人下车以后，大家要求把车门打开，当门外的微风吹进来的时候，都觉得好受多了。车子不停地晃动着，有时会突然一个急刹车，把整车厢的人都摔到一块儿。乘客愤怒地在那里叫骂着，可是我和欣星却哈哈大笑起来。其实，有什么好笑的我们自己都不知道，但总觉得出门了，可以把那些事情扔在脑后，看到别人出丑，就觉得好开心啊。车子开得很慢很慢，只要对面来车，我们这里就得停下让路，就这么开开停停，从上海到南京，居然开了十一个小时。

我怕欣星吃不消，拼命讲故事给她听讨好她，让她不要抱怨，不要生我的气。我实在是没有钱，不然不会买这样的棚车票。我跟欣星讲：

我大伯原配生的两个儿子特别懂事，知道所有的东西来之不易，所以他们在读书的时候，几乎都不来上海麻烦我爸爸。有一次，在南开读书的堂哥到南京来看我大伯，他都已经走到我大伯家门口了，就想看看自己的父亲。

你知道吗？他站在那里好一会儿，都没有去按门铃，怕我大伯难做人，怕后妈不高兴，就这样犹豫了一会儿，还是回头走了，结果连自己父亲都没进去看一下。

他人真善良啊。

我伯母蛮厉害的。

你想，城里人，当年又给大伯做秘书，是有心眼儿的。

后来，大伯的孩子知道她们有哥哥，父亲不敢认，都责怪自己的母亲。

后来呢？

不知道啦。总之不想揽乡下亲戚的麻烦事啦。

我们的慢车终于晃到了南京，我拿着地址沿路找去。那时天刚刚亮，我们在经过一个菜场的时候，似乎看见了我堂姐，她在一堆烂菜皮里头翻着什么东西。

姐姐？

她抬头朝我看着。

我是小莺，从上海来。

她又看了看欣星，一句话都没有说，提着捡到的一堆菜皮，往前走。我感觉事情不对，也不敢说话，默默地跟在她的身后。一进家门，堂姐就把菜皮往桌上一扔：

我们就在吃这些东西。

大伯不在家啊？

爸爸妈妈都给关起来了，有三个多月没回家了。单位里连生活费都不给我们。我每天去菜场捡菜皮，煮山芋粥吃。

我从口袋里拿出了五块钱，交给了堂姐。

钱你自己留着吧。

不要，不要，你先拿着用啊。

反正每天就吃这些东西，你们要是咽得下去，就让你朋友一起住下。

我这才意识到，自己多么不懂事，都是什么年头了，怎么可以这样冒冒失失带着一张吃饭的嘴上人家那里，事先也没有打招呼。可是，我又开不了口，说我们现在就走，好像嫌弃他们似的。我们还是住下了，我又拿出几块钱，和堂姐一起算着用。我不是要赖在那里，而是觉得自己应该帮帮他们。就这样勉强过了一个多月，堂姐什么都没有说，努力照料着七个兄弟姐妹的吃喝拉撒。就是在那样的日子里，有一天，她备好"干粮"，带我们沿着古城脚下的山路，走到中山陵，还带我们走去看玄武湖。平时，她天天都在想办法找吃的。我们不能再给人家添麻烦了，便告辞去宿县接弟弟。

一出宿县火车站，就看见远处高高耸立的、冒着黑烟的大烟囱，烟囱下面布满着高压线、电网。

那就是宿东发电厂，我四叔家肯定住在那里。

怎么，宿县就这么破破烂烂的？

谁知道，还说呢，它是历代兵家必争的重镇！

沿路都是落满尘土的泥瓦房，它们东倒西歪地杵在泥路上；街道路面不整，坑坑洼洼地积着水。四周满是行人，真是没有看出什么"革命"气质，人们都是衣衫褴褛，大多数的人都赤着脚、瘦骨伶仃，两旁的小卖铺里卖的尽是些黑乎乎的东西，用山芋面做成的小吃，稍微有点亮点的，是那些贴着毛语录的红纸头，可是也因天长日久剥落了，还是显得衰败。出了小镇，就能看到淮河了。混浊的江水分出一条叫沱河的支流，缓缓地流淌在发电厂旁，电厂烧锅炉的废水像一坨坨的铁锈注入河里，那沱河的水已经变成深褐色而见不到底了，很多村子里的小男孩都光着膀子，赤裸着身子，在里面嬉水、洗澡。

不用任何人指点，我们就找到电厂了，因为它在那贫瘠的平原上，显得那么突兀。在一排排红砖平房的职工宿舍前，我们向一个邻居稍作打听，就找到了四叔的家。都快中午了，四叔他们才在家门口洗脸漱口，一看见我，他就愣在那里，是婶婶先开口叫我：

是小莺？

婶婶好。我……我来接弟弟了。

你爸单位给抚恤费了吗？

没有，我只从妈妈机关那里拿到了三十元。

咱家的口粮不够啊！

我带了全国粮票来了。

我赶紧把事先准备好的全国粮票拿出来，又给了她十块钱。婶婶这次真的不高兴了。

就这点？你当我们家是开钱庄的。

剩下一点，我们要买车票回家的。

我看见欣星已经背过脸，像是要哭出来似的。她肯定从来没有受过这样的委屈。话竟然可以这样赤裸裸地说出来。这时候我真是懊恼，恨不能找个地方一头撞上去。我干什么要把欣星也拖来受这个罪呢？！四叔和婶婶沉下脸，不再搭理我们。什么逃离瑞华啊，我开始怀念瑞华了！那地方至少还有一个屋顶，我们还不至于无家可归；那里至少还有食堂，我用给婶婶的钱，自己就可以打饭吃，哪里要看她这样的脸色！我和欣星在宿县的镇子里瞎逛，我们什么都看不见，转了一圈，还是回到四叔家里。

婶婶往桌上放了两碗山芋小米粥，没好气地说道：

吃吧。只有粗粮，细粮是配给的。

我朝四下看了看，没有看见弟弟，怯怯地问婶婶：

小弟呢？

一个男孩子，都十岁了，该做事了。早上四点，我让他去城关东排队买细粮去了。

现在都十二点了⋯⋯

没事，排队人多，一会儿就会回来的。

四叔急着吃了饭去上中班，所以就不等弟弟回家，我们全都趴在桌上吃那个山芋小米粥。虽然和南京一样没啥吃的，可是四叔家却让我特别憋气。直到这会吃饭的时候，他都没有跟我们说话。午后，弟弟背着米袋回来了，我看到他就哭了。过去，爸爸最宠的就是他，处处顺着他，保姆小兰阿姨更是前后追着捧着他，什么好吃的都先要给弟弟留下一份。突然出现在眼前的弟弟，瘦得"三根筋挑起一个头"，二十斤来重的米袋死死地压在他肩上，几乎把他给压趴下了，裤子的膝盖部位磨出一个大洞也不补。他还赤着脚，就穿一件黢黑的汗衫，眼角粘着发绿的眼屎，似乎有好几个星期没洗脸了。弟弟呆头呆脑地看着我也不说话，一见小桌上的剩粥，就冲上去抱着大粗碗囫囵吞地往嘴里倒，那大腕把整个脸都盖住了。他连咸菜都没有吃就把粥给喝完了。放下碗，弟弟用手膀子擦了擦嘴巴：

我去沱河游泳了。

你不能去沱河，那个水太脏了！

话音未落，他已经跑出家门了。我像一个老娘们儿似的，追在他身后：

不要去啊，你的眼睛都发炎啦！

弟弟早就跑远了。我猛地感觉到一种疼痛，像是有什么尖利的锥子，在往我的胸口上戳。我在四叔家门口的门槛上坐下来，整个人都窝在膝盖上。我第一次意识到自己有多么自私，先是把弟弟扔给重病的爸爸，然后又托付给这样的叔叔。我紧紧地抱着膝盖，似乎这样可以让胸口不再疼痛，可以轻松一点。那个时候，欣星一句话都没有说，就这样陪我在四叔家的门槛上，坐了很久很久。

晚饭我们在小院里，仍然喝着山芋小米粥糊糊，没有看见四叔和婶婶，也没有看见他们家的孩子初鸣。我问弟弟：

吃饭时间，他们一家到哪里去了。

不知道。

喝完了糊糊，我跑到四叔房间想看个究竟，只见他们的门框上贴着一副对联：天生一个仙人洞，无限风光在险峰。我差点笑出来，顺手揭开了对联之间的门帘，却看见他们一家三口坐在一张小桌前，头顶上吊着一盏洋铁皮灯罩的小灯，灯光晃悠着，照着他们欢笑的脸，但是那灯光投下的阴影，依然让那一张张脸变得那么狰狞。他们正吃着香喷喷的米饭，那不是弟弟半夜排队背回来的细粮吗？婶婶毫不掩饰地对我说：

我们身体不好，需要吃些细粮，你们年轻就将就将就吧。

四叔在一旁吧嗒吧嗒地吃得很香，连头都不抬，也不看我一眼。我转身到小院的饭桌前，问弟弟：

你天天就吃这个啊？

没关系的，吃饱就可以了。

你知道他们吃什么。

知道。不给我吃就不吃么。

凭什么啊？爸爸对四叔那么好，四叔逢年过节也不回老家，都是到我们家好吃好住的，他读书的钱全是爸爸妈妈供的。

我不在乎吃这个，就是怕四叔和婶婶让我半夜一个人去城关东排队买米。要走一个多小时夜路呢！那里在武斗打枪，乱抢人家的东西，我老是东躲西藏的，等天亮才敢买了米回家。

弟弟正说着，一阵风刮来，烟囱中的煤灰落到了我们的粥碗里，像撒了一层芝麻，黑乎乎的一片。

我走出小院子，哇的一声哭出来了。欣星跟着我，我对她说：

爸爸不在了，妈妈也不知道被关在哪里。你看看四叔一家人，他离开上海时，拿了我爸爸多少东西，还卖掉不少，连旧报纸都卖了换钱，怎么还说没有钱呢？婶婶还是教师，暑期待在家又没事，她自己不去买米，让小弟去。他们老说我妈妈如何不会做家务，如何如何不识人间烟火，否则我爸爸不会死得这么早，说我爸多好的人，都是被我妈害的。我爸爸好，就是他们可以在爸爸那里拿钱花，要是不给他们钱了，谁还认这个好人？

我越说越气，但想想有什么好说的？米是他们的，又不能去抢了吃。就算全国粮票是白给了，我也一天都不能再在宿县待下去了。我去跟四叔说：

我们这就回上海了。

好的！

他连客套话都懒得说，更不要说有什么挽留我们的意思了。就这样，我带着欣星、弟弟，离开宿县，回到了上海。

那时候我们都很小，对生活、对人性、对自己的生存环境都不理解，在我们接受的教育里面，都是阳光灿烂的东西，而现实却截然相反；我们全然没有意识，也不知道在什么时候，我们已经被教育坏了，心里总是充满了仇恨，充满了怨气。总之，我们不知道生活有什么是值得我们眷恋的。出了上海北站，身上没有钱了，于是沿着天目路，走到西藏北路，最后沿着延安路一直往西走。那会儿，我们三个人看上去一定就像三个讨饭的，谁还管得了那么多，我们连家都没有回，直接去了位于延安路西路33号的市委大楼。

站在大门口的时候，也不用我们说话了，就那个德行，连造反派都知道我们是去干什么的。他们又给了我们三十块钱，像打发叫花子一样，把我们撵走了。

1968年，刻骨铭心的一年。

1969年的元旦刚过，我记忆中印象最深的是家里洗过的衣服、毛巾都挂在那里结冰了；当清晨微弱的阳光照在上面的时候，衣服变得晶莹透亮，还没等它滴下水珠，阳光已经投向一边，屋子里又蒙上了一层阴影。有人在恶狠狠地敲大门，我没有搭理他们，显然不是自己人，谁都知道我们瑞华家家户户的门都是不上锁的，敲什么门啊。一会儿，门被推开了，我看见造反派站在那里。两个男人，也没有被邀请，就径直走进了我家的走廊，然后大声地训斥道：

我们是来通知你们，你母亲——吴进，明天就允许她回家了。但是，你给我记住，每天早晨她必须在你们三号楼前做清扫，接受革命群众的监督。早上八点是她到机关报到的时间，晚上八点回家。如果过了时间她还没回，你立刻到机关报告。

为什么要报告？

吴进在关押期间绝食，后来又用头撞墙，已经自杀过三次了，你要密切注意她！不能让她自绝于人民！

说着，他们推开我往里走，随手撕下贴在爸爸妈妈卧室门上的封条，也不打个招呼就转身出门了。就这样，我们等着妈妈回家。第二天晚上，我听见大门外有人拧动门把手。我跑到门口，看见妈妈进来了，她提着装着脸盆、牙缸等生活用品的网线兜。我轻轻地叫了一声：妈妈。

其实，妈妈关押才一年不到，可是一切竟然变得那么陌生。她看见我和弟弟也不说话，走到自己的房间看了看，又走到我的房间，把我的小床拖到她屋子里，跟我说：

你睡这里吧，以后我们住在一起。

妈妈回家了。妈妈，这个称呼，其实现在想来多不对称啊，那会儿，她也只是一个三十七岁的女人啊。我睡在她屋子里。清早，妈妈跟我说：

你一整夜都在打呼，睡得好香啊，听得我更加没法入睡。

你为什么不把我推醒啊？

现在，还有什么比睡得着更好？

妈妈回家了，我终于踏实了，我们有家了。妈妈还是穿着体面地在那里清扫院子。背后，周围的人冲着我和弟弟说：

告诉你妈，不要臭美了。一个混进党内的资产阶级小姐。

怎么还敢穿戴得像妖精！

我和弟弟往家里跑，还没有进门就看见玻璃窗被一个弹弓打上来的小石头砸碎了，紧接着又是一个小洞。我拉住弟弟，躲在过道里，千万不要被小石头打伤。只有到了黄昏的时候，我们才坐在饭桌前，等待着妈妈。这是每天最难熬的时刻，只要等到了妈妈，我就会对自己说：我终于又战胜了一天。可是心里的害怕一直挥之不去，我悄悄跑到表弟家，看看大姨是否被放出来了，他们家不比我们家好多少。说是家，其实没有一点家的气氛，妈妈的话越来越少，不知道她在想什么，她在院子里扫地，永远是低着头，像欠了整个瑞华院子里的人似的。过去，她穿着绉纱百褶黑裙，把碎花短袖衣束在裙腰里面，飞快地跑下楼去上班，黑裙子在身后飘起来，像一只黑蝴蝶；她穿着黑色旗袍时，脚上是一双黑皮鞋，右肩还跨着黑皮包，远远看去，像是画报上的女人。

现在，妈妈只是穿得整洁一点，就被人骂。似乎是为了抵偿自己的清爽，她加倍地干活，远远超出了造反派规定的范围和时间。她不仅仅是把三号楼门前清扫干净，还早早地起来，把整个大院子都扫了。周末，她花一整天的时间，用碱水把电梯间的过道拖干净，从九楼一直拖到底楼。她觉得，这样就可以改造好了，这样就可以通过审查了。不知道她是单纯，还是在消磨自己的生命，或许是一种对现实生活的逃避？我觉得那个年代，我们都会虐待自己。她的交代一直不能通过；她的沉默向我暗示着欣星爸爸的选择，我真怕妈妈离开我们，可是我又不敢告诉妈妈我的恐惧。

一天晚上，都过了八点，妈妈还没有回家。我想起造反派交给我的任务，想到妈妈曾经有过的三次自杀，头皮开始发麻，我从来没有觉得夜晚是那么漫长，我们不敢吃晚饭，不时地抬头看着墙壁上的电钟默默地走动着，一点声音都没有，当长指针又转动了一圈，又是一个小时过去后，甚至连楼道里都不再有声音传来时，整个世界变得越来越安静。最后，我听见的是窗外在下雨。雨点拍打在窗户上，像是有一个个小弹弓，用石子敲打着玻璃窗。我越来越害怕，我们没有吃饭，我躲在被窝里，仿佛在那里可以找到一份安全感。可是已经是晚上十点了，妈妈还是没有回家。我猛地从床上爬了起来，弟弟也站到我旁边，他跟我说：

我们去机关汇报吧！

我俩撑着伞，谁也不说话，只是踩着雨水，一步一步朝华山路海格大楼走去。路灯在雨中像鬼火似的闪动着。我们从来没有意识到，从常熟路到华山路这几百米远的路程，竟然是如此之长！一路上都看不见一个人影，也不知道妈妈到底在哪里！走到大楼前面，我和弟弟躲在伞下，谁都不敢去敲海格大楼院子前那扇漆黑的大铁门。我们找谁汇报呢？我更害怕汇报这件事本身，于是就在门口，在雨中等待着。弟弟似乎和我有共同的感觉，他不说话也不催促，就这么等待着，我们都不知道在等待什么。那是二月初的日子，天气很冷，手指在雨水中冻僵了，捏着伞，没有感觉，看着铁门上的雨滴，就像所有冬季的雨天一样，寒冷在这个时刻是太正常不过的事情，我也变得非常麻木，一边哆嗦着一边等待着。这个等待，是我唯一可以做的，我别无选择。不管生活变成什么样子，人总还是要怀抱希望的，至少我们要为希望去做一点努力，这就变成了我们活下去的动力。我们在等待着妈妈回家，可是希望却变得越来越暗淡。有时候，我们会以为自己要像卖火柴的小女孩，

我去插队前和妈妈弟弟的合影

在寒冬里死去。可是，真的伫立在寒冬的街道上，没有人会可怜我，连我自己都不会可怜自己，站就站着吧，只是感觉到越来越寒冷。不知道过了多少时间，我们就这么傻傻地在雨里淋着。突然，铁门哐啷一响，是一扇小门打开了。是妈妈。她一手把包举在头顶遮雨，一脚正往外跨。她一下子看到我和弟弟站在雨中，几乎是冲了过来，我和弟弟还愣在那里，妈妈已经紧紧地把我们俩抱住了！在小雨里，我们三个人团在一起，谁都没有说话。我突然感觉到一种难以承受的激动，我快乐得想大喊大叫起来，我听见自己的心跳，敲得很响，几乎要敲破我的胸腔，可是我的头埋在妈妈的肩膀里，就是不想抬起来。我感觉快窒息了，像在做梦。过了好一会儿，妈妈才说：

走，我们回家！

妈妈说完这话，我突然觉得脚已经冻在街道上了，无法移动。很久没有这么近地贴在妈妈身上了，我可以感觉到她肌肤的温暖；我突然想笑出声音，因为我闻到她脖子上散发出的气息，那是她涂的友谊牌面油，有那么一点点清香；我心里的那份喜悦真是难以表达，因为妈妈说了"我们回家！"多么明确的意思，是回家！妈妈是在给我们全部的许诺，她不会再去自杀了，她知道我和弟弟在等她回家，等多久，都要把她等回家的。我感觉自己像一只小鸡，终于找到了母亲，躲在老母鸡的翅膀下面，享受安全与温暖。此时此刻，这成了我生命中的全部！在雨中，我真愿意就这么在妈妈的怀抱里永远地躲下去。

红颜薄命

外公吴序新是 1965 年底去世的,他把所有的灾难都留给了我们。

1966 年的夏天,里弄里的年轻人破门而入,冲进外公家里。那是一个阳光明媚的下午,小外婆正在收拾她的旧货,她已经预感到要出什么事情了。看见一群戴着红袖章的年轻人蜂拥而入的时候,她显得过于镇静,似乎已经准备好了。她唯一没有想到的是,放在床头的一枚钻石戒指,不知道怎么消失了。等到独自一人想到那个戒指的时候,再也找不到了,显然是被哪位"革命小将"偷了。人们一把揪住她,把她的脑袋使劲按下去时,小外婆什么都顾及不上,只是发出一声低低的、凄惨的呜咽。红卫兵立刻阻止她:

放老实点,不许你发出声音。

把这个资产阶级的臭婆娘拖出来示众!

小外婆想看明白说话的到底是什么人。她抬起头,眼睛里还是露出了一份惊恐,还没等她缓过神来,已经被他们按在床头上。另外一个里弄干部拿起了剪刀,那剪尖就在她眼前晃动,她什么话都不敢说。另一个年轻人抓过剪刀,揪起小外婆梳理得整整齐齐的短发,一剪刀下去,顿时一片欢呼声和笑声。小外婆被剪了一个阴阳头。他们揪着、拖着小外婆,拉出去在街上开始游斗。一路上,跟来不少的孩子。他们朝小外婆吐唾沫,把街头的小石块、泥巴都朝她身上扔。在家门口,里弄红卫兵宣布:

从今天开始,将由革命群众监督资产阶级遗老遗少——罗人鸢。

说到小外婆的名字,周边的孩子叫得更加欢快了:

鸾，什么卵呐！不许她老卵啊！

小外婆被推进一间没有窗户的小屋子。她被扫地出门了，她的家不知道被什么样的革命者占了。夜里，小外婆一声不响，脱下衣服，看着镜子里像鬼一样的自己；她站起来，用冷水洗了头，擦了身，然后跟自己说：为了罗人鹏，我要活下去！

罗人鹏，就是我的圆圆外婆，小名圆圆，所以我们都管她叫圆圆外婆。

1970年底，我得了急性黄疸肝炎，从黑龙江呼玛县插队的地方回到上海。躺在病床上的时候，我常常想起漂亮的、不多言笑的小外婆。当革命真的冲击到我的生活，我才意识到，现实中的革命与我理解的革命，相距实在太遥远了。原来，革命不像书本里描述的那样——它一点都不浪漫，一点都没有意义，更多的时候，它竟然是如此残酷，充满了暴力和破坏。人的尊严被无缘无故地摧毁，理性被完全地践踏了。小外婆怎么还可以生活在那个地方？

苍白的病房让我越来越念起小外婆的好。外公特别高兴时，会带着我和小外婆一起去"红房子"。我怕外公，跟他吃饭不像在瑞华公寓的楼上楼下邻居家，不分彼此，连保姆都坐在一桌上，热热闹闹地有吃有笑。和外公吃饭，我连声音都不敢发，胸前扣着白色大餐巾，刚拿起刀叉就掉在瓷盆子上，叮当作响。小外婆贴着我的耳朵，悄悄地提醒着我如何用好刀叉，接着又说：

不要老吃面包，正菜还没上来呢。

每逢元旦前夕，外公还会拿出香港寄来的各种贺卡给我看，有的打开后会发出叮叮当当的音乐。可是我非常害怕看这些东西！因为学校教育我们，这些东西都是资产阶级的，外公是在腐蚀我们年轻的一代。还有那些照片，怎么不像爸爸妈妈的朋友那样，他们不穿制服，有人还穿着貂皮大衣。我一定不能多看这些东西，不然我就会变坏的。记住，外公贺卡上的画和音乐都是资产阶级的东西，外公相册中的人都是反动阶级！我一直这样提醒自己，不然我会一直朝那些照片看：那里的人都好漂亮啊，那贺卡也好有意思啊！但是，我绝对不能看，记住了，不能被这些资产阶级的东西腐蚀！生活真的不快乐，处处都要提高警惕，我多么害怕被腐蚀了。我走出外公的房门，小外婆经常站在走廊或楼梯口等我，拿出五角钱放在我的手上，然后对我说：

这是你的车钱，路上小心！

其实，车钱只要四分就够了，小外婆每次都给我这么多零花钱。有一次，她拿出一条紫酱红的粗羊毛镂空围巾，披在我身上比试了一下。我笑起来了，怎么像上台演戏似的。小外婆问我：

好看吗？

好看！

过了一些日子，这条围巾就变成了一件毛衣，是小外婆拆了以后，一针一针为我织成了毛衣。毛衣的前胸还拼出了花纹，比围巾好看多了！我穿着新毛衣跳跳蹦蹦路过厨房，保姆阿喜用眼睛斜看着我，怪里怪气地说：

长得真像你爸。

我也斜眼看了看她，心说：关你什么事！我就是觉得奇怪，小外婆为什么老和阿喜在一起？

出院以后，我开始敢于和妈妈家的亲戚待在一起，我不再跟同学大声说要和她划清界限。血缘上的联系，怎么划都是划不清的。我做了第一件事情：不知道从哪里借来一辆破旧的三轮黄鱼车，骑上它，踩着踏板，歪歪扭扭上了淮海路。我连车座上铁柄刹车都不会用，就那样横冲直撞地骑到淮海路马当路慈善里去了；我是去接小外婆的，再带上她当时所有的家当上路了。其实，她还有什么家当？全部的财产就是一只床头柜、一张单人床、一本破残的照相本和一只不能提的破纸箱。我抱着脱了底的纸箱，一股脑儿地扔到黄鱼车上，走了。

刚跨上黄鱼车，一些邻居上前拦住了我：

你是什么人？你包庇反革命！

我是她外孙女！你才包庇反革命呢。你每月都在那里用我外婆的钱。

是她硬塞给我的。

是你们逼着她给的，她不是你们的钱袋！

你是资本家走狗！

我一边吵一边推开周围的人群，骑着车就跑。他们追不上，就在后面大声叫喊着外公和小外婆的名字，要打倒他们！有人在朝小外婆吐唾沫，小外婆低着头，我骑在车上，也朝他们吐唾沫。第一次，我觉得自己是大人了，我谁都不怕了，我可以带着小外婆离开这鬼地方。我也不怕瑞华了，就这么光天化日之下，把小外婆接到我们家里。很多年后，大姨说我不成熟，走的时候，应该在小外婆的门上贴上封条，不该连房子都放弃掉的。我想也是，连外公家花钱买的房子，都被人家抢走了。这房子后来再也没有还给我们。

在瑞华，我和外婆挤在一个小屋里。在那小小的空间里，那漫漫无尽的白昼把我和小外婆拉近了，她开始跟我说一些往事，告诉我，她为什么要为了圆圆外婆罗人鹏活下去：

我们罗家住在南昌市。我父亲罗志清是清末举人，在南昌城里开了中药铺"同仁堂"，还设私塾，建立新式学堂，南昌城里谁不知道罗举人的声望？同仁堂的规模之大啊，现在都看不到有这样的药铺了。我们南昌药铺几条街的后面有一大片地，那是家里的养鹿场，鹿茸都是真货！我父亲生育了二男四女。长子，我大哥罗人骧，北大法律系毕业的，做了法官，育有两男六女，长孙罗时济去法国留学巴黎，也是学法律的，回国后在上海法学院任教；次子罗人骏继承家业，经营同仁堂，后来是把整个家都给败了；长女，我大姐罗人凤，虽说毕业于新式学堂，学财务和数学，结婚前未婚夫就病死了，她为他守节，留在罗家一辈子未嫁，认养了大哥的幼子，还协助二哥经营家业；二姐罗人鹤，嫁给南昌城外苏家，婚后不久，丈夫骑马摔死了，二姐带着一女一男守寡一生；三姐罗人鹏，就是你的圆圆外婆，她是上海南洋医学院学生，为罗家还债……

说到这里，小外婆突然噎住了。她不再说话，眼泪不停地往下淌。

小外婆，下次说吧……

唉，那就下次说吧……我和你外公没有子女。

停顿了好一会儿，小外婆又说：

我父亲中举后，说中国的官场腐败啊，不再进京考官，就开始行医经商了,他是当年南昌市商会会长。父亲的医术高明,见是穷人来治病,都不收听诊费。

说着说着,小外婆有点开心了,笑道:

我们四姐妹的美貌在南昌城是出了名的。我和三姐出去买东西,卖货的人生意也不做了,两眼直溜溜地就是盯着我们俩呆看。父亲生气地用手杖戳着地板说:看什么呀,还做不做生意啊?……唉,漂亮有什么用啊,真是应验了一句老话:红颜薄命!大姐是纸婚,其实说来你都不会相信,她连那张纸都没有拿到过,一辈子没嫁。这样的女人都是要写到宗族的家谱里,甚至是县志里去的。有钱的村子会给这样的女人树一个贞节牌坊,否则,谁记得啊,就是县志里写了,前后也不过一行字。

小外婆,那大姨婆罗人凤有贞节牌坊吗?

没有。

就算写进县志里,为了这一行字,就这样活一辈子?

那时候,女人没有地位。我们四个女孩还都裹了小脚,后来父亲比较开明,看我们那么痛苦,路也走不了,就说不要裹啦。我还不到十岁,我们就全把缠脚的布放开了,这叫"解放脚"。大姐后来吃斋念佛,信奉独身,我们父母去世后,她就在家里辅助二哥经营同仁堂。二姐也是命苦啊,年纪轻轻,就守寡伺候公婆。只有三姐,你圆圆外婆,天资聪慧爱读书,身心安静,也善解人意。

外公怎么会和圆圆外婆好上的呢?

你外公从日本回来,在上海行医,担任了南洋医学院的教务长,还兼任南昌市卫生局局长,傅敏外婆是妇产科医师。1927年4月,蒋介石在上海开始清党。杀共产党嘛,你学历史,都知道的。那年8月,还是南昌市公安局局长的朱德发动南昌起义,他事前通知外公,要求他跟着一起出兵。外公得到消息后,立即辞去了卫生局局长职务。外公不想过问政治,他觉得自己是选对了,后来他的代理局长被冲进市政厅的起义军一顿打。外公开始定居上海。当时政府下令不允许外国人担任中国学校校长,日本人就推荐做教务长的外公升为医学院院长。这时候,江西农村"打土豪分田地"的运动起来了，我们家为了避乱，留下二哥继续在南昌经营同仁堂，其余的跟着做法官的大哥迁到了苏州和上海，在那里购置了房产，圆圆和我就来上海读书了。圆圆，你亲外婆很顺利地就考上了南洋医学院，我在补课准备考大学。

说着说着，小外婆就会停下来，去翻看那本大照相簿，这是她永远保护着的最后的财产。她指着在南昌罗家大院里拍的相片，继续往下说：

漂亮啊，你圆圆外婆，是我们罗家最漂亮的女人！

你圆圆外婆考上大学也是不容易的，到上海以后，没有逛过商店，没有去看过一场戏，我们全家都是喜欢听京戏的，你知道吗，圆圆能唱好多段子呢！一说读书，她心静，就坐下了。她以前四名的成绩考进了医学院。

顺着外婆的手指，我看见她们四姐妹的照片，完全是摩登的上海女郎，她们烫着时兴的发式，穿着貂皮大衣。

小外婆，你们看上去像电影明星了。

这还不是一般的貂皮，是用貂的尾部皮毛拼成的。

哪个是圆圆外婆？

你看不出吗？

是这个！

我指着站在右侧的女孩，因为她显得最自信；她烫着一边直一边有点小弯曲的头发，抿着嘴在笑，笑得那么镇静，目光也是坚定的。即便是和医学院的同学站在一起，她也总是凸显在人群里，像一朵含苞待放的荷花。在医学院的两年多日子里，一定是圆圆外婆一生最幸福的时光。

那时候，所有的同学、教授一说到你圆圆外婆，没有一个不赞扬、不喜欢她的。可是在南昌罗家药铺守业的二哥，成天吃喝嫖赌，欠了赌债，取了三房姨太太，还跑到汉口、上海、香港的妓院，把在汉口认识的妓女带回家做四姨太。三房姨太太因为相处得很好，就设了一个圈套，跑到汉口找到了那个妓女，背着二哥对她说：你不知道嗷，他家的大奶奶有多厉害，我们吃了多少苦！还假装拉开袖子给她看，说是被打伤的。其实，是他们做的假。

圆圆外婆（右一）在大学读医时，和同学的合影

她们又说，你这次要是去了，一定会被她打出门去的。最后，二哥没有娶成四姨太……说出我们家的事情，都龌龊得很，真是开不了口！他连自己的一大群孩子，哪个是和哪位姨太太生的都搞不清，他又不愿"亏待"人家，家就是这样被他败掉的。想想当初，家不是这样的，我父母亲多恩爱啊，母亲是"帮夫命"，父亲从未想过娶小。他的为人就像我爷爷用遒劲浑厚的颜体写成的条幅"淡泊明志，宁静致远"。爷爷从容大度，就像他挂着的王之涣的诗词"白日依山尽，黄河入海流，欲穷千里目，更上一层楼"。那还是草书呢，抄录者署名为：识痴。你知道这个识痴是谁？

我怎么会知道哦。

小外婆骄傲地告诉我：那就是你亲外婆的笔名。她的字写得像男人一样。圆圆外婆的房间里，靠墙有一大排书架，一半是线装书，还有一半是康有为、梁启超、严复，甚至还有鲁迅、郭沫若、胡适……大侄子从法国寄回家的画报，她看完后都收藏得好好的。都说她有"帮夫命"，可是谁来帮她？家里还在汉口、长沙等地开了分店，那些药铺都让二哥给败得经营不下去了。他在上海买马票，赢了，就买一堆金戒指，一只一只送人；输了，就让汉口的掌柜寄钱。一看这样，南昌掌柜赶紧卷了钱，自己跑啦！最后，家里关了所有分店，勉强支撑着南昌的同仁堂苟延残喘。尽管大哥在当法官，有收入，但他是两袖清风、不受贿赂的法官，靠他一个人的"干薪"，无力承担我们罗家的庞大支出啊。我们罗家就此开始衰败了。

是为了救罗家，圆圆外婆才嫁给外公的？

是啊，不是因为家道败落，圆圆外婆那么好的前途，何苦要和你外公扯在一起？那时候，你外公在上海青云直上，他的那把手术刀，厉害！他还精通内科，找他看病的人几乎都是达官贵人。他发现给那些没病没灾、一点头痛脑热就大惊小怪的太太们"看病"、做保健太容易了，于是他就接受了上海淞沪警备司令部司令杨虎的邀请，做了杨家的家庭医生，而且还为蒋家"看过病"。他出没于上层，得钱聚财容易啊，一下就购置了好几条弄堂的房产；他父亲把南昌的米行扔给人家管了，自己也到上海来开钱庄。就在这会儿，傅敏外婆产前大出血死了。外公知道，他今天的一切都是傅家给的，自己夫妻十多年，这位能持家又能行医的傅敏外婆去世了，他伤心啊。外公当时年富力壮，还有傅敏留下那么小的孩子，续弦是必然的。多少人来说媒，他其实早就在打自己学生的主意，就是圆圆。但是圆圆外婆毕竟比你外公小十来岁，又是医学院的高材生。当时的上流社会风气，年轻人是以追求自由民主的新生活为时尚，尤其在医学院这样的高等学府，校长怎么可以"追求"自己的学生呢？你外公是用了很多心计的。

外公，为人不厚道。

何止是不厚道，是缺德！她知道罗家是我大姐当家，她说了算，圆圆外婆最听她的话，所以外公就直奔大姐罗人凤那里，大姐看见外公提着那么多的礼品上门，还以为是看中了她呢！

大姨婆不是在守寡吗？

守什么寡，她压根就没有结过婚，有合适的人，她什么都不会守！哼，不要说道德，那个时候，就为了钱，连良心都守不住了。她心里蛮得意，所以对外公来得个热情！外公一看就知道罗家在衰败，年底债主又找上门来，所以外公立刻给了大姐两千大洋度年关。罗家人对外公的慷慨解囊，真是感激不尽啊！这时候，外公就向大姐表示，想娶圆圆为妻。我大姐真的吃惊不小，原来吴序新心猿意马，自己是剃头挑子——一头热啊。她立刻说，圆圆正在读书，罗家是要考虑考虑的。你想吗，吴序新大她十多岁，有孩子，为他续弦，那时候也叫填房，多难听的说法，岂不是亏了圆圆吗？

那最后为什么还是答应了呢？

还是看中他的条件好啊！罗家走下坡已经一发不可收拾，这桩婚姻不能不说是一个好机会。大姐找大哥大嫂去商量，最后为圆圆定下这门亲事。

圆圆听到这个决定，犹如当头一棒！她在医学院已经是第三个年头了，还有几年就要毕业出国深造，她一直打算出国学医的，怎么就要结婚了呢？还是和自己的校长，一个拖儿带女的老头子，一个从来没有列入考虑对象的男人，那自己爱的人怎么办？圆圆几乎要哭出来了。她说：

我还在读书，我要读书，我不能不读书的！

其实，外公知道圆圆一定会拒绝的，于是就回避她，跑回南昌看望自己重病的母亲。圆圆是不可能接受这桩婚事的，她有自己相爱的男朋友陈鑫，他正在北大读书。她赶紧给他写信，希望得到帮助。你想得到吗？陈鑫在回信里，虽然表示自己多么爱着圆圆，可是又说，毕业后因工作不好找，父母为他在北京也定了亲，女方家会安排他去银行工作，无奈自己不如吴序新优秀……你看看，就是这样一个男人。圆圆哭得那个伤心呀，一夜之间，就像一棵刚冒头的青草被人连根拔了起来丢在一旁。你年纪小啊，不知道这种痛是可以把心都钻透的。大姐不仅不安慰她，还苦口婆心劝她，说吴序新医术那么高、多么有前途，跟着他你还学不好医吗？软硬兼施逼圆圆嫁给外公，还说了，外公答应圆圆结婚以后可以继续让她上学读书。就是这最后一条，让圆圆动心了。

婚礼非常体面，罗家觉得脸上有光，就拿出了厚重的陪嫁。外公购置了上下三层的新房，全部配置了镶大理石的红木家具。

小外婆说到这里，沉默了。她两眼通红，眼里涌满了泪水。我不明白，为什么这婚姻让圆圆外婆觉得那么苦恼呢？其实听上去还是蛮不错的。记得外公和圆圆外婆的结婚照，外公留着日本小胡子，脸上堆着满意而不失架势的笑容，穿着西式礼服；新娘华丽高贵，一条白纱裙裹着圆圆外婆美丽的身段，但是圆圆外婆的脸看上去带有哭丧的感觉。后来我再看到这张相片时，外公已经被人刻意剪去了，剩下的圆圆外婆更像一支枯萎的花朵；没有脸的外公，衣服依旧是笔挺的，像个道具用的假人。

你外公和圆圆结婚的消息，像是在医学院放了颗炸弹。同学们，尤其是平时围着圆圆转的那些男生，简直不能理解：那么出众的才女，怎么就轻易嫁给一个老头子？当时又是五卅惨案引起的学潮，医学院的学生也开始罢课，不断有人到校长室质问，还有不少学生画漫画骂外公，有的在信上说他不顾自己是一校之长，强人所难同罗人鹏结婚，把本校高材生葬送于手。这些条子在外公度蜜月回家后，劈头盖脸地砸来，搞得他夜不能寐；圆圆也收到了些条子，讥笑她卖身给一个老头子。外公觉得让圆圆回去读书对自己的婚姻不利，立刻改变了初衷，先是说服我大姐罗人凤，而后两人联合阻止你圆圆外婆返校。外公骗她说学校闹学潮停课了，圆圆信以为真，一心在家等待学校复课。直到有一天，她的好朋友来信，说学院已经复课，怎么还见不到她，圆圆外婆才惊恐地发现丈夫在欺骗自己。她拿着信去质问，外公竟出尔反尔地回答她，一个结了婚的女人还要去读什么书？我难道不能养活你吗？圆圆天真地回话：那傅家姐姐怎么可以结婚以后又去读书的？外公说，你怎么能和傅敏比？你不知道，我的今天是傅家给的吗？你圆圆外婆杵在那儿，最后只讲了五个字：你言而无信！——这是她所出身的家庭最鄙视的行为。

我听了也想哭。圆圆外婆受了那么多新文化、新思想教育的熏陶，最后走的还是"三纲五常""三从四德""女子嫁则从夫"的老路。她怎么会那么软弱啊？！

外公接受了名古屋医学院的邀请，去那里学习最新的脑外科手术技术。他带着圆圆外婆去了日本，回国后圆圆外婆就生了我妈妈。因为妈妈漂亮，外公说给他带来了好运。杨虎又封他为少将军医，他索性不挂牌行医了，雇了九个佣人，出入有轿车和军人侍从，夜晚应酬不断。圆圆外婆对社交根本没有兴趣，又对学医难以释然，就在家自学和阅读。外公决意要她断了她回医学院的念想，居然停了家里所有的刊物。

一点一点，一天一天，圆圆外婆不得不给自己找合适的理由，向外公投降。她对小外婆说：反正学了、看了也没用，何必叫人觉得不顺眼！

圆圆外婆意识到自己是笼里的金丝鸟，只是一只玩偶。而外公越来越放肆，开始嫌她只会读书不会管家，不会督促、使唤佣人，用钱大手大脚，娘家、朋友来访，留客请饭不够还要送礼，对前妻的儿女花销也不计算。

一次，你圆圆外婆带着大姨出去逛街，花了二十大洋买了个红宝石发卡，高高兴兴地别在你大姨头发上，回家就被外公指责。大姨在门外听见动静，吓得赶紧把红宝石发卡从头上摘了下来，悄悄放在圆圆外婆的床头柜上，算是还给她了。"文革"抄家，什么都没了，不过这发卡算是保存下来了。圆圆外婆临死的时候，还是把它塞到大姨的手心里。你大姨一直珍藏着，是对你圆圆外婆的怀念啊！你外公很小气，他不惜金钱打扮圆圆外婆，只是为了自己的体面，却断了她手中的钱甚至还阻挠她在家待客。圆圆外婆书读多了，觉得自己红颜薄命、怀才不遇，仿佛千古佳人的哀思都聚集在了自己身上。

小外婆说着重重地吸了口烟，夹着快要烧到手指的烟头，抬头向着窗外的天空吐着一个个烟圈。小外婆接着说：你看这天，飞又飞不上去，这么大的天地却是狭隘得容不下一个女人。更悲哀的是，女人嫁了人，连娘家都疏远起来了。要不是你母亲的出世，圆圆外婆的生活简直没有一丝一毫的快乐。她给你妈取小名玖玖，似乎想看自己生命的一点延续。外公的飞黄腾达和圆圆外婆的日趋谦让，使外公身上中国男人的旧习越发厉害，再加上日本传统的大男子主义，他对圆圆外婆的控制越来越变本加厉。有了你妈妈后不久，你圆圆外婆又怀孕生下你舅舅，小名凌儿。你舅舅出生后外公嫌他半夜哭闹，便不顾圆圆外婆硬是把他送到苏州罗家。

外公除了让圆圆外婆梳妆打扮、随他应酬交际外，在家就是服侍他，要她做一个日本式妻子。圆圆外婆给他穿衣、穿鞋不算，夏天还要不停地为他打扇。这算什么夫妻啊？吴序新家有好几个电扇，可还是要给他打扇，甚至晚上他睡着以后还不能停下来。久而久之，圆圆外婆不知怎么就习惯了这种生活。有一次，外公因为圆圆外婆留人吃饭，当众发起脾气，把银角子摔在地上，圆圆外婆竟弯腰去找，捡起来放回桌上，表现得既听话又在乎这两个银角子的样子。事后她对我说，就让他高兴高兴吧。可是，圆圆外婆毕竟是有个性的。一天，她随手拿了两瓶洋酒送给吴家堂兄，还是送给他们吴家的亲戚，这不是给他面子吗？可是等人一走，你外公又是大为光火，对圆圆外婆说：你没有权利做主，这是我赚来的钱！把两瓶洋酒给我讨回来！圆圆外婆忍无可忍，唰的一下站起身子，抽出挂在衣架勾上枪套中的小手枪，举起右手把枪口对着自己的太阳穴说：再说，我就开枪了！外公突然间傻了，马上给圆圆外婆跪下，说下次再也不敢这样了。

小外婆回忆着，像是在说昨天发生的事，还露出了一个古怪的笑容：

其实你外公是个胆小鬼。但是圆圆外婆从此也不再碰外公的任何东西。八一三日本轰炸上海，南洋医学院被炸，蔡廷锴的十九路军在吴淞口的英勇抵抗，又激起圆圆外婆的爱国心，她要求去为十九路军抢救伤员，外公还是阻拦！好在外公毅然辞去了医学院院长的职务，关了南洋医学院，不再为日本人服务。然后，他通过杨虎的关系，帮助营救共产党的抗战分子，这才让失去自由的圆圆外婆心存一丝感激。不久，南洋医学院女同学写信向她告辞，说学校关闭之后，他们都转入了同济医学院，现在正前往欧洲留学，最后都会提到，圆圆外婆的辍学让大家都感到痛心。这些话，像针一样，戳进圆圆外婆的心底。

圆圆外婆带着你大姨去看《原野》，回家后她竟学着戏里的金子，活灵活现地表演起来。一向温文尔雅的她竟然演了一个泼辣的金子，一字不差地说：妈，大星，你好，你好，我们今天也好好算账，我前辈子欠了你家什么没有还清，今生要我卖了命来还！大星，一个人活着就是一次，在焦家我是死了！我们看得目瞪口呆，只见圆圆外婆又来了一遍，那语气、动作、神态，简直就是剧中人！

圆圆外婆的结婚照，
不知被谁剪去了旁边的外公

她是在用一种我从没看过的绝望在演戏啊！你圆圆外婆恨自己满肚子新理论，最终却成为旧礼教束缚下的女人。

没有人不清楚圆圆外婆是自残而死的。她没什么病，仅仅是口腔糜烂，只要稍加治疗，注意饮食便可痊愈。可是内心的悲哀如同五脏六腑爆裂一样，她再也没有力气去面对这个可诅咒的世界。起初她为了治病，单独以流汁为主食，后来稍有好转，就和大家一起共餐。眼看着她囫囵吞下，却没人能劝阻她。家里有许多水果、营养品，她就是不碰，任自己一天天瘦下去，最后只剩皮包骨头了。有一天，圆圆外婆精神好点，小外婆就带上妈妈和小舅舅，拖着圆圆外婆一起去照相，大家坐定后，摄影师说：笑一笑。

圆圆外婆客气地说道：有什么好笑的？

就这一刹那，摄影师按下了快门。取回照片时，看见圆圆外婆脸上带着温柔清澈的微笑——她永远是那么美丽。圆圆外婆看着照片说：

就当是我的遗像吧！

圆圆外婆临死前喘息着的呼喊声，真是可怕极了。小外婆还记得，圆圆外婆的呼吸一口比一口急促，呻吟一声比一声悲切。外公叫来算命的，算命先生说过了午夜十二时就没事了。圆圆外婆口吐着无法驱散的怨屈，在午夜十二时前停止了呻吟。那是1938年，圆圆外婆才三十三岁。

看着身边的三姐，小外婆在床上捶胸顿足地号啕大哭。圆圆外婆曾经对她说过：帮我把玖玖、凌儿带大吧。

圆圆外婆为没过门的妹妹去死了，把这个家和一对儿女留给了妹妹。

说完往事，小外婆没有眼泪，只是目光呆滞了。我可以感觉到，她还有很多很多事情没有告诉我。凭什么说圆圆外婆是为妹妹去死的呢？小外婆怎么啦？可是，我不敢再问，只见小外婆目光凝重；她不停地抽烟，似乎只有这样才能把空气呼吸进去，不然她会因为三姐的死而窒息。

整个往事怎么会被突然提起来，我已经记不清了。但是，那个炎热的夏天，那个郁闷的下午像沾满了汗水，一直湿腻腻地粘在我的生活里，一直埋在我的心中。我总想有一天，可以把它释放出来……

在刘辉诉说的那么多故事和人物里面，我却对那个只提到一两句，只是在大姨的生活中闪现了片刻的张凤举舅舅产生了兴趣。故事中的人物经历了一个又一个噩梦，可是张凤举却用自己的独立思考，违背了整个大局势的理念，逃出了噩梦。正是他的"背叛"，让大姨感受到一份失望和迷茫。这个让她建立了共产主义理想，又参加了共产党的舅舅最后放弃了所有这些主义和政党。偏偏是这么重要的人物，却一直在刘辉的故事里缺席。

任何人都可以理解，是大姨不愿意再提到他，不愿意再对他有任何回忆；否则在那份回忆里，会夹杂着太多的爱和恨。那混杂的情绪会使人燃烧殆尽。可是，作为读者，都想在黑暗中寻找这个缺席的人物，这样我们能发现一点空隙，在那里透气、呼吸。

只是张凤举的线索太简单，简单得就像在申请工作时填写的表格，就几行字：他是傅致外婆的弟弟。早年，在日本留学期间，加入共产党；1921年，与郭沫若等人在东京创立了"创造社"；1927年，蒋介石屠杀共产党的时候，张凤举在外公吴序新家避难，逃过一劫；抗战后，大姨才知道，他已退出共产党；1948年，张凤举和妻子举家去美国之前，非常想见一见自己心爱的外甥女（大姨），遭到了她的拒绝。

这些字眼里连具体的年月日都没有出现，可是我们却明白了，大姨是在张凤举家里遇见出席共产党组织的会议的那些人物，并受到他们思想的影响。这对她后来加入共产党,无疑产生了重大的影响。

张凤举怎么会在抗战的时候就退出了共产党?他当时看见了什么,是怎么思考的?从他简单的激情,到最后理智地选择改变,他也一定经历过痛苦的思想斗争,只是我们对他没有任何了解,没有更多的信息。只是在大姨不愿意叫圆圆外婆为亲妈妈的故事里,知道她一直往舅舅家跑,并在那里开始对共产主义、马克思理论以及中国共产党有了了解,也从此开始了她对中国革命的追求。但是,走向结尾时,却再不是一个如起初那般打动我们的故事。

张凤举,一个八十多岁的高龄老人,"文革"一结束,颤颤巍巍地从地球的那一头,从美国赶到中国,四下打听自己的外甥女,希望能见她一面。离别三十多年,没有任何音讯,在遥远的美国,他一定惦记着自己的外甥女,否则不会中美刚刚建交,他就赶来了。当初,要拿到中国签证是何等困难的事情。至少要等上半年,还要办理那些繁复的手续;那时还没有从美国直飞中国大陆的航线,全部是从香港转机;到了中国,一切见面,又必须通过外办或者是公安局,才能联系到亲人和朋友。可是,大姨却再一次拒绝与舅舅见面。

我问刘辉:"大姨怎么就那么绝情绝义啊!"
"不是的,大姨有她自己的原则。"

我知道,在刘辉心目中,大姨是完美的。可是,我对大姨的原则实在是不敢恭维,一份骨肉的血缘亲情怎么就可以被冰冷的原则所制约?其实在情感面前,大姨是非常有人性的。她对大姨夫的怀念,让我们的心都碎了。可是,她对自己的舅舅怎么可以这么冷漠?也许就是因为大姨不能认同舅舅,因为他当初退出了共产党,更不能原谅他去了美国?!她的原则,岂不是那种被比喻为一个丧失了家园的孤儿,颠沛流离,需要在党的怀抱里,有一个组织纪律的原则?大姨更像唱着《唱支山歌给党听》的孩子。即使在不断地思考,但她的原则也是铁面无私的!而她对革命的认识,又全部是从张凤举舅舅那里接受的。她一定是认定舅舅变质了,特别是舅舅娶了煤炭大王的女儿。

"可是,大姨经历了'文革',大姨夫被造反派折磨死了,大姨难道还是不能理解她舅舅?"

"我从来没有问过她。"

刘辉对大姨有一份敬畏,可是在这么大的原则问题上,她怎么可以那么胆怯?这毕竟是见一个人最后的机会啊。

"后来,你舅公还到中国来过吗?"

"再也没有听到他的消息。"

"你到美国那么久,就没有想办法联系他?"

"没有,一点关系都没有。"

"其实,我觉得你可以写写张凤举舅舅。他太特别了。你不觉得,他有点像陈独秀,从激情转向理性?他或许就是接受了陈独秀的思想。陈独秀不认同农村包围城市,他觉得那是重新回到了陈胜、吴广的时代。他坚持认为共产党中央必须建立在大城市上海,因为这里有工人阶级,而工人阶级代表了先进的无产阶级。他热衷的是工会运动,坚持问题是要在谈判桌上解决的。不管陈独秀最终是如何离开共产党的,但是坚持'谈判桌'原则,我们的历史终将会走上不同的道路。如果历史选择的是陈独秀……"

"历史是没有'如果'这一说的!"

"那时候,陈独秀就拒不接受苏联输入的革命思想。"

刘辉没有搭话。我扯远了。

"我是说,我们是否可以把张凤举舅公描述成这样一个人:他追随的是陈独秀路线,当陈独秀退出共产党,他也退出了共产党。"

"我一点都不知道张凤举舅公的故事。"

"你能找亲戚去打听打听吗?"

"我们和傅家的人,没有任何一点来往,也没有任何线索。"

"既然这样,反正没有人知道他是谁,那我们就自己编吧。"

"这不行,这是纪实文学,我讲的、写下来的,都是真实的。"

"但是,张凤举这个人物也是真实的。我们根据他的行为线,编一个符合逻辑的故事,丰富一点内容而已。"

"绝对不行!你怎么知道,是不是有一天傅家的人会在那里写张凤举的传记?你怎么知道,他们的后代有一天在哪里会看见我们写的东西?除非你是在写小说,如果是纪实文学,就绝不能这样'丰富'内容。"

我说不下去了,我知道刘辉是对的,我不能再"想象"下去。可是,我又觉得非常可惜。张凤举舅公在她叙述的所有人物和故事里,是最特别、最有个性的,也最能体现那个时代的复杂性。他的命运彰显出一分深刻;因为他走的路没有被"革命"和任何"主义"蒙蔽,他是在自己独立思考以后做出的选择。

"可是,他最后还是找了一个煤炭大王的女儿结了婚。"

"那又怎么了?也许这个煤炭大王的女儿也非常有思想。我想,张凤举这样的人,不会因为看中钱财和她结婚的。"

"不知道,大姨没有说过。"

"……也许这个煤炭大王的女儿,是在美国读的教会学校,信仰的是新教,有着像艾默生那样的思想。你知道吗,艾默生最烦中国那些封建的东西,他曾经说……"

"越说越远了。"

"我是想说,张凤举的结婚对象,虽然是一个煤炭大王的女儿,但也许受过那样的教育,说不定其实也很有思想。"

"我不知道……大姨离开我快两年了,想到我自己的成长,想到我受大姨的教育,我在还能回忆她的时候写下了这些故事……"

"我是局外人,会比你冷静。"

"你没有和大姨一起经历过艰难的岁月,我一步一步地走到今天,大姨启迪我思考,也给了我很多指点。"

这就是现实。任何"纪实"和"真实",都是从不同的眼睛和角度体现出的主观形态。就连我也对没有见过的张凤举舅公——他的故事只有那么点蛛丝马迹,只有那么模糊的几条线索——充满了兴趣、热情和尊重。我知道我还可以对他有更多的想象,但是这毕竟是刘辉的一次真实的人生体验和观察,我没有权力去编造任何东西,只有认真地听她叙说……

我是谁

生活就像一幅画,可是我过的日子都在画布上留下了什么样的痕迹呢?回忆像一幅年久失修的油画,上面的油彩在一点一点地剥落,人物的面目也渐渐模糊了,我竟然还在画面上,但是很难确认,我在上面扮演的是一个什么样的角色。我不去后悔,因为已经晚了。但是想着想着,内心还是有一份纠结,日子真的很不好过。看看画面上的窗户,从那里看见的是灰蒙蒙的天气,不像是美国;但是那简陋的暖水町是典型的美国老房子里的设备,显然水町没有打开,上面摆着一盆鲜花。从画面上就能感受到屋子里的寒气,还能看见简陋的家具,我站立在墙角的一边,似乎不是在自己家里,没有一种归宿的感觉。

两天后的中午,厨房里发出叮叮当当的响声,是阿进回来吃午饭了。那声音给死寂的屋子带来了生气,一阵阵中国炒菜的香味弥漫在屋子里。阿进坐在厨房的小餐桌上,吃得津津有味。我居然就像在农村似的,站立在煤气灶旁边,看着他吃饭。阿进推了推面前的菜碗,对我说:

要尝尝吗?我阿爸做菜蛮好吃的。

我晓得你什么都知道,我猜也猜出了一半,就是不知道她是谁!

对我这没头没脑的话,阿进一下就听明白了,他接着我的话往下说。

侬不要在那里瞎想,孝章一个人住在小房子里,什么她是谁啊?

侬就不能帮帮我?

阿进吃惊地看着我,我们一时都说不出话来。显然,我的问话来得太突然了，连我自己都没有意识到，竟然脱口而出。

晓得了，咯，侬怎么忍得下去啊？

我没有回答阿进的问话，晶晶在隔壁屋子里，怕再说下去，我会哭出声来。

小莺，我太了解孝章了，他要面子。你给他一点时间，再忍一忍吧。

我带着晶晶是要过日子的，你说怎么个忍法？

你先在这里住着、打工，照顾好晶晶。

你都看见了，这日子能熬下去吗？我要他表态！

我急了，深深地叹了口气，一转身，看见陈家阿爸拉着晶晶的小手，站在厨房门口，默默地看着儿子。阿进低头想了想说：

好吧，我带你去找他。

我们开车去？

不用，他住的地方离这里不远。

路上阿进不说话，我们走过好几条街口，在一条幽静的小街上，在一栋老砖砌的红房子前，阿进停了下来，我想这一定是他和她的住处。还没有等我走上前去按门铃，阿进突然在街上大喊大叫起来：

孝章，秦孝章！

我想他是在给孝章通风报信。我按门铃，可没有人开门。我回头看了看阿进，他向我耸了耸肩膀，一副无可奈何的样子。我真的有点急了，掉头向后门跑去，如果家里有人，美国人家的后门多半是不锁的。真的，他们的后门同样虚掩着。我推门进去，刚上到楼梯就听见楼上有动静。我走到半敞的卧室门前，看见了我想知道的一切。那一刻，我镇静了下来，一直退到客厅，对着他们的卧室大声喊：

秦孝章，我都明白了，你出来吧！

刹那间，整个房子静得可怕，我听见有什么东西落在了地上。其实，我比他们更紧张，我不停地问自己，看见孝章，我该对他说什么呢？我只感觉到手心渗出一丝丝冷汗，我往楼梯口退却，突然间害怕面对这个现实，心想，就像阿进说的那样，再忍一忍，不要给自己出难题了！我转身想离开，突然，一个美国女人，散着一头金黄色的头发，穿着宽大的绿色绣花睡衣走出卧室。竟然是个美国女人！我愣住了，这是我全然没有想到的。她走过来，向我友好地伸出手，我本能地将手放到身后。更让我吃惊的是，她竟然用流利的中文对我说：

是小莺吧？不要这样。

我想跟我丈夫说话。

不要这样。

我不能再和她面对面站着，脑子一片空白。停顿了一会儿之后，我最终选择了离开。

我迅速地奔跑下楼，心里空空的，特别想哭，可是我憋着，不愿意在别人面前流露出我的无奈和软弱。

我快步地在小镇上疾走，没头没脑地走着，不知道要去什么地方。我一直走到小镇的绿地上，然后又沿着护城河走，走啊走啊，最后走到了铁路线上；那里到处都是坍塌的破烂厂房，我什么也听不见，只是这样漫无目标地走着，似乎疲劳可以替代痛苦，就这样，我把眼泪给憋回去了。工厂边上的河水，多像我曾经去安徽插队的东至村的小河啊，绿绿的水，说不上干净还是肮脏。那时候，我从黑龙江回家治病，从肝炎的隔离病房出来，妈妈拉着我干瘦的手，一起去找爸爸的老战友，希望他们帮助我，调到离上海近一点的地方插队。妈妈说：

这样我就可以照顾你了。给你寄点吃的东西，我还有这个能力，不然寄到黑龙江，那寄费比买的食品还贵。病了，也好回家来治疗。

妈妈，他们会不搭理我们吗？

去看看！虽然我的问题没有解决，你父亲是没有问题的。

那时候，我们多么怕求人啊，不是因为要低声下气，实在是怕被拒绝。那种被人拒之千里之外的感觉令人颜面全无，已经再也经受不住。妈妈多不容易，她比我们更加害怕，因为她又结婚了。说起来，他们都是新一代的革命干部，可是所有的思想意识，特别是在男女问题上，简直封建得厉害，比我们家农村来的小兰阿姨都不如。妈妈觉得自己一定要硬着头皮去找父亲的朋友，她不断给自己打气，终于跨出了家门。没有想到，她刚向芦芒叔叔开口，人家就说了：

刘溪的女儿啊，这个忙，我是一定要帮的。

我就是带着芦芒叔叔的画作，顺利地把户口从黑龙江呼玛县迁到了安徽东至县。那会儿在东至的乡下，我和闸北区来的曾妮萍、苏秀梅、汪慧丽四个人住在一间小屋里，这小屋就像路边的破烂厂房。对我这种说"好吧啦语系"普通话的人，她们感到陌生。而现在，我同样搞不清说着这么流利中文的美国女人。

哎呀，你是住在徐汇区的，淮海路是在上海嗷。

这是苏秀梅见到我说的第一句话。

闸北区也是在上海啊。

没有，我们闸北区的人，说到淮海路去，就说去上海呀。

为什么啊？

这有什么为什么的，我们就是这样说话的。你怎么能说普通话呢？我们只有说上海话才能对乡下人保密啊！

有什么好保密的？

后来下地干活，我才知道，村里的妇女在铲地的时候，喜欢讲自己的房事，把细节都讲出来了。她们操着土话，说得大家哈哈大笑。连哪家男人特别强壮，她们都了解得一清二楚。偶尔一个年轻小伙子经过，她们捂着嘴笑着、说着什么，然后都围上去打情骂俏，把他按倒在地上，上去乱摸乱动，最后一哄而散。这，就是我从小被教育的"贫下中农"？我来是接受他们的"再教育"？这时候，汪慧丽最起劲，她也是我们中间长得最漂亮的，大大的眼睛、长长的睫毛一上一下地忽闪忽闪，像是会说话一样。她用夹着苏北腔的上海话，告诉我们她睡了多少多少男生，最近一个男生有多傻，连"倒插花瓶"都不会！

我扛着锄头拼命刨地。我还不能完全听懂她说的话，但是已经惊恐地感到脸在发烧。我一直走到田地的尽头，曾妮萍和苏秀梅还在听她讲，听得津津有味，在一边狂笑着。除了羡慕她们是工人子弟，我断然不想混杂在她们中间。有一天，汪慧丽没有出工，说是去医院了。回到破屋子后，她捂着肚子，在床上躺了好几天。曾妮萍对苏秀梅说：

适宜，适宜。活该！又去打胎了，都不知道怎样弄！

那你们为什么不教教她？

哎哟，侬真是个憨大！

她们不搭理汪慧丽。我觉得她好可怜啊，吃得那么少，于是做了晚饭，把家里寄来的香肠焖在饭里，端到她面前。她拿起那一大碗饭，看见香肠，呼啦呼啦地吃了很多很多，一边吃一边问我：

侬是真不懂还是在装腔作势？

我看着她不敢回答。在她们面前，我知道，我就是憨大。

有啥啦，我就是上海拉三！在乡下太没劲，只有和男人搞在一起，那才叫刺激啊！

你这样堕胎，要出人命的。

没事的，侬不用吓，我这都是第三次堕胎了。我认识一个乡下婆子，给点钱，她就帮你做了，死不掉的。

你好可怜啊！

汪慧丽看着我，放下饭碗哈哈大笑：

侬嘎老实的人，将来有的苦头要吃嗷。侬啥都不懂！

我走在河边上，心想我现在的日子是不是被汪慧丽说中了。这个美国女人是什么人啊？该不是我吃苦头的时辰到了？（那个汪慧丽，一个星期后就下地了，就像什么事都没发生过似的。）突然，脚下一滑，我顺着河边的坡地往下溜，有人猛地一把抓住了我，那手非常有力，我整个人悬在半空。我站稳脚，回头看去，是阿进。他一直跟在我的身后。

侬千万千万不能想不开啊！晶晶在家里等你呢。

没有，我是脚下没有站稳。

我跟你说实话吧,我们都认识那个美国女人。她叫妮娜,和孝章好了一年多了。

你们都知道的?

我们都知道的,是她勾引你们家孝章的嘛。孝章还是想着你的,否则为什么要把你们母女都接到美国来?

你们为什么一起骗着我呢?

怪我不好,根本就不应该带你去。

早晚是要知道的,何必遮遮掩掩呢?

只要孝章跟着蒂利读完博士,一毕业就能找到工作的,你要有耐心啊!

这时候,眼泪已经涌上眼眶,我还能说什么?但是我不想在阿进面前哭哭啼啼,我不能做那种傻婆娘。没有想到,阿进跟我说:

你知道吗?我八岁那年,姆妈身体不好,我爸在外头也是搞花头啊。

你爸爸?就是现在这个爸爸?

是啊,看上去那么好的人。小时候不懂事,只晓得要帮我妈出气,我拿着扫帚站在家门口,等我爸回来一进门,就用扫帚朝他头上劈了过去。我妈去年死了,我心里知道,爸爸一直都是爱我的,我也爱他,我老是想到打我爸爸时,他那个出丑的样子,现在老后悔的,所以我有了点条件,就赶紧把他接来了;过两天我送他回上海,让他和他的老相好曹阿姨结婚,成全他们。你看,我老爸老风流吧,我到现在还没女朋友呢,他倒又要结婚了!

男人都不是个东西!

不要乱讲,我爸爸后来对我妈妈一直蛮好的。侬要给孝章辰光的,侬要想开噢,不为别的,多想想晶晶啊,她在家等你呢!

一提到晶晶,我脑子顿时就清醒过来了。我在铁丝网前停了下来,我明白自己要的是什么,于是回头对阿进说:

我才不想去死呢,回家吧。

一进家门,阿进父亲就冲着我跑过来了。

咯只坏女人,侬看到了吗?怎么不打她啊?

阿爸！阿进大叫起来。

阿爸，侬搞清爽嗷，侬以为小莺是小菜场里穿睡衣的女人，嘎没教养的泼妇啊？伊个种人，是不晓得和人吵相骂的，伊做事体向来是有分寸的。

我听阿进说话，明白了，他这是在说给我听，让我做事一定要体面！一个星期以后，阿进陪父亲离开这里回上海了。阿进临走的时候，还是再三地叮嘱我：

天无绝人之路！侬实在熬不下去，就到我们学校来读书吧！不要忘记，南伊利诺伊州立大学已经录取你了。最好……最好不要走这条路，要等孝章回头嗷，我相信他会的！

我帮他提着行李，慢慢走到房门口，什么话都没有说。

阿进想让我笑笑，于是又说：

唉，我也是倒霉。谁让你是四月份出生的人？我就是和四月份出生的女人投缘，我以前交往的女朋友、以后要交往的女朋友，都会是四月份出生的人，所以我是会把你的闲事管到底的。

阿进走了，他是提前离开这个房子的，他觉得自己出卖了孝章，不够朋友，更不想面对孝章。走了以后，我们再也没有联系，一直到八年以后，1997年的秋天，阿进到芝加哥参加美国历史协会的年会，我们才重新见面。那时候，他已经是弗吉尼亚州立大学历史系的终身教授了。他笑嘻嘻地拿了一张女人照片对我说：

帮我打打分，伊叫红红，还在德国读博士，也是四月份生的。

那一定是和她有缘分啦。

阿进咯咯地笑出了声。

前年，我在报纸上看到阿进调到了康奈尔大学任教。

在霍伯肯的上海留学生帮我介绍了一份中国快餐店打工的工作。那家熊猫快餐店已经在全美国遍地开花，大多开在商业办公区域的购物中心里，中饭生意忙得厉害，柜台需要帮手，工作时间正合我意。我把晶晶送去学校，赶紧跑去打这份工。这些上海人都是借着暑假，像阿进那样从中部跑到东部来挣学费的，很多都住在霍伯肯。他们一天做好几份工，每天早晨还要送报。我来以后，他们特地分了一些送报的活给孝章，因为东部消费比中西部高得太离谱。一听说我来了，大家都伸手帮忙。我是新手，有时候着急，给客人的饭盒里装错了菜，立刻有人凑上去说着流利的英语，帮助我打圆场。我很紧张，但是一边做，一边拿着抹布，把四周都擦得干干净净，让大家感觉好一点。

纽约帝国大厦

下班后，我坐在购物中心空荡荡的大厅里，喝着自己带的瓶装水。上海人曾彬仲走到我边上：

侬蛮有教养的嘛，不像我们想象的那样。

孝章说我坏话了？

彬仲的脸一下子红了。他摆着手说：

没有，没有，他怕你……

怕我什么？

怕你来吵架嗷。

大家都是上海人，有啥不能好好讲咯？

你说的是啥事体？

小莺啊，一看侬也是讲道理的人，我不是帮孝章说话……任何男人被妮娜进攻，都挡不住的，不来三的！我可以证明秦孝章对你的感情，为了让你拿到来美国探亲的中国护照，可以求的人他都求过了，还求到我呢！上个星期前，他来得高兴，告诉我们侬和女儿来了。

他要求你什么啊？

他问我们借钱，好把银行账单填满些，这样你去签证就硬多了！

说完这话，彬仲就在那里不停地抽烟。

我跟他一起沉默着，等着他又说一套老话——把妮娜臭骂一通，然后是再让我忍忍的劝告。那又怎样？我心说，他算对得起自己的良心了？我根本不稀罕来美国，早知道是今天这样，打死我也不会来的。可是，我万万没有想到的是，他们那一帮男生，都念着妮娜的好，说她为人有多仗义。我真是一脑子糨糊，听他们说话我都没有了是非，不知道自己应该做什么选择，似乎我应该帮妮娜去完成她的事业才对！

侬晓得妮娜是怎样追孝章的吗？她帮孝章，还要帮孝章的朋友！每天清早，她在上班前开车来我们的住处，把我们要送的报——孝章的和我们的拿到一起，从发放处搬到她的车上，送到那些大楼前面，把一捆捆报纸拿下车分好，再去上班。侬晓得啊，美国的报纸又不像中国的那样就两张纸头，《纽约时报》一份就四十多页，周末就更不得了，还会附带一份杂志。侬想想，光是搬搬就要累死人啊！她每天早晨四点半就要到发报的地方，嘎不是半夜三点半就要起床啊！

她天天帮你们这样做啊？

天天！省了我们多少时间和力气啊！我们每天还要上课、做功课啊，哪里有时间睡觉，她这是帮我们省出了睡觉的时间啊！为什么？她想要我们帮孝章下决心，跟侬……

你们怎么说的？

我们假装搞不清楚里面的事情嘛。她还会烧意大利饭，送来给我们吃，教我太太英文，陪伊逛马路买打折名牌，还帮我们这些学理工的人，改Paper，写英文申请信。我现在在马里兰大学读Double EPHD，不是她帮忙，我是申请不了这个学校的。阿拉英文太差了。阿拉晓得，她帮阿拉是为了孝章。唉，人总有短处，我承认她厉害！我也挡勿过她。再讲，一个美国女人太能够引诱男人了。

我闷头听他说话，都被吓住了。她每天三点半起床，帮孝章，还要帮那么一群"哥儿们"。

谢谢侬跟我说实话！

小莺，听我一句：我们都是读书人，都要想办法在美国落脚，这把年纪了，没胃口和美国人结婚的，和美国人白相相（玩玩），不能当回事的。靠跟美国人结婚办张绿卡是实惠，但现在不需要了。我相信孝章会想通的，你给他时间，好伐？

又一个阿进，比阿进更彻底！

原来在现实中，家庭、感情是可以称斤论两的；善良，也是可以做交易的。这些赤裸裸的实际，让我失去了道德的标准，我甚至都恨不起妮娜。当情感和道德同时放进天平的时候，我们都失去了原则。情感，不该是意味着去伤害别人的感情，可是谁又能控制自己？那我和晶晶就该为他们埋单吗？所有这些感情的东西，给人一种时间倒流的错觉，似乎我们这些从社会主义国家来的人变得落伍了。可是，家庭是不分什么"主义"的，孩子都希望看见自己的父母。父亲死的那个瞬间，至今刻在我的记忆里，从此让我害怕"革命"；如今，我来到一块没有"革命"的土地，晶晶又要失去她的父亲。那我们该上哪里去啊？

在农村，看见那些脏脏的小孩，爬上田头，吊在父亲的肩膀上的时候，我羡慕得泪流满面，我必须让晶晶有这一天。我必须咬紧牙根，不再和孝章辩个明白，这里没有是非，就像阿进和曾彬仲跟我说的：忍！

我写信给上海，统统对妈妈说了。

没有想到，妈妈没有商量余地地让我把晶晶送回上海，和秦孝章分手，去学校读书，毕业后回国发展。在美国的朋友都反对，说这就毁了孩子的前途。公公婆婆更是坚决不同意晶晶回国，表态说秦孝章执意不回头，他们就不认这个儿子。这中间唯独没有大姨的回信。冥冥之中，我明白了，这个决定太大了，她不想为我包办；她要我自己做出决定，从此不能后悔。

我总是想找个时间，把脑子彻底清空，然后把前因后果想个明白。可是好像就永远没有这个时间，怎么想都想不明白，常常想着想着，就进入了昏昏沉沉的状态。我梦见了妮娜，仔细看看，妮娜的脸又成了汪慧丽。她怎么到新泽西来了。沿着铁路线，是一望无际的麦田，我拔了一大捆麦穗回家，想插在花瓶里。路过田边的草垛子，听到里面有哼哼唧唧的声音，走近一看，汪慧丽敞开着胸，面对天空，岔开双腿，坐在一个仰躺在麦垛上的男知青身上。她使劲地一上一下，我看见一对饱满的乳房跳动着，我惊呆了，我似乎又看见了什么。不会，不会，绝不是孝章。我一下子惊醒了，全身都是汗水，我被自己的梦吓得喘不过气来。

那都是插队时看见汪慧丽的景象，怎么就掺杂进我的现实里？刚到美国的时候，我总是梦见插队时的景象，怎么做梦也梦不到上海。在农村，每天我就是这样昏昏沉沉地过着，我没有汪慧丽的快乐，也没有她的绝望……她从田野里跑来……披散的头发，在那一片一片金黄的麦穗里，像一面黑色的旗帜迎风招扬；她年轻、兴奋、浑身都是热气。晚饭的时候，她端着碗大口大口地吃着：

嘿，你看到"倒插花瓶"了吧？有劲啊！

我赶紧去刷锅子、洗碗。她笑得更欢了。

你没被吓瘫掉吧？还能跑回家啊？憨大，了不起了不起噢！

春节的时候，我们都回家了，但是汪慧丽又住进公社医院。上海回来，我带着大白兔奶糖去看她，她苍白的脸上泛着青绿色，闭着眼睛没有和我说话。一张高低不平的条凳上，坐着她老实巴交的爸爸。他穿着洗得发白的劳动布制服，口袋的一角还隐隐约约显出"安全生产"几个字。

她爸爸叹着气跟我说话：

慧丽很小的时候，妈妈就死了，是我一手把慧丽和她哥哥拉扯长大。哥哥分在上海工矿，慧丽只能去插队。她哥前些日子谈了个对象要结婚，也没房子，家里那间八平方米屋子就让给她哥哥结婚吧。还好，我们搭了一个小阁楼，就是进去的时候要当心，不然头老是撞在房梁上。

我把大白兔糖放下，她爸爸赶紧推还给我。

这个东西很贵的，自己吃！谢谢大家，都对慧丽那么关心。在安徽苦，现在她要回家探亲，连住的地方都没有了，我实在也是帮不了自家女儿啊。

看着她爸爸，心里好难受，他把大白兔糖放回我手上时，我接触到他那双坚硬粗糙的大手，老人五十都不到，可是看上去却很老很老。

侬再坐一下，阿拉到外头去打点热水嗷。

爸爸出门的时候，汪慧丽才断断续续地对我说：

这次找的堕胎婆没搞好，大出血了，不送进医院就没命了。现在子宫和卵巢都拿掉了，死了才好呢！没有男人要和我搞了，死了才叫痛快！真是没有什么活头啊。

侬不要瞎讲！

知青办把我父亲叫来，叫来做啥？他知道自己女儿这副卖相，回去还要做人吗？

我没有回答她的话，就坐那里呜呜地哭起来了。汪慧丽深深地叹了口气，又闭上眼睛，不说话了。汪慧丽再也没有回到生产队，听说她嫁给了一个"不嫌弃她不会生孩子"的农民。她走了，不知道走到哪里去了，就是再也没有告诉我们任何上海知青她的住址，我再也没有见到她。

可是，这会儿，她的脸、她的命运，都那么具体地出现在我的眼前，似乎对我是一个暗示。我真的害怕，我怕会落到像她那样的地步……

心和心的约会

　　天，突然变得非常热，四周的颜色也刹那间被红色替代，连树叶都成了红色的。于是，就凭着这颜色，空气被点燃了。灼热，灼热，感觉从来没有这么热过。1966年的8月，天安门前人山人海，不管能否被伟大领袖接见，人们都往那里涌去。人挤人，越来越热，都为了去完成一次朝圣。这时候，大姨已经开始挨整了，他们也会感受到这份灼热，于是到了夜晚，大姨父匆匆忙忙从单位回家，在人渐渐少去的时候，他都会挤出时间，陪着大姨乘上两站公共汽车，跑去离家不远的"杨浦公园"散心。

　　在树影下，在黑暗中，他俩手挽着手，大姨用手勾着大姨父的手臂，默默地走着。我都为他们的亲密担惊受怕。那是什么年代啊，任何异性的接近都被看成是一种不正当的行为……可是，他们依然沉浸在自己的情感里。晚风，把大姨的头发吹乱了，大姨父转身，用手梳理了一下她的乱发，然后低头看着她。他们都不再年轻，他会从她的脸上看见什么？他轻轻地对她说着什么？那时，人家早已经拿小外婆这样的人开刀了，一把揪住她的头发，给她剃了个阴阳头。大姨一定和大姨夫说到这些……

　　夜晚，小外婆独自待在屋里，她不开灯。黑暗中，只看见香烟头上的一点火星在忽闪忽闪，你就知道小外婆坐那里。当初，外公死后，大姨和妈妈，还有舅舅去整理外公留下的东西。结果，在外公的保险箱里发现了黄金。那时候，国家规定，私人是不能储存黄金的。另外还有美金和股票，甚至有一块土地和整整一条弄堂的地契。大姨当时就提出：要全部交给组织！

妈妈和舅舅都赞成大姨的决定，可是小外婆沉默着。

大姨对小外婆说：把爸爸留下的这些财产都交上去吧！

都交上去，我老了，我吃什么？

你要相信我们，这是为你好。

我是吃不了多少，可是我也没有单位，病了，就要花大钱的！

大姨拉住小外婆的手，握得紧紧的：

小孃孃，我们不会让你吃苦头的；侬一定要相信阿拉！

可是，我的钱不是你们父亲吴序新的钱，是我从娘家带来的。

侬要相信阿拉，都是为了你好！我们会养你的。

听了子女的话，小外婆主动交出了自己全部的积蓄和一点外公留下的财产。其实，不交，也不见得有什么事情；一交，造反派反而更加疯狂。1968年春节一过，大姨单位——华东电管局，联合了公用局彻底地把小外婆家给捣毁了。他们在沙发弹簧里抄出了外公藏的美钞、手枪、国民党党证，又在厨娘阿喜那里抄出了一盒钻石珠宝首饰。小外婆被扫地出门，房子和所有家产全部被没收。

他们紧接着冲进大姨家，在逮捕大姨前把她的家又抄了一遍。大姨是一个聪明人，那只是在科学和知识上；在"阶级斗争""权力斗争"面前，她几乎和妈妈一样单纯。家被翻得乱七八糟，结果没有抄出任何东西，造反派恼羞成怒，把大姨推到屋角：

你必须老实交代！

没有，就是没有！

两个年轻人一下子冲上去，一人一边拽住大姨的手臂，把它们反扣在背后，再用手按住她的后脑，用脚踢她的背；只听咕咚一下，大姨朝前跪了下去，眼镜被踢飞，头发全乱了。随后一声嚎叫：

再叫你回嘴！

我没有做对不起党和国家的事，我是用生命加入共产党、参加革命的，我妹妹、弟弟都在为党工作。

你妹妹关进去了，她还想自杀，自绝于党和人民！

那你就告诉她：不能死，坚持活下去，死了就没人为你讲清楚了！

你还想让她讲清什么，你们这些资产阶级的孝子贤孙。

我父亲是外科医生，靠自己的技术和双手挣钱，怎么算资产阶级？

你还死不悔改，狡辩？

造反派在阿喜的屋子里搜出一个首饰盒。他们放在大姨面前：

你不是交代说把你父亲全部财产都上交了吗？这是什么？你欺骗组织！

大姨诧异地看着那盒首饰。正在思考的时候，她突然看见里面有一个小金佛，这分明是罗人凤留给小外婆的，是小外婆藏在阿喜这里的。大姨解释不清，就这样当晚就被造反派带走关起来了。小舅舅被大学的红卫兵拖出来，也剃了阴阳头。他们还把舅舅从上海带去北京的一些衣服，撕成布条挂在他身上，押上卡车，挂上写着"资产阶级、反动官僚孝子贤孙吴遐"的牌子，在全北京城游街。不久，我父亲去世。在小兰阿姨离开我们家前，她对我说：

你妈和你大姨这么硬，怎么过得了关？

我没有答话。我能说什么呢？我都为大姨和妈妈担忧。连小兰阿姨这样的保姆都知道的事情，她们怎么就搞不明白？那是讲道理的年代吗？为什么就不能妥协一点？

不久，大姨被放出来了。可是，她老了很多，但只要有一点可能，她还是把自己打扮得清清爽爽、端端正正的。她对我说：我搞不懂，让群众斗群众，这是革命吗？像陆洪恩这样一个不问政治的普通音乐家，被作为反动学术权威判处死刑，这合情理吗？

谁是陆洪恩？

他是陈毅任命的上海交响乐团第一任指挥，是我的钢琴老师。

他们就把他枪毙了？

我以为大姨说错了什么。

陆老师在新中国成立前是徐家汇教堂的天主教徒，那么善良虔诚的一个教徒，说话声音都是轻轻的，非常儒雅。他说：到底是要贝多芬听群众的，还是群众听贝多芬的？

这就把他杀了？把他的脑袋割下来了？

什么叫枪毙，你不懂吗？因为江青说他是"中国文艺界的大灾星""中国人民的大灾星"。

1971年的夏天，大姨突然接到电厂的通知，说是大姨夫在吐血，已经送到电力医院了。大姨有很不好的预感，掉头就往医院赶，到了那里，医生把拍的片子举在大姨的眼前——胃癌晚期。大姨开始四下奔波，找人、找药，带着表妹长大的保姆也赶来了，她第一次看见大姨紧张成那样，她拉着大姨的手：

勿要急，勿要急。阿拉全在，有办法的。嘎好的人，老天勿让他走的。勿要连累侬啦！

阿拉不吓的，阿拉老公是码头工人，谁敢碰他？

可是在那种环境里，就是有这样的好心人，也只能得到一点慰藉，本质上是谁都救不了大姨夫的。五个月后的一天，大姨要我把表妹带到医院，她对女儿说：

你害怕吗？去和爸爸说再见！

我不怕。

女儿上前拉起已经瘦得只剩下一副骨架的大姨夫：

爸爸，爸爸，我来看你了。

大姨夫一看到自己最心爱的女儿，突然又开始大喘起来。医生们立刻推着急救床，"哐当哐当"地冲进病房，大姨完全失控了，大声叫喊着：

不要再让他受难了！你们出去吧，让我一个人留下！

我们都退出去了，她顶住了病房的门，留给她最后的空间，单独和大姨夫在一起，她要亲自送走她最亲爱的人。我想象不出，大姨是怎么面对这最后的时刻的。当初，大姨和大姨夫在家关着门，偷偷放着施特劳斯的圆舞曲，大姨夫搂着大姨的腰翩翩起舞。当我耳边还萦绕着那舞曲的旋律的时候，唱片突然被狠狠地砸碎了。华东电管局的领导来了，站在姨夫的尸体边上说：

苏铭适的案子没定性结案，作为党的叛徒和特务，不能给他开追悼会！

大姨夫的大出血就是他们给打的，但是没有人追究打手和陷害者。当时大姨夫已经得了胃癌，胃痛得咽不下饭。造反派用黑巾蒙住他的双眼，让他跪在食堂的长条板凳上：大姨夫忍着疼痛跪在上面，最后昏倒了，从条凳上翻倒在地上，造反派用他们穿着的工装大皮鞋去踢、去踩他：

不许你这个叛徒装死！

起来吃饭，你想自绝于党、自绝于人民！

突然，大口大口的鲜血从大姨夫的嘴里喷射出来，他们这才感觉事情不对，把他送到医院的。大姨听说以后，伤心透了：

他为什么不告诉我实话？他一直跟我说，在基层好，了解了不少生产中的实际情况。

周围天天有人死去，这些人近得让我随时都可以闻到他们身上的体味。可是突然就会有一天，不是他，就是她，消失了、死去了！我们常年生活在这样的环境里，最终已经不知道恐惧意味着什么。我这么晃晃悠悠地转着，似乎在习惯它的存在。可是，每一次亲人死去的时候，我依然惧怕得无以言表。报纸、政府与领导们告诉我们说"我们的道路是前人没有走过的，难免会犯一些错误。跟伟大的前景比较，这样的代价是值得的，共产主义是我们人类将要到达的最终目的地。"我越听越害怕，但我不敢说出口。我想，如果共产主义是要让我的亲人、朋友，还有那些我尊敬的大师都被折磨到死，那到了最终目的地，那里还有什么好人存在？我要到达那里去干什么？不，这些话是绝对不能开口说的，即使在心里默默地想一遍，我都会感觉到一份惧怕。思想是被控制的，我早就不认识自己了。

有典故说伍子胥过韶关，一夜白了头。现在，我信了。我亲眼看到就在大姨夫去世的那个晚上，大姨的头发确确实实白了很多很多。一开始，大姨挺着，你们不给开追悼会？我自己开！她很能干，立马去龙华火葬场租了一个小厅，把事情办妥。然后，自家举办的追悼会如期召开。我赶到那里的时候，大姨夫正躺在木板上，被殡仪馆的人缓缓地推出来。曾经那个风度翩翩的大姨夫不见了。他躺着，没有戴眼镜，双眼像两个窟窿，深深地陷在脸颊上，脸皮包着突出的颧骨，皮肤即使化了妆，涂了白粉，还是掩盖不了那焦黄焦黄的皮肤渗透着的灰黑色；他张着口，似乎来不及向大家告别。这是大姨夫吗？站在边上的大姨一滴眼泪都没有，只是默默地注视着他，像要把对大姨夫的所有记忆铭刻在眼睛里、心里。那是1971年的年末，大姨夫还没有来得及赶上他五十一岁的生日。

妈妈主持追悼会。还没有等妈妈开口，小厅外面已经站满了自愿来参加追悼会的老同事、老同学、老战友，还有杨浦发电厂的老工人。很多人都戴着他们自己做的黑纱，静静地等在那里。妈妈大声地读着大姨写的悼词：

苏铭适同志，是共产党坚定不移的儿子……

冯秉麟阿姨——当年一起在上海搞地下工作的，那时正在受监督和审查——听到这句话，突然不顾一切地推开人群，冲进小厅，抱着大姨号啕大哭起来。冯阿姨一带头，外面站着的人一齐涌进追悼厅，挤得小厅水泄不通。那是1971年的寒冬，敞开的门厅，涌进了人群，同时带进来飘零的落叶，窸窸窣窣踩在人们的脚下。这里根本分不清室内、室外，站在里面和外面的人，都感觉到了什么。

大姨挺不住了，开始失眠，也不愿意见朋友，她把自己关在房里，只有妈妈可以进入她的房间。她重复地说着：

我就是想哭。

那就哭出来吧。

大姨在那里喘息着，但没有眼泪！

大姨夫的人缘是谁都没得比的，他技术高超、业务精湛，还有就是他的为人，一副绅士派头。他总是先替别人着想，再难的问题到他这里，他都是微笑着，轻轻地、不紧不慢地说着话。我实在是不明白，怎么有人要这么整他？大姨说：

是北京的那个张某，一口咬定看见苏铭适走出国民党上海警备司令部，

大姨夫 1960 年赴英国学习技术，在海德公园的留影

大姨大学时期的照片

还说出何年何月何日何时，像真的一样。除了她说自己看见，没有任何其他的证人证据。

既然有年月日，就能查出来的。

是啊，我和苏铭适是夫妻，我可以证明每天早晨我们一起出门，下午下班后就回家。那天，你大姨夫下午就是正常时间回家的。张某却又说，那时候被捕做叛徒的，早晨进去，下午放出来的人多得很。

张某是什么人？

她在解放前是上海地下党的主要领导人，现在是国家科委副主任。

他们为什么那么恨大姨夫？为什么要整大姨夫？

张某是大姨夫单线领导的，她咬人就可以保自己啊！

可是，大姨夫这么好的人，她还咬得下去？

良心都泯灭了，还有为什么？她无所不为！

人们裹着寒冷，在大姨夫的遗体前久久不愿离去。

大姨的脾气和大姨夫截然相反，人缘就更不能比了，哪怕和她再要好的朋友也敬而远之，只有当年交大的那些男同学，才会在大姨面前按捺不住说些笨拙的恭维话，因为他们曾经都喜欢过她。1949年后，大姨被组织分配在公用局上班，工农干部就是看不惯大姨的打扮。她打扮是有个性的，不愿意随潮流。大姨自己打理的发式自然有她的风格：用火钳先拉直，再烫成卷发，短发成了大波浪，发梢微微往里弯，额前有些看上去不经意存在的刘海。她平时穿着质地上等的毛料西式套装，有时是套裙。冬天，总是穿着毛衣，再套一件呢大衣，西装呢裤烫着笔直的裤线。在那个年代，她就不穿棉袄。

最糟糕的是，大姨中饭不吃食堂菜，都是从家里带去，只买二两清汤面，也从不在午休时间和人聊天——她最讨厌的就是说三道四。似乎从大学时代起，她始终相信知识就是力量。一说到民族资本家、工商界的事情，她就很直接地表态：

政策反反复复，让人不能理解。现在都是外行来领导内行。

1957年反右之前，大姨是上海市公用事业管理局计划处处长。"整风"运动一开始，说是帮助党进步，大姨就带头发言给党提意见，还对两个处分过重的知识分子表示同情，结果被定为"严重右倾"，留党察看两年，下放劳动。工资也由十三级降为十五级，一直到"文革"结束后，才恢复了她原来的级别，但是多年扣发的工资，分文不补，大姨倒也不追究。

这样的个性，在我们的社会里，必然就成了"老运动员"。她总是不肯放弃自己的主见，不要行政级别，认定自己是工程师级别。大姨什么都可以放下，但是只有两件事情是永远放不下的：一个是党籍，还有就是对大姨夫的爱。在两年的留党察看期间，她把自己关在屋里写检查，大姨夫为了不打扰她，在门外走廊上背着手踱方步，只要我们发出一点吵闹声，他就把食指竖在嘴前，发出很轻的嘘声。她经常被罚到基层车间去劳动改造，开车床，制图纸。虽然她"派头"很大，可是基层的工人们居然都蛮喜欢她，说是：咯个人，有真本事嗷！

知道她体弱，倒三班吃不消，工人都处处照顾她。大姨忍不住向组织提出，让她留厂搞生产吧。就这样，她当了几个月的机床厂厂长。

在交大念书的时候，党组织交给大姨的第一个任务——教育、培养、发展苏铭适为党工作。大姨现在不愿意提这些事情了，如果不是她的原因，大姨夫是不会入党的，但是他太喜欢大姨了，所以只要大姨介绍他去交大地下党的活动，像读书会啊，学习《社会科学基础教程》《论政党》啊，他都会去参加。1943年，苏铭适正式入党，他和大姨一起加入了中共上海地下党控制的"中国技术协会"。那时候，他们都喜欢看好莱坞电影，还有中国的左翼影片。大姨弹钢琴，大姨夫就会坐在一旁，一边听着一边深情地看着她。大姨的悲伤是难以想象的，她对妈妈一次一次地说道：

我只能这样想，铭适没有死，他是去一个遥远的地方出差工作去了……夫妻感情也真是不能太好啊，否则一个走了，留下的一个就太痛苦了！

1949年的初春，国民党在临走之前，特务活动特别猖狂，大姨夫和几个地下党的负责人经常被盯梢。有一次，大姨夫刚踏上公司台阶，还没推门，一颗子弹嗖的一下，从后面射过来，擦着他的左耳，在门把子上打出了一个大洞。大姨夫笑着告诉在场的人：

这子弹是长眼睛的，看见是我就会打歪。

大姨夫人品好，人缘好，技术口碑好。很快，他在"技协"中展现出了他的个人魅力。大姨夫的组织能力得到所有会员的好评，大家一致推举他做"技协"的理事长。理事之一的大姨，也在工作之余，全身心为筹备工作奔忙：准备油印机、刻钢板印刷、编订小册子和杂志。党组成员碰头，要讨论下一步计划及具体的实施，大姨就把外公家的客厅作为会议地点。她弹着钢琴，苏铭适和另外几个男的拉着小提琴。这是妈妈最开心的时刻，她跟在大姨身后，也要弹几首流行小曲。看到一群充满朝气的年轻人，外公也很高兴，说：

欢迎你们来阿拉窝里开音乐 Party 啊！

在楼上，外公欣赏着《小夜曲》《月光奏鸣曲》，全然不知自己在掩护地下党的活动。"技协"开办了夜校，是为了帮助失学、穷困的青年学生在工余时重返学习课堂。因为"技协"没有足够的经费，大姨就说服外公，要他设法在那些富人中宣传，为技校捐款。外公一听说技校要开办机械制图、纺织、无线电装置、电器常识等应用课，就不停地点头：

好，我会帮助你们去找捐款。只有这样做才会有钱办学，让人学技术。受过教育，年轻人才有出路。

就这样，1949年上海解放前夕，"技协"很快就由抗战时的三十人发展到六千人。大姨夫对此做出了很大的贡献。特别是争取了大批技术工程人员留厂，没有跑去台湾。当时美国人撤出杨浦发电厂后，台湾的飞机来了，电厂被轰炸。又是大姨夫亲自在领导着护厂、恢复供电工作。那时候他就住在厂里，不回家，成天在那里抓技术，不知道闷头在哪个车间抢救设备。美国飞机连续轰炸，大姨夫整整一个星期没有回家。那时候也没有电话，听不到他的消息，大姨急得竟然跑到停尸间去找他的尸体。华东地区的电力工业中，只要说起苏铭適，谁都知道！

1960年，中苏关系破裂，苏联人扔下建造到一半的吴泾热电厂，没有图纸、没有设备，大家不知道接下来该怎么办。国家派大姨夫去英国谈判，学习人家的先进热电技术。大姨夫英文好，一回国就立即投入热电厂的营建，夜以继日，在家里根本看不见他。那时候，我们看见他从英国带回来的的确良，好像看见了花蝴蝶，在大姨家飞啊飞啊，心里对他充满了崇拜！

当初，为了吸引更多的技术工程人员入会，"技协"每年春节都搞联谊会，大姨在晚会上安排妈妈和舅舅演出。闵舒丰阿姨告诉我：

哎哟，侬姆妈和侬舅舅灵得来，"技协"的会员都知道吴颐的妹妹和弟弟。有一次他俩演双簧，你妈躲在你舅舅身后，从老生诸葛亮空城计唱到花旦苏三起解，你妈唱什么，你舅舅就做什么动作，引得大家眼泪都笑出来了。

妈妈告诉我，那时候她不知道大姨、苏铭適、闵舒丰都是共产党员，单纯是乐意跟着姐姐参加活动。等我长到十多岁，大姨有时让我陪着她去见那些"技协"的老朋友，总喜欢这样介绍我：

伊是玖玖的女儿。

人们十分惊讶地看着我说：

玖玖有这么大的女儿啦？怎么长得不太像啊？

169

我知道，他们都是觉得我不漂亮，又说不出口。我到哪都会听见这话，早就习惯了。

1972年的一天，大姨重新走到镜子前，又把那个简陋的火钳子拿出来，在煤气上烧了好一会儿，开始在镜子前烫她的头发。

大姨，你烫给谁看啊？

烫给你大姨夫看。我们要为他出门答谢，就要弄得体体面面的。

谢谁啊？

第一个谢的是汪家的人。汪德方，也是上海地下党的，"文革"前他是华东电管局党委书记。

为什么要谢他啊？

你大姨夫去世的时候，汪伯伯刚刚得了鼻癌，才从隔离室放回家治病。追悼会是让他大儿子东东去的。他自己生病，还在帮你大姨夫找药！

晓得了。

于是，我和大姨开始在不同的日子里，一家一家地去回谢！汪伯伯住在延安路靠近江苏路上一栋小洋房里，汪伯伯的夫人薛阿姨一开门，看见我和大姨站在门口，一把拉住大姨的手就抽泣起来。大姨说：

不进去啦，谢谢侬，谢谢你们一家人啊！

小颐，阿拉晓得铭适是被冤枉的。侬保重啊！

谢谢侬和老汪了！

说完这话，我和大姨就退出了小洋楼的大门，没想到汪伯伯跌跌撞撞赶下楼来，他们夫妇俩又一起紧紧地握着大姨的手说：

小颐，对不起，我让儿子给铭适送的药没能帮上他。

我看见大姨的眼泪马上就要出来了。她不断地掩饰着，硬拉着我的手说：

阿拉走了，你们多保重！

我转身看见汪家夫妇站在门洞里，向我们挥着手，直到我们转弯看不见为止。大姨一直是挺着腰板往前走，她不敢回头。如果不是大姨夫的死，我不会知道大姨有这么多朋友。在我的记忆中，他们不大和人有什么往来。大姨说：

阿拉上海地下党的人，跟瑞华的部队里的南下干部不同，我们一直是被人家压着的。开始我们都不知道，其实内部早就定下了，对我们这些地下党干部是十六字方针：降级安排，控制使用，就地消化，逐步淘汰。这是解放后对全国地下党员的政策。

大姨，为什么要这样对待地下党的人？

大姨大口大口地喘息着，一时说不出话来，停顿了好一会儿，她说：

所以，我们互相也不是经常来往，干什么最后要被人淘汰呢？但是，我们之间有一种默契，只要一个眼神、一句问候，大家都会明白对方的意思。困难的时候，彼此都是会出来帮忙的。

友谊变得如此沉重，这里隐瞒着很深的秘密，而这秘密我至今也找不到根源。我看着大姨的脸，她没有表情，也许在思考自己为什么会走上这条道路，为什么拖累了大姨夫。我多么希望他们没有后悔自己的选择，多么希望他们的内心一直充满着快乐，多么希望我和大姨不要走在这样"答谢"的路上。夜晚，街道上没有什么行人，没有车辆，也没有风，可是我紧紧地挨着大姨。我说不出话，不管听到什么，我就觉得知道得越多越让人害怕。没有想到，大姨又对我说：

你知道吗，解放前，我们接到的指示是什么？

不知道！

也是十六字方针。

怎么说的？

隐蔽精干，长期埋伏，积蓄力量，以待时机。

以待什么时机呢？

逐步淘汰！

说了这四个字，大姨发出轻声的冷笑。我紧紧抓住了她的胳膊。我是真的害怕，但是，我表述不出自己怕的是什么。

我和大姨走到淮海路"上海新村"去敲冯纯贞阿姨家的门，和他们有些不同,是他的弟弟(就是上海的话剧演员,他好像比冯阿姨小二十来岁,后来演《陈毅市长》里的陈毅,非常成功)开的门,他一见我们就对楼上大叫:

大阿姐,吴家大姐来了!

我们还站立在原地,准备打个招呼就走,没有想到,冯阿姨站在楼梯口上,中气十足地喊着:

让吴颐上来!阿拉不怕他们!

后来大姨告诉我:

侬冯阿姨啊,从来就是这样胆大泼辣的。她的继母,是冯阿姨自己介绍给父亲的,这个继母原来也是我们务本女中的同学。

她们这一代人,多么相像,不仅是那么开明,还是这么浪漫。

有时,大姨知道有些朋友不便在家"见"我们,于是敲开他们的家门,我和大姨就站在门口对他们说声"谢谢"。大姨转身离开的时候,我看见他们的眼眶里都含着泪水。那年大姨刚五十出头,在她的后半生里,她把对大姨夫的爱渗透进了自己全部的生活。很多年里,只要提起大姨夫,她就不停地流泪。

"文革"结束以后,不少朋友劝大姨原谅张某夫妇。闵阿姨也来劝过大姨。这是让大姨最生气的,她说:

还有谁比你闵阿姨更了解铭適的?我和他结婚的时候,婚房都是你闵阿姨让出来的,我们借住在那里。现在,张某让她来搅浑水,这是一个品质问题,怎么可以原谅他们夫妻俩?为了自己的利益就去陷害别人?谁再跟我说这事情,谁就不要跟我做朋友!

闵阿姨后来对我说:

那是什么年代啊,我有时都不能原谅自己;和你大姨、大姨夫当了这么多年的朋友,在最恐怖、黑暗的国民党统治时期并肩战斗,都挺过来了,却在"文革"的时候不敢和朋友来往。1970年,你大姨夫已经被冤枉、挨整了,有一天,他还和你大姨来看我,站在门口就为了跟我说两句话:我们都很好,你们好吗?坚持就是胜利。他们夫妇俩是站在昏暗的路灯下说的,说完就转身走了。那是我最后一次见到苏铭適……

　　大姨的床头,永远挂着她和大姨夫结婚后的合影。他们都戴着眼镜,姨夫英俊的绅士派头,大姨文静高雅,真是天生绝配。这就是大姨一直会跟我说的话:我们是老派人,是心和心的约会。

破碎的爱情

我骑着那辆破黄鱼车,把小外婆"拯救"出来了。其实,住进瑞华公寓后,我才明白,不是他们那里的人欺负她,是我们整个时代拒绝她的存在。瑞华,这个公寓里充斥着"革命"气质;那些大字不识的山东大妈、革命干部的子女们怎么都看不惯小外婆的做派。小外婆她抽烟,她细皮嫩肉。那时候的人都不化妆,可是一看就知道谁是资产阶级——那就是从眉毛辨别出来的;小外婆的眉毛在年轻的时候就被修得干干净净,细细的一条,长不出工农兵样子的粗眉毛。她穿得和大家一样,那是假的!你看呀,她还在那么有分寸地对人微笑,客客气气地说话,轻声细语的样子完全是资产阶级的腔调、做派。其实,凭着小外婆的聪明,她早就意识到了这些。她是大楼里的另类。奇怪的是,小外婆断然没有要改变自己的打算。她就是不喜欢看院子里的人和脸,她打骨子里看不起他们。她把椅子放在家里背阳的屋子,那里有临街的窗户。她抽着烟,长久地注视着行人。她寂寞,她孤独,但依然不和邻居来往。偶尔,她让钟点工陪着下楼,到大院对面的食品商店买日用品。店门口是45路公交车站,朝江边码头方向开去,那里是工人住宅区,她会在车站上站立一会儿,看看周围等车的人,再看看车牌,其实她也不乘车,就是要感受一点人气,等到人群挤上来的时候,她就退出去,走入商店。她的钱都花在买烟上,她愿意!店里的人都认识她:

老太,又来啦。今天阿拉帮侬留了一包蓝装版的牡丹烟。

谢谢,谢谢侬!

我的小伙伴看见她，跟着我一起叫她"小外婆"，她向大家点点头，再微微地一笑，从不多话。小朋友说：

侬小外婆不卑不亢的，一看就知道，享尽天下福。

帮帮忙，侬懂啥呀！

我是从小外婆身上认识到了什么叫"坚强"——那就是她这种"资产阶级小姐"的骄傲，是一种精神力量。那些物质的东西根本不在他们眼里；她心里认定的事情，谁都改变不了；她看上去那么纤弱，但骨子里什么都不怕。红卫兵使劲扇她耳光，她低着头，你知道她在想什么？她跟我说：

哼，他们说什么就是什么吧，畜生，一群疯子！

说到"畜生"两个字的时候，小外婆说的是上海话，那声音变得很慢，一个字一个字从牙齿之间挤出来，听得让人发寒。然后她接着说：

侬去跟他们讲理，不是把自己也当疯子了？打，就让他们打，现在是正常人不能当道的时候，你什么都不要说！

那给他们打死了怎么办？

我还怕什么？这把年纪，死就死了嘛。好像打了我，他们就解气了，没有用的！一群下三滥，畜生！

小外婆，侬哪能这么强硬的？

阿拉是明白人，明白了不就强硬起来了吗？

我的革命道理，总是在小外婆的"教育"下黯然失色。

我对小外婆的认识，是从她的后厢房开始的。

从记事起，我就把雁荡路上外公的家当作医院。1949年以后，外公彻底歇业，政府要他出来做事、带学生，他摇摇头客气地拒绝了。只有朋友、亲戚需要诊治的时候会往他家跑。他不收费，可看得还是非常认真，直到把病治好。后来，他一点点把自己那种派头收敛起来，加入了政协、民革。每当我高烧不止的时候，也是到外公家的"医院"住下。

小外婆对外公同样不多说话。他们分开住，放着一张铜架子大床在二楼后厢房——那是小外婆的屋子。等我生病的时候，她就搬到前房和外公去睡。小外婆当初学的是护士。早晨，她很早起来给我量体温，然后在本子上做好记录；早饭后，外公拿着听诊器走进来，在我床前坐下，一边给我搭脉，一边看着自己的手表，再用听筒在我前胸后背听来听去，然后头也不回，轻轻对站在他身后的小外婆说了几个药名。很快，小外婆一声不吭地从门外的大白冰箱里拿出药，还端来了水；外公会对我说：

吃药嗷，多喝水，多睡觉，会好的！

我一生病，小外婆的房间就成了我的病房。我害怕去外公家，那里总是静悄悄的。似乎为了让我住下，他们把所有的寂静都留在那里！躺在床上，偶尔听到楼下故意压着嗓音的低语，那是厨娘阿喜和丈夫的短促对话。阿喜把一日三餐给我送上来，但是从来没有给过我好脸看，除了巴结外公，她对谁都是阴阳怪气的。阿喜过去在外国人家做，不仅会烧一手扬州菜，还会做西餐。她很厉害，还能说简单的俄语和英语。外公就是喜欢吃她烧的菜，付她很高的薪水，后来她和外公的私人司机好上了，结婚生了三个小孩。外公就把自己楼下的房子腾出来，让他们住下。那时候，我说不出为什么，就是不喜欢阿喜。她最会看外公的眼色，巴结他。

烧退了，我可以去卫生间洗脸刷牙时，小外婆会站在我的身后：

用肥皂洗手，拿左面那根牙刷，刷干净指甲缝里面的龌龊。

我会的。

用过的毛巾放在旁边的小筒里，要消毒的！还有，用过马桶，用酒精棉擦一下马桶圈。

有时候，寂静消失了，那是外公拿出他的曼陀林，弹奏一个很短的曲子，或者到楼下弹一段钢琴小曲。这些调子都是我在瑞华公寓和学校里没有听到过的，是日本人那种很单调的曲子。我窝在亭子间里，用被子把耳朵捂住！我最讨厌这种日本人的东西，听上去像在给人送葬。外公在家里，常常穿着和服，一副日本鬼子的样子。还有他一排排玻璃书架里的日文书籍，都让我充满了仇恨！我不想写我的外公，不要想到他这个人。可是，我突然发现，在我的生活里，在说到我妈妈、大姨和上一辈人的时候，我们每一个角落，都渗着外公的影子。就连他卧房中的衣橱门里面，那些扁而宽的矮格子，一层层有很多格，每个格子放一套衣服，全都是日本样式。在外公家，我唯一喜欢的就是他床头上那张和墓地上一样的大照片。我的圆圆外婆，那个漂亮的女人总是在对我微笑。

一说到阿喜，我又郁闷得厉害。

外公死后，是大姨、妈妈和舅舅要求小外婆把外公的美金、股票和地契都交出去的。说实在的，论血缘，大姨和小外婆没有一点关系，但是三个子女中，知道她隐情的是大姨，关心爱护她的是大姨，将来最能依靠的，还是大姨。最后小外婆自然就听她的。

这样，在四清运动中，大姨和妈妈为了所谓国家和人民的利益，就交出了小外婆应该从外公那里得到的全部遗产。可是"文革"一开始，造反派还是怀疑大姨，为什么主动上交那些财产？会不会为了隐藏更多更主要的？大姨和妈妈当然心怀坦荡地表白，自己是绝对忠于党的，不会对党隐瞒任何东西。但造反派根本不信，哪里还有人不在乎钱财的？富家出生的人为什么要出来参加革命？在他们看来，有理想是愚蠢的，物质、权力才是最实际，并且是可以触摸到的东西。他们开始毁灭性抄家！

于是，小外婆当下被拖了出去批斗，妈妈、大姨、北京的舅舅也接连被拘。阿喜的丈夫吓得在电车场跳了楼，幸好被电线杆挡了一下，只摔断了腿，没丧命。所幸他们是劳动人民出身，造反派把外公留给小外婆的家，楼下的整个一层，连家具都给了阿喜。小外婆被扫地出门，二楼和三楼的房子及所有财物都被充公了。

回到瑞华，我忍不住问小外婆：
你为什么要瞒住大姨和妈妈，留下那些金银首饰、珠宝钻石？
这不是你外公的东西，是我娘家给圆圆外婆的陪嫁，她死后留给我的。
那你为什么不告诉大姨呢？
说什么呀，就连你大姨嫁给苏铭适的时候，你外公不高兴，没有给你大姨陪嫁，都是我拿出来的，那是圆圆外婆留下的首饰。剩下的我留着，死后要给你妈妈和舅舅的。我不能交出去，又害怕被你妈妈知道。有些东西，我都不敢跟你大姨说，怕她知道，要让我交出去。我想放在阿喜那里最保险，因为他们是工人阶级，不会出事的。其实，我大姐罗人凤给我的一些首饰，除了我经常戴的一个块手表、一枚钻戒，哪里还有什么金银财宝啊！圆圆姐姐给我留下的陪嫁，一个珠宝箱，我连同里面的珠宝，在你大姨出嫁前都给了你大姨。因为，你外公不肯给她陪嫁嘛，我怕你大姨不肯收，就骗她说：这你是亲妈傅敏留下的。

我再也说不出话了，因为在抄家一年后，造反派因为阿喜的出身好，就把从她家抄走的全部金银首饰，如数交还给了她。我知道以后，骑着车赶到她家，对她说：

这是小外婆的东西，你要还给她。

阿喜堵在家门口，就不让我进去，怕我会抢东西似的，很凶地跟我说：

有证据吗？谁证明是你小外婆的？这些东西是她们送给我的。

那你有证据吗？

我是劳动人民，我为他们辛辛苦苦做了几十年的奴隶，这是我的劳动所得！

外公、小外婆一直付你很高的工钱，你住的房子还是外公的。

这是他们剥削得来的，应该属于我们！

阿喜坚决不把钱财交还给我们。妈妈和小外婆都害怕出事，让我不要再去跟她争了。小外婆平淡地跟我说：

权当是江西农民打土豪、分田地，日本人抢劫了我们南昌老家同仁堂吧。

我听了还是咽不下这口气。第二天大早，我就一个人去了原来外公家隔壁的居委会，我要他们出来评个理，凭什么不能拿回自己的东西，这青天白日的就在那里抢劫啊？还有一楼的所有家具呢？于是，里弄干部叫来了阿喜。在那个贴满了语录的办公室，阿喜一进门，就狠狠地对我说：

那都是你小外婆送我的，你有什么资格来要？

居委会的干部也变了脸，对我说：

你是受了党多年教育的青年，怎么这么低的觉悟？你的阶级立场在哪里？你站在劳动人民一边还是资产阶级一边？你不想和那个资产阶级反动官僚的臭老婆划清界限吗？

那是我们的东西，造反派都还回来了，是落实政策！

你外婆剥削他们家一辈子了，这个债难道不要讨还吗？你在什么单位工作？

跟他们已经无理可讲。吵到后来，他们的人越来越多，而我独自一人，势单力薄。那时候我年纪太小，也害怕了。唉，难怪小外婆"想开了"。

一天，还是在常熟路的咖啡吧里，依然和小莲坐在那里，面对面地，慢慢地诉说着这些故事。她老打断我，因为我告诉她，小外婆认识审判"四人帮"的律师。

你是在说，以后想写这样的小说和人物？

不是，这就是我们家的故事。

全都是你们家，真的发生的事情？

就是真的发生的。

那你小外婆这种身份的人，怎么会和审判"四人帮"的律师认识呢？

我不知道如何回答这些问题，因为连我自己也曾经困惑了很久很久。我们家的故事，像是天方夜谭，一旦打开了一扇门，你立刻会发现里面还有一扇门。你一扇一扇地打开，竟然像在梦里行走，总有另外一扇关闭着，在等待着你去开启……那是1979年的一天，电视上在转播审判"四人帮"的场面，我和小外婆一起坐着。当画外音报道为"四人帮"辩护的律师名单时，镜头转向那些律师。小外婆看着，脸上居然露出笑容，脸颊的两边似乎还泛起了红晕。她有点兴奋地对我说：

我知道为江青辩护的韩律师，我还认识她的先生呢。

多么奇怪的一扇门啊。突然间，小外婆怎么又和这些人有关联了？

你什么时候认识她先生的？

喔，韩律师的先生和你大表舅一同在法国留学。后来他去政法学院教书的时候，嗷哟，女学生都要追求他呢。这个韩律师蛮厉害的，竟然追到手了。

她的先生是法国留学的大律师啊！

之后，小外婆不说话了，她竟然也不看电视了，独自回到她的屋里。黑暗中，又看见香烟头上的红点在一闪一闪。她靠着临街的窗户，长久地望着外面。等到1982年我结婚住到泰兴路上，看见一片新式里弄房子，其中一栋小洋楼前挂着一块金字铜牌，上面写着：大律师韩XX寓所。

里弄干部悄悄跟人家说：

咯是政协给韩律师的特权，只有她的房子是允许装冷气和暖气的。

她嘎厉害？

咯当然是啊！

我回家很神秘地告诉小外婆。她听了以后，不以为然地笑笑。

大姨告诉我：

韩律师的丈夫叫文，是你小外婆的最爱。

我惊讶得张大了嘴，几乎全部话都噎在了嗓子眼。大姨继续说：

文和你大表舅罗时济一样，一表人才，风度翩翩，那长得清秀啊，就像你看见的三四十年代的电影明星。多像赵丹年轻的样子，那个派头，现在的男人都没有了。他说话随和风趣，举止优雅。文一到你们圆圆外婆的罗家，就被她大嫂看中了，想把自己的女儿许配给他。可是她哪里知道，那天文上罗家的时候，是小外婆去开的门。门一开，两个人就在那里站住，也没有说话，走不动啦。

为什么？

一见钟情！

我放肆地哈哈大笑。太夸张了！但是，大姨还是一脸严肃地跟我讲故事，我不由得也跟着她，神情越来越严肃。大姨是这样告诉我的：

小外婆对文的爱，是她最痛的事情，跟谁都不愿意再提起。就是那一瞬间，他们从彼此的眼睛里看见了自己，是那种不可名状的激动，就是这么爱上了彼此。那时候的年轻人开始追求爱情，不想媒人成全，却又不知道如何向对方表白。大表舅看见文那副神不守舍的样子就全明白了，于是给他们穿针引线。文最终从法国学成归来后，受雇于上海政法学院。他父母住在苏州，他在上海租房独居。大表舅向母亲建议，聘请文到罗家来为妹妹们和四姑（小外婆）补课。大嫂不知道文爱上了她的小姑子，那个高兴啊，积极得不得了，就在那里张罗这件事情，根本不知儿子是在为别人铺路。就这样，他们开始了自由恋爱。

大姨，你看到过他们的情书吗？

没有，但是他们在不断地偷偷约会。小外婆说，他们山盟海誓过，永不分开！那时候，幸福的小外婆把文寄给她的法国明信片放在枕头下面，借着月光，她会看得泪流满面。那是最最幸福的泪水，但是她一点也不知道，文正在为父母包办的婚姻烦恼，一心为解除这个没有爱情的婚约在苏州、上海两地奔波着。有一次，好长一阵子没有文的消息，小外婆顾不上那么多了，她竟然大胆地跑去文的寓所，去找他。在那里一开门，撞见的是文家从苏州过来的亲戚。他们告诉小外婆，你在这里胡搞什么呀，文是有婚约的人，是指腹为婚的，都十多年了！这真是晴天霹雳啊！小外婆她们虽然读了点五四时期那种新思想的书，但还都是旧礼教中的女人，怎么可以和有婚约的人恋爱？小外婆崩溃了，回家以后彻夜不眠。那种心痛，你们这代人是很难感受到的，真的像锥子一样戳到心窝里了。她说自己的感情被亵渎了。那时候，大孃孃，就是你的圆圆外婆，正在医学院读书，她是局外人，就会比较理智。她说，文不像个伪君子，可能有自己一时难以说出口的难处。几天后，文听说小外婆病倒了，心急火燎地从苏州赶回上海，看见小外婆被自己伤害了，非常难过。这正是他最不想的。文最怕看见自己深爱的人在为他遭受磨难，他对小外婆说，从去法国读书开始就提出要解除婚约，可是对方不肯。并不是他见异思迁，见到小外婆聪明、漂亮才想解约的。他拉着小外婆的手，说不出话。他后悔，当初就应该鼓起勇气告诉她真相。他请求她的原谅，并一再表示，非她罗人鸾不娶！文给小外婆写了很长很长的信，就看见小外婆拿着信纸泪流满面——她心里装的全是文啊！从此，小外婆和文开始了长达十多年的

左起：小外婆，二姨婆，二舅公，大舅公，大姨婆，圆圆外婆

马拉松爱情。不容易啊，小外婆的大嫂没完没了地指责、嫉恨她。

凭什么嫉恨？

大嫂想把自己的女儿嫁给文嘛。小外婆多善良，她还内疚，她说人家等了文这么多年的女人，也是伤透心的啊。那个年代，女人都没有什么出路，就靠嫁一个好男人！后来，罗家托了多少媒人，小外婆家境好，人漂亮，还是有好人家想和他们家联姻的呀。可是，小外婆死心塌地跟着文。文的父母和女方父母坚持不同意解除婚约，就这样拖啊拖的，拖得小外婆心力交瘁，最后患上了神经衰弱，要靠打针吃药才能入睡。大孃孃（我的圆圆外婆）最了解妹妹，大孃孃帮助、鼓励她追求爱情，还教会了她给自己打针配药，直到大孃孃自己被迫嫁给外公为止。

小外婆是一个要强的人，她听从姐姐的劝告，一面治病一面读书，决心考取大学，走出家庭。她就是要靠自己的力量，做一个新女性。可是，在南昌老家，二哥连连出事，把家业都败了；他生活放荡，姨太太讨了一房又一房，孩子生了一个又一个，都不知道是哪一房的。好端端的罗家药铺，就这样衰败下来。大家庭矛盾重重，首先在上海的大嫂，就没有好脸给小外婆看。小外婆一直忍着，没有想到，有一天，她干脆冲着小外婆说：

你还有什么用？自作孽，不就是个活死人吗！

等到文来看小外婆的时候，大嫂堵在大门口，大声说道：

我们家小姑子已经许配给人家了，姑爷是在警察局做事的，你是有婚约的男人，不要不三不四地再到我家来。

文一怒之下，转身就走了。这时候，圆圆外婆已经不在家住了。小外婆看看自己的大姐，守着一纸婚约，终身不嫁。大嫂就那么明目张胆地在家里欺负她，没有人出来为她说话，日子是过不下去了。再回头想想，又何必去拖累前途无量的文呢？她躲在屋子里哭，哭完了又昏昏沉沉地睡过去，茶饭难咽，耳朵开始嗡嗡作响，脑袋像炸开一样。小外婆怕自己就这样疯了。有一天，她端坐在父亲罗志清的写字桌前，慢慢地碾墨，狼毫笔轻轻地舔着砚台，用她一手娟秀的小楷给文写信；她说，她再也不会见到他了，让文忘了她，勇敢地去寻找属于他的幸福生活。没有人在意这封信，小外婆是认认真真地封好信封，交给佣人给文送去的。然后她自己安静地走回卧室，喝了大瓶莱素尔，想自杀了之。她吞了药，和衣睡下，觉得就此解脱。黑暗中，她看见很远很远的地方，有一抹彩霞飞来，自己就那么轻地迎上去了。原来，死，不是那么可怕。

小外婆的大姐罗人凤回家吃晚饭，心想怎么小外婆久久不出房门？她去敲门，没有人应，便破门而入，只见小外婆昏迷不醒，吓得她赶紧给外公和圆圆外婆打电话。外公提着医药箱，让司机开车赶来了；他冲进小外婆的房间，立刻给她灌肠，救下了小外婆。可是，小外婆服药过多，右手明显活动不利索了，情绪也依然低落。外公隔日上门为她电疗一次，定期为她注射维生素 B。

文拿着小外婆的信，往罗家跑，可是圆圆外婆在门口拦住了文。文失声痛哭，他已经顾不上一个男人的形象了，只觉得对不起小外婆。圆圆外婆对他说：

让巧巧（小外婆）休息休息吧。你们暂时不要接触，省得人家说闲话。你也尽快去解除婚约。你要相信，只要坚持，有情人终成眷属。

文点点头，转身走了。

后来，我问小外婆的时候，她只是很简单地说了几句。

哎呀，那时候哪里知道，他父母老早给他定了亲啊。未婚妻家很有钱，又是独生女，我什么都不知道。文到我们家来教书的时候，我不懂的地方，他总是耐耐心心地教我。我都不好意思，觉得自己怎么那么笨啊，他就说，每个人都有搞不懂的地方啊。后来他和大哥带我们去学交际舞，他和大哥做示范动作，大哥跳女步，他带着大哥跳，然后换成女孩子；轮到我的时候，我紧张得没走几步就踩在他的脚上，真是丢人死了。他凑着我的耳朵轻声地说：没关系的。他又轻轻地捏了一下我搭在他手上的手，我的心跳得都快从嘴里蹦出来了，情不自禁地看了他一眼。他正看着我呢，我连头都抬不起来了，只觉得脸上烧成一片。

他没有跟你说话？

说了。到舞会结束的时候，他说：巧巧，第一次见到你，我就喜欢上了你，我从来没有爱过别的女孩子……

半个世纪过去了，小外婆都老了，可是她回忆往事的时候，细节记得那么清楚。只是，说着说着她又不说了，只叹气，我便知趣地打住。后来，我去问大姨，她才告诉我：

小外婆自杀被救了以后，不能跟大姐、大嫂去苏州了，还停了学，留在上海圆圆外婆和外公的家治病。直到我的舅舅凌儿出世，外公嫌婴儿哭闹，才让小外婆带着凌儿去了苏州。在外公的治疗下，小外婆身体渐渐康复了，可是大家再也听不到文的音信，他下落不明。不过，小外婆不会再有任何犹豫，任凭家里找的媒人说破嘴皮，小外婆不会再爱别人。大嫂对小姑的自杀，终于感到一份愧疚，不再说那些不咸不淡的难听话了。小外婆喜欢上了舅舅凌儿，把他当自己的儿子带进带出。凌儿舅舅可爱又听话，有了他，小外婆像找到感情的港湾，她的心暂时得到了一丝安慰。

1937年7月7日，日军炮击卢沟桥，抗战爆发。日本打进了中国，小外婆赶紧带着凌儿从苏州到上海避难。那时候外公家在法租界，比较安全，小外婆就在那里住下了。就在这时，失踪的文几经周折，托人捎来了给小外婆的书信。可怜的小外婆，读信以后，人都变了，脸上闪着亮光，多漂亮啊！原来小外婆自杀未遂后，文坚定了自己的决心，至死都爱小外婆。他突然失踪，是因为参加了抗日救亡活动，被政府抓进了监狱。外面更加在传说，他和共产党有瓜葛，签了婚约的女方家害怕了，自动提出与文解约，然后把自家店里的伙计招为女婿，解决了女儿的婚姻。

1937年8月17日，南京国民党政府迫于形势答应无条件释放监狱政治犯。出狱后，文的父母也接受了他和小外婆的关系。文做的第一件事就是找到小外婆，向她求婚。他浪漫地单膝着地跪在小外婆面前，小外婆高兴得真是又想笑又想跳，一个人躲进房间里大哭了一场。她开始每天梳妆打扮，有几个晚上还和外公、外婆一起去宴会跳舞，安眠药也渐渐地减少了。她就是想让文看到她有多么容光焕发；她又像以往那样，痴心地等待着文的到来。可是，就在文到来的前一天晚上，小外婆吃药后安心躺下，可是……她的心从此不再平静……小外婆的青春、美丽是为文准备的，可是，就在文要到来的最后一个晚上……

发生了什么事情？大姨，你说呀！

残酷啊！

到底是什么事情？

在那么幸福的睡眠中，小外婆被我的父亲——你的亲外公强暴了！

荒漠的土地，荒漠的情感。如果真的有爱情世界，那必定有比毒品更厉害的效果，叫人丧失理智，忘记多彩的人生而进入昏懵的状态，那是死亡之路上的第一个决定；理想国从来就是假的，可是假的也有迷惑力。我们看不到真实的时候，假象是最有诱惑力的国度。小外婆，再次自杀！

第二天清晨，圆圆外婆被惊慌失措的外公摇醒，他语无伦次地说：

巧巧……巧巧（小外婆）吃了安眠药……好像不行了。

圆圆外婆疯了一般地从床上跳起来，冲进小外婆的卧室。紧跟在她身后的外公站在卧室门口，对着姐妹俩扑通一声跪下了。这时，外公已经给小外婆灌过肠，她昏睡在床上。圆圆外婆抱着妹妹，绝望地失声痛哭！

圆圆外婆说：

文会理解你的，他会和你完婚的。

苏醒过来的小外婆把脸对着墙壁，自觉无颜再见任何人了。她说：

我把贞操看成是生命，我要给文一个完整的自己。

文是从巴黎回来的，他不会计较的！

我不想让罗家还有亲友们知道这个耻辱，不能！！否则，文会为了我蒙受一辈子的羞辱。

你不要死啊！

我不会再谈婚论嫁，我要出家当居士。

小外婆亲手割断了她的爱情。

幸福的文赶来见小外婆。这次是阿喜出来给文开门的，她说：

巧巧（小外婆）旧病复发了。有一阵子卧床，已经不能自理，更不能下楼来见你。她请你宽恕，今后你也不要再来了。

文透过后门的厨房，看见圆圆外婆就站在客厅的深处，像往常一样矜持，带着为难的神情转过身，背对着他，没有解释，没有客套的礼仪。晴天霹雳，文崩溃了，他不要再在上海待下去。文毅然弃笔从戎，走向抗日战场。

小外婆第二次自杀，圆圆外婆愤怒得沉默了，家成了所有人的墓地。外公后悔、害怕，他痛哭流涕地要她们原谅，说自己是真心喜欢巧巧，要她留下，要娶她！圆圆外婆对自己的丈夫已经完全灰心了。她什么都不说，把自己关在另外的房间里，她恨自己无能，恨不能保护好妹妹，恨外公的无耻，恨这屋子里所有的一切。圆圆外婆对巧巧说：

为了这个没有爱情的婚姻，我中断了学业，现在我又害了你。

小外婆只是哭，什么话都不说。

圆圆外婆叹着气：

我对这个世界不再留恋了，但就是放心不下一对儿女，放心不下你……巧巧……

三姐，你不要这样说。

现在，我理解你为什么会自杀了……让我去死吧，生病死吧。让我给罗家和你一个体面的结局。

不要这样，我这就回苏州，我去找大姐。

这什么时候了，外面兵荒马乱的，你不能再出事了。

我不想给你再添麻烦了。

巧巧，听我一句话：你就当嫁给了我吧！

我完全愣在了那里。这样的话，除了那个时代里那样情感复杂的女性，谁说得出来？"你就当嫁给了我吧！"我咀嚼着这句话，心被圆圆外婆撕裂了。那个时代对女人太残酷，她的善良、理性使她成了牺牲品啊。外公非常内疚，他更不愿放小外婆走。他要为她治疗，他们都努力要留下她。终于，在外公和圆圆外婆的细心照料下，小外婆慢慢地恢复了。为了让小外婆走出抑郁，外公、圆圆外婆带着她一块出席各种应酬晚宴、募捐活动。因为抗战，外公关闭了南洋医学院，索性不再挂牌行医，专为那些挂牌医生和医院做手术。圆圆外婆原谅外公，就是在那个时候。外公为从前方退下的伤员免费动手术，自己又花大价钱买下大批医疗设备和药物，捐给战地医院；圆圆外婆默默地、有计划地和外公一起做着她最后想做的事情，把钱捐出来，支持抗战。只是，小外婆再也没有了以往的笑容。圆圆外婆，也在这一年之后，结束了自己年轻的生命。

小外婆心里清楚，三姐是为她自残而死的。圆圆外婆没有力量战胜旧观念，但她不能让自己的妹妹做小。死就是为了一个名分，于是圆圆外婆开始折磨自己，让自己一点一点死去！圆圆外婆倒下的时候，小外婆一头撞在她的床前：

三姐，你为什么不带我走啊！

小外婆在原地跺着脚，完全疯了一般。可是，她一抬头，看见站在楼梯口的凌儿舅舅和玖玖（我的妈妈），便紧紧地抱着两个孩子：

听话，听话。三姐生前委托我了，我会照顾好玖玖和凌儿的，我不能辜负你们的母亲啊。

无论如何不能让三姐的生命付诸东流！

那年是1938年，圆圆外婆刚过了三十一岁的生日。

外公对圆圆外婆的死是真的万分伤心。大姨说：

看着父亲的眼睛，我知道那是真切的。

外公的虚荣心破灭了：那个言听计从、人见人夸、美丽温柔的太太走了，走得那么决绝！外公不惜重金为圆圆外婆举办了隆重的葬礼，从江西老家买来了上等的楠木棺材，用最好的缎子做了寿衣，遗体在法藏寺停放了七七四十九天，天天有和尚念经超度，最后厚葬于万国公墓。外公觉得他负罪的心得到了一些慰藉，可是一个美丽的生命却消失了。

到美国以后，我也常常难以入睡，这时候我会听见远处传来的铁轨声，车轮子远去的响动。芝加哥的地铁是高架在空中的，夜晚，会有闪入闪出的光斑反射进来照在天花板上，像是一个灵魂的呼唤，送来阵阵声响；火车开过时那轰隆轰隆声，有点忧伤，又让人心安。我在家里睡着……黑暗中，我看见小外婆美丽的眼睛，没有泪水，眼神常常是呆滞的；现在，我渐渐可以感觉到，她内心存放了太多的痛苦，受了太多的伤害，承载了太多的情感。在既漫长又短暂的人生里，小外婆和圆圆外婆身上落满了中国女人的美。她们因为美而渴望着感情，可是爱情却偏偏不愿眷顾这些纯洁美丽的女子。上帝不知道什么时候转过了身去，就那样背对着她们。

老宅大院的深处

南昌罗家的同仁堂如今已经面目全非了，只有一个门面。上好的老木头，把门框扎扎实实地固定在那里。我和弟弟在2006年的时候去看过，除了那门框、几块正在腐烂的雕花窗栏板，什么痕迹也没有留下。周围的居民也没有人记得罗家的故事了。大舅公五十年代初就过世了，他家的孩子在1949年以前都移民去了法国；二舅公娶了三房姨太太，孩子多，后代和我们都没有什么来往；二姨婆的后代，也都去了国外。二姨婆也是蛮命苦的，早年守寡，含辛茹苦地带大一双儿女，曾经得到过外公和小外婆的照顾。"文革"初期，从上海回南昌的火车上，二姨婆被红卫兵拖下，把她当地主婆罚跪殴打，也给她剃了一个阴阳头，她回家后不久便去世了。

当初罗家房子有五进，进与进之间以天井相隔，从第二进到第五进都是砖木结构的二层楼房。在第二进与第三进之间，分别住着大舅公罗人骏和二舅公罗人骥一家；第四进住着大姨婆罗人凤，还有圆圆外婆和小外婆。第五进是书房。书房的右边有一个大花园，与这四进房屋的天井相通。在第一进房屋的右边有个大的花厅，原来是我的太外公——罗志清，作为省会的商会会长时专门用来接待省长、督军的。花厅前面是太外公办的私塾。五进的背后还有一片空地，是罗家的养鹿场，为的是取下鹿茸当药材用。现在，什么都没有了，只是偶尔听小外婆提起。在她描述里，我才看见了罗家当年的气派。

电视剧把有钱人家都演绎得栩栩如生，似乎因为有钱，他们的家庭就塞满了故事，也拥有了幸福。可是，从外公外婆家的故事里，我看见的却是凄凉的往事、惨淡的人生；倒是爷爷家因为和贫瘠的土地联系在一起，要单纯得多；婶婶的故事也有一份真情，让人心里有一丝内疚，但依然是温暖的。可是，母亲、外婆家、罗家的故事，就伤心得多。

家业一点点败下去的时候，大姨婆罗人凤为了家族利益就把自己最美丽的妹妹圆圆"卖"给了外公，成了我的亲外婆。

可是，罗家风光的时候，却是大姨婆罗人凤人生最黑暗的日子。她原是外公的第一任夫人——傅敏外婆从小的好朋友。傅敏外婆从日本学成归来的时候，特别去看望了大姨婆，没想到童年的朋友把她完全吓住了。当初，傅敏外婆离开南昌去日本时，大姨婆罗人凤穿着水红绣花鞋，镶着金边的软缎衣裙，戴着宝石耳环赶去她家送行，让人记忆犹新的是，她那条乌黑油亮的大辫子，脸上稍稍搽了一点粉，涂着淡淡的口红，整个人就像她身上的宝石，闪闪烁烁照亮了傅敏外婆家的厅堂。可现在，一个才二十多岁的人，穿着一套老式深灰色的布衣裤，打扮完全像个吃斋念佛的老太婆，齐耳短发直直地朝后梳着，身上一点装饰都没有，连耳环都摘下了。和十年前的罗人凤相比，简直判若两人！

傅敏谨慎地问她：你怎么啦？在守寡啊？

大姨婆不答。她根本就没有结婚，给谁守寡啊。

母亲后来告诉了我。原来，大姨婆是她家第一个女儿，所以备受宠爱。在她还没出生的时候，母亲怀着她，就跑去看罗举人的同窗好友——张举人，因为他的夫人也在怀孕。两个老式女人一见面就攀亲约定：如生下来都是男孩，就结为兄弟；是女孩，就结为姐妹；如是一男一女，必要结为夫妻。没有想到，那张举人的夫人生下一男孩，取名张玉亭。于是，罗人凤从出生那一天起就有了未婚夫。

两小孩长到八岁那年，由双方父母带着见面。罗人凤，漂漂亮亮的女孩子；张玉亭，白白净净的小男孩。两家都很满意，于是吃了喜酒，拜了天地。等到张玉亭十岁的时候，就送到罗家和那里的孩子一起读私塾。小男孩读书用功也聪明，罗家更是满意得不得了。

他们十五岁那年的一天中午，罗人凤经过一进的大房子，那里正是他们读私塾的课堂间，四周不见什么学生。张玉亭动作很小，却是在向她招手。罗人凤站在那里，动弹不得。她满脸通红，似懂非懂地看着张玉亭，似乎意识到有什么事情要在他们之间发生了。没想到，男孩子只是向她伸出自己纤细的手，手里还握着什么东西．

给你！

那是一块小巧玲珑的玉石。罗人凤接过来，什么都没有说，掉头就跑。她跑到院子的深处，独自一人，把那块玉石看了又看，摸了又摸，仿佛上面一直保留着张玉亭的体温。那时候的人在感情上特别混沌，她搞不清自己的冲动是怎么回事。但是，大姨婆还是很快选中了一块丝巾，绣上了一只彩色凤凰。过了一些日子，她假装不经意地又打私塾门前经过，趁里面没有其他人的时候，把丝巾往张玉亭的课本前一扔，就跑远了。张玉亭快乐地叫喊起来，她听见了，可是还是一路往前跑开了。

他们的爱情，就是这样通过一件一件小礼物传达着。似乎再过两年，就该是"办事"的年龄了。没有想到，一年以后，十六岁的张玉亭得了肺病，不再去罗家念私塾了。那个年头，肺病几乎是绝症。张家还是想维持这桩婚事，所以一直瞒着罗家。又过了一年，十七岁的秋天，张玉亭几近绝望，他向父母提出要见罗人凤一面。父母含着眼泪答应了，就这样对罗家道出了真相。罗举人想到这都是拜过天地的未婚夫妻了，男方病成这样，理应让女儿去探望一下。就这样，在父亲罗人清的陪同下，罗人凤去见了未婚夫。当时大人们都避开了，让他们两人单独待在房中。张玉亭靠着两个厚厚的大枕头，斜卧在床上，罗人凤低着头，面对着他坐在床边。

说是未婚夫妻，可单独在一起，认认真真地谈话，这竟然是第一次——也是最后一次。张玉亭跟她说：

我一生最大的心愿，就是和你厮守一辈子，白头到老……

罗人凤说不出话，只有眼泪就这么不停地淌下来。她似乎已经意识到了接下来会发生什么事情。

我得的是痨病,怕是没有希望了……

罗人凤突然想到自己大舅公的小叔子就是生痨病去世的,那时候他也很年轻。罗人凤想安慰他却什么也说不出来,只是不住地擦眼泪。

张玉亭艰难地说道:人凤,记得白居易在《长恨歌》里的最后一段诗句吗?

  在天愿作比翼鸟,在地愿为连理枝,天长地久有时尽,此恨绵绵无绝期。

罗人凤和张玉亭几乎是同时念完了这四句诗。

人凤……我有很重要的话对你说。我如果病好了,马上用花轿来娶你;要是万一……我要你答应我两件事,你要听清楚。

罗人凤擦着眼泪不断地点头。

人凤,我们两人生生死死都要做夫妻。我与你今生今世不能成亲,到来世也一定要结为夫妻。你答应我,如果我死了,你不要嫁别人,一直等着我、守着我。你能答应吗?

说罢,他几近绝望地看着罗人凤。没有想到的是,罗人凤拉住了他的手,什么都不说,就是在那里一边哭一边点头。他们俩就这么握着手,算是有了海誓山盟。张玉亭松了口气,他充满了感激:

我要你剪下一束头发给我。我不能同在私塾读书时一样经常见到你了,以后只要看到你的头发,就像看到你一样。

说罢,他松开了拉住罗人凤的手,从枕边拿出早已准备好的剪刀。罗人凤毫不犹豫地接过剪刀,把辫子解开,剪下厚厚的一束秀发,放在爱人的手中。这次见面虽不到一个小时,但他们之间的终身大事就这么定了,连双方的家长都不知道。不久,不满十八岁的张玉亭,握着罗人凤的秀发过世了。父母按照他的遗嘱,用罗人凤送他的那块绣着凤凰的丝巾,包着那一缕秀发,和他一起放进了棺材。

从此,罗人凤遵守诺言,不顾父母的百般劝阻,一心为张玉亭守寡。开

大姨婆罗人凤　　　　　　　　　　　大姨婆年轻时候的照片

始,她甚至要求去张家守寡,被父母死活拖住才总算作罢。即使在那个年代,如此痴情的事情也令人难以理解。从北大学法律毕业回家的大哥看见妹妹是这样在生活,劈头劈脑就冲她说:

怎么能为一个死去的人断送自己一生的幸福?张玉亭的要求完全是不懂事的孩子的幻想,岂能作数?

大哥一再劝妹妹,务必去掉守寡的念头,罗人凤就是不搭理大哥。上门来为她说媒、提亲的人不少,大哥选了两位相貌、人品、才华都不错的男方,拿着照片去给罗人凤看,谁知道她眼皮都没有抬一下,居然说:

我一定要做一个守贞节的女子。守寡的决心,绝对不会改变!

大哥几乎是愤怒了,他对妹妹说:

你若坚持守寡,那就按照守寡的规矩做,否则算什么守寡?

你说吧,什么样的规矩?

第一,一辈子不准穿红的、花的衣服;第二,一辈子不准画眉毛,涂粉,搽胭脂、口红;第三,一辈子不准戴首饰。

大哥以为这样就可以改变妹妹了,没想到罗人凤就是一个字:好!

十年过去了,她就这样一身缟色来见傅敏。两个女人见面,没有了激动,

默默地互相望着,不知道如何开口。还是罗人凤先说话了:

傅敏,你知道吗,我现在信佛了。记得以前我就是这样,只要一进庙门,心就变得特别宁静。那佛经中有很深的哲理呢!

傅敏无言以对。像大姨婆这样的人生,还会有什么样的未来啊!

大姨婆是四姐妹中长得最漂亮的一个,也是最聪明的。她的算术非常好,不像是那个年代的女子。她写得一手极好的小楷毛笔字,直到很多很多年之后,母亲还保留着她的手迹,在我上小学的时候,母亲把它拿出来当字帖临摹。当二舅公罗人骏把罗家的生意败掉以后,完全靠着大姨婆一个女人家,一点一点清理着债务。家业上的大事情,一切都是由她出面。大姨婆在罗家的地位,几乎没有人可以替代,那种绝对的权威,像一个男人一样!因此,她可以决定圆圆外婆的婚姻。

抗战爆发了,大姨婆跟着她大哥一家离开南昌去了重庆。可是,看着大舅公一个人挣钱,辛辛苦苦地维持一家七口,特别是子女的读书费用那么大,罗人凤决定出门找工作。那时候,她已经是一个四十出头的人了,在当时的社会环境里谈何容易?好不容易打听到一个远房亲戚,是一位桥梁设计所的工程师,叫林仁东,就托了关系让林仁东聘用大姨婆担任办公室的秘书。大姨婆罗人凤是有个性的女人,她能一咬牙把所有困难都往肚子里吞,万事从头开始,再难的事情都要顶着完成。她的精练才干深得林仁东的喜欢。小外婆一直说,哎哟,侬大姨婆的算盘打得那个快啊,让人望而生畏。她把文件整理得井井有条,还帮那个林仁东写文件和做预算。

大姨婆不喜言笑,头发梳得像宋庆龄一样,朝后梳着,短短的挂在耳朵上。每次去理发店的时候,总是会让师傅先给她脸敷上滚烫滚烫的热毛巾,然后用一根细细的线修脸——不仅把额头前的碎发拔掉,还把脸上的绒毛修得干干净净。因为长年吃素,她的皮肤白净白净的,很有弹性;眼睛和头发一样乌黑,因为自信,神情总是显得淡然若定。她不抽烟,出去做事以后就很注意穿戴,把那些灰蒙蒙的大褂脱下了;但是,衣服的颜色却依然是黑色的——无论是旗袍,还是皮鞋;无论春夏,还是秋冬;呢子也好,绸缎也罢,都是黑色的。只是大姨婆的前胸,总会别着一块色彩鲜艳的手帕,显得非常别致。

跟人说话的时候,她从来不把话说满,总是用一些中间词汇,比如"还可以""不错啊""还好啊""可以考虑考虑"等。

罗人凤离开大哥大嫂,在外面租了一间小屋子,首先在空间上实现了独立。她和厂里的一个单身女职员合住,两人都信佛,互相关照着。林仁东见人就夸大姨婆聪慧、能干。直到战争结束的时候,小外婆回到南昌的老宅子里,这才和大姨婆见上一面。那时候圆圆外婆已经去世,小外婆也嫁给了外公。姐妹俩在老宅子老房梁的老木头前坐下,似乎是对家族历史的一次祭奠。见面时,罗人凤已经走不动了——她得了直肠癌。

清晨时刻,阳光透过木窗洒进屋子,大姐斜靠在床上,阳光把她的脸颊勾勒出一道金边,她看上去精神好多了。她微笑着,还是显得那么妩媚。小外婆穿着镶了缎子绲边的大襟衣服,轻轻地推开房门走进屋子,在她的床沿边坐下。姐妹俩面对面看着,牵着彼此的手。多温馨啊,像一幅传统的杨柳青年画。大姐说:

我要走了,要去见爸爸、妈妈和圆圆了……

不会的,不会的!

大姐笑了。看妹妹还是那么天真,她叹了口气:

不要难过,巧巧,人总有这一天的。我信佛,我知道还会有来世的。等我再来的时候,可能就是一只小猫、小狗,到时候还会陪伴着你。有事就找大哥、二姐,他们会照顾你的。

小外婆已经说不出话了,眼泪滴滴答答地落在手背上。罗人凤还是很平静,她依然微笑着,爱抚着小外婆的手,帮她擦去上面的泪水。

巧巧,不要哭,我有件事要告诉你。这是我的秘密,就告诉你一个人!

秘密?

罗人凤的脸上泛起了红晕,她显得有点激动,至少是充满了幸福。

这件事我没有告诉过任何人,今天我要讲出来……我想,我没有白白到人世间走一次。我心里装着别人,心里是满满的……

还是惦记着那个小男孩？张什么亭的？就是那个……叫什么来的？

罗人凤几乎笑出了声音，那份幸福完全无法掩饰。

叫张玉亭。不是他。你认识林仁东吧？

林仁东，那个桥梁工程师？你不是给他当过秘书？

他不仅是一个搞工程的工程师。他知书达理，是有本事的人。我们在一起工作多年，相互了解，引为知己。

噢！

因为长期的接触，渐渐地，他喜欢上了我，我也喜欢上了他……

罗人凤缓缓地说着，努力表现出平静和理性。可是小外婆却被她用的字眼吓住了，怎么好随便"喜欢"一个男人呢？

林仁东是有太太、儿女的人！

大姐默默地点着头。

大姐，你一贯坚持守节，遵守礼教！怎么可能喜欢上一个有妇之夫？

有一天，在办公室里，我们靠得很近很近。他跟我说话，我什么都没有听见，只感觉到他一直看着我。我低下头，他在我脖子上轻轻地吻了一下。那吻，火烫火烫得我连气都喘不过来。那时候，我还能想到什么啊，人都晕了。他把手搭在我的肩膀上，我自己控制不住就倒进他的怀里了。然后，他深深地吻我——我从来没有和任何异性接过吻，接吻的那种感觉让我整个人都软了。他慢慢地、慢慢地把手伸进我腰间，贴着我的皮肤，又是轻轻地抚摸着，搂着我。我没有办法阻拦他，我没有力气。还有……还有就是我觉得幸福得不得了……我知道，我太喜欢他了。后来，就发生了那种事情……以后，我们俩就一直保持着那种关系……

小外婆完全被惊呆了。他们这些在上海大城市里居住的人，看了那么多的美国电影，还是把"性""贞操"看得如此重要，和彼此间没有婚约的已婚异性发生性行为，那是多么、多么卑鄙，甚至是龌龊的！可是，大姐却暗地里与一个有妇之夫常年保持那种关系，到底是怎么回事啊？当初那个执意守寡的大姐，怎么就甘愿充当别人的情妇！？名不正言不顺。想起当年自己的经历，想到自己会失去贞操的恐惧：不去自杀还能有什么选择？……那会儿，大姐是多么理解自己啊……可是，大姐自己怎么就会心甘情愿地过这么堕落的生活？

大姐似乎明白了小外婆的疑惑，她解释说：

我和你的事情是完全不一样的。我和林仁东是真正有感情，是真心喜欢着对方。

可是，你当初坚持守寡，拒绝那么多人的提亲，连我跟文的事情你也反对，说他是已经订婚了……可是，怎么自己就可以这样做别人的情妇！小外婆说不出口，整个人困顿着，茫然着。不是对大姐的疑惑，而是这个世界，她都解释不了。人，怎么可以这样呢？

林仁东有太太啊……

小外婆，只能来来回回地反复说着这句话。

我们没有欺骗他太太，她全都晓得我们的事，一直对我很好。那个时候我还经常到他们家去，我们俩就像亲姐妹一样。林仁东对他太太也是不错的，但是两个人谈不到一起，没有多少话讲。

罗人凤依然微笑着，觉得一切都是那么合理。

天呐！

居然——他的太太都认可这一切！道德、感情，还有人与人之间的交流、信任，这些是怎么组合在一起的？大姐年纪轻轻坚持守寡二十多年，到头为什么要去做一个结过婚的人的情妇？这无论如何是件丢人的事！当初，小外婆被强奸这事发生的时候，大姐是如何谴责外公的？说他是畜生！可现在，小外婆望着大姐，看到的是她一脸幸福，没有任何悔过之意。她苍白的脸被幸福笼罩着，显得更加美丽。似乎唯恐被误解了，她还在那里强调着：

巧巧，我真的很幸福！我和你们都不一样啊！我们是真心相爱。一辈子能和这样一个知己，又那么爱你的人相遇，我这辈子是知足了……我，我唯一后悔的，就是当初不该那样对待圆圆和你……我把圆圆卖给了吴序新……

讲到这里，罗人凤的眼睛红了，眼泪像破了闸口的水，哗哗地往下淌。

一说到圆圆外婆，小外婆一把抱住了大姐，失声大哭：

原谅我，原谅一个就要死去的人吧。文是那么爱你，我不该那样对他，这样你就不会服毒自杀,你们是天生的一对……我也断送了你的一生啊……我对不起你们啊!

说完这些,罗人凤似乎把全部的生命都耗尽了。她说出秘密的目的,是一种表示,要让小外婆看见她的心,相信她对自己妹妹的真心,最终是为了赢得小外婆对她的谅解,接受她临终的忏悔。她说完了,开始喘气,闭上了眼睛。小外婆大声呼唤:

大姐?大姐……你没事啊?

罗人凤已经答不上话了,闭着眼睛在那里摇头。

当天夜里,罗人凤在小外婆的陪伴下去世了。大姨婆因终年吃斋念佛,临死前还把双手放在胸前手掌相对,手指虽然已经没有力气合拢并竖起来,但是左右手五指相触,手心围了个空,像颗心那样放在胸前。她满脸安详和幸福,嘴角微微往上翘着,更像是在微笑。小外婆抱着大姐痛哭。那眼泪里,有太多的往事、痛苦和来自无法解脱的生命的呼唤。可是大姐的身体一动不动,已经是冰冷、冰冷的了……

日子还要过下去的

对"友谊""革命"这些经常出现在我生活里的词组,我已经越来越没了兴趣。有些父亲生前的朋友——或者称为"老战友"的,开始来"探望"妈妈。开门看见这些叔叔站立在那里,我说不出话,仿佛黑暗中"友谊"在闪闪发光——即使父亲不在了,可这光束依然照得我眼花缭乱。我掉头就在过道里大声叫唤着妈妈,赶紧为叔叔们端水倒茶。可是,在他们和妈妈谈话不久,主题就变化了,似乎他们关心的不是妈妈,不是我们这些有生命的人,而是家里那些没有被抄走的物。那些常年被框着的死人的书画,有齐白石的小画,还有傅抱石的奔马等。它们有些还配着红木镜框,越说越具体,还问那字是谁写的、为什么要写给爸爸、落款是否有签名等。有两个长方形红木镶边的镜框,里面的字是清朝两个翰林写的,也是圆圆外婆的陪嫁,原来挂在外公家的客厅里。后来小外婆给了妈妈,那是外公去世后,爸爸喜欢书法,就接受拿回了家,挂在我们家的墙壁上。那叔叔一下就注意到了。我站在客厅外面,却听得那么清晰。我都感觉到了,在对话中,谁都会发现妈妈很不精明,对物质的东西一点儿都不在乎。最后"朋友"直接开口了:

其实,这些东西你留着也没什么用,就给我吧。

妈妈点头,就让他们拿走了。那时候,我还年少,尽管讨厌这些叔叔,可是我表达不出自己的意见,只是意识到这些东西不该给别人。为什么呢?不为什么,是父亲留下来的,我们就应该珍藏着。可是,人家要,妈妈就把它们给别人了。家里变得越来越空荡荡的,东西不是被抄走,就是给爸爸妈妈的"朋友"拿走了。我不敢告诉大姨,因为我不知道是妈妈错了,还是我错了。

只有大姨,处处事事都为妈妈着想。

没有东西的日子,同样不能轻松。我和弟弟在瑞华还是受歧视,小孩子看见我们路过院子时,不是怪叫,就是上前动手推我一把。只要没有摔倒,我就赶紧往前走,不跟他们争执。小莲对我说,瑞华的好朋友告诉她,说那个时候,也是在院子里,我对着她朋友的妹妹怪叫,骂她妹妹,吓得她妹妹不敢出门。不记得了,真的不记得了。我们那时候都给逼疯了,我怎么只记得自己被伤害,不记得自己也这样伤害过别人?小莲面对面问我的时候,我尴尬得抬不起头,连解释的措辞都找不到。这份自责是伤心的,我真的不记得了,我们怎么都会变得这么坏,坏到自己都缺乏认知?瑞华,给了我太多的记忆,就是这样混乱、没有逻辑,更没有诚意的地方,连同我自己在内,都变成了混世魔王。我们把那里搅得乱七八糟,每天都渴望着从那里逃离出去,可是真的出去了,又开始期盼着回家。

倒是像妈妈一代的人,他们脑子简单,心地也善良,心会更加平静一些。虽然他们依然是"革命"的对象,她还是相信认认真真地扫院子就可以靠近工农兵,就是最好的改造,就是革命的需要。回忆也让我迷茫,既然他们已成为"革命"专政的对象,他们为什么还要相信"革命"呢?对自己的身份又能如何诠释?没有人跟我解释。因为在那个年头,"革命"是挂在嘴上的,这是唯一可以保护你的措辞,至于它本身的内涵,早就没有人去关心了。需要它的时候就"革命"一下,不需要的时候就说对方是"反革命"。

但是,妈妈一直是这样严肃、虔诚地被人家"革命"的反革命分子,所以当她在那里扫地时,常常有男人——也是我们瑞华大楼里的干部,上前和她说话、搭讪,妈妈也是由衷地被感动。他们总是说:

不容易,一个女人,还在那样顽强地支撑着。

支撑什么呢?她又没有在支撑什么"革命",有什么值得他们赞赏的?谁都说不清楚,至少他们自己心目中的"革命"概念早已经开始混乱、模糊了。那时候的妈妈才三十八岁，依旧年轻、漂亮。他们在她面前停留，关切地问候。妈妈一脸的真诚和感动，停下手中的活，那漂亮的眼睛诚恳地看着对方，向他们问好并回应着他们的问话。我看了十分别扭！果然，我的别扭是有道理的！1969年夏天的一个夜晚，我和妈妈都睡下了，突然听到门外有个女人大叫着：

吴进！你给我出来！

我一听不对，谁不知道瑞华家家的大门都是不锁的，你叫什么？不能进来说吗？我穿着方领衫，拖着鞋皮冲出门去。那女人推开我，径直走进我们的卧室，指着坐在床沿、还在穿鞋子的妈妈：

你老实交代！你和我老公在干什么？不要以为我不知道！你说！

妈妈看着她，脸上毫无表情地说：

你应该冷静下来。我会对你说的，看你这么激动，怎么说呢？

想不到这个女干部，一下子愣在那里。就在这瞬间的沉默中，她像被击败了，眼泪就那么不自禁地淌了下来。她对妈妈说：

侬叫我哪能办？

妈妈已经把鞋穿好了，走到她面前，对她说：

来，我们到外面去讲。

偏偏那天表妹住在我们家，妈妈走了以后，我俩谁都没说话；让她看见了如此令人尴尬的场面，我们都翻来覆去睡不着，等着妈妈回来。天快亮的时候，妈妈回家了。她同样一句话都不说，和衣躺下。这就是我们的院子，这就是"革命干部"们之间的故事。原来，一个漂亮、年轻的寡妇，到哪里都是"门前是非多"；原来，这些"革命干部"遇到男人和女人的问题时，也是这样的小市民。也许，因为妈妈单纯，没有杂念，她反而变得很坚强。很多年过去了，以前上门跟妈妈吵架的女人们看到我，都会对我说：

你妈妈人好，有文化就是不一样，她不和我们一般见识。

我一直很好奇到底发生了什么。

可是妈妈从来没有对我解释，只是对我说：

瑞华很多老干部都是老实人，就是吃了没有文化的亏。

不久，机关干部开始被下放干校劳动。干校或许可以帮帮妈妈，在那里她就"安全"了。临走前，小兰阿姨来了，对妈妈说：

我以为你们家会为我养老，可哪晓得会出事？只能托人介绍结婚了。老公是建筑部的工人，在内地造房子。你家后房间空着，我要是来这里住住，还可以照顾小莺、小弟，我不要你工钱的。

妈妈想了想就留下了小兰阿姨。可是妈妈刚从干校休假回来，邻居就开始提醒妈妈：

侬要长个心眼嗷，小兰可能是来抢你们家的房子嗷。

不要把人都想得那么坏，她在我们家做了很久的。

不过每次妈妈回家，小兰阿姨就问她借钱，不管她还还是不还，妈妈从来没有拒绝过，因为妈妈感激小兰阿姨在家照顾过我和弟弟。1970年春天，我要离开家，和同学一起去黑龙江呼玛插队了。妈妈特地从干校赶回家为我准备行装。小兰阿姨一边流着泪，一边为我熬了一大罐猪油，炒了一袋面粉，要我带着：

饿的时候，冲点开水就可以吃了。

我伸手去接的时候，跟着小兰阿姨一起哭了起来。

妈妈却非常严肃地跟我说：

不许哭，这是去干革命！要认真接受贫下中农的再教育。

妈妈就是用这样的革命姿态送我上路的。她的革命思想比我们的都明确、强烈。也许在边上看着的小兰阿姨觉得妈妈是装出来的，私下里她也跟我抱怨过：

侬姆妈怎么在家里都说着单位里的话。

不是的，真的不是的。妈妈这个人，不像大多数的中国人在家里、单位说着不同的话。她不是这样的，她在任何场合都是说着自己心里想到的、真实认识到的事。多少年过去了，我再也不会说妈妈的脑子是被"洗"坏的，再也不这么说了。我渐渐明白，正是因为有这么单纯的信念，妈妈的内心才不会那么焦灼，也没有那么纠结。她甚至常常在为别人着想，活得非常踏实和自信。

只有大姨是真正理解和爱护妈妈的。妈妈刚放出来不久，大冬天的日子里，大姨就为妈妈送来一条新买的羊毛长围巾。大姨对妈妈说：

那枣红色围巾戴在脖子上，你就再也不会被淹没在人群里。不要老穿着黑色、蓝色，穿点红颜色，喜气。

我一直在写检查，哪里有心思打扮啊。

没多久，妈妈竟然就把围巾弄丢了。大姨知道以后说：

勿要紧，勿要紧。我看见好看的，再给你买。

我和表妹看得都好妒忌啊，大姨从来没有对我们这么好过。

1971年，我得了急性黄疸肝炎，睡在呼玛公社的医疗站里。有一天，我听见大队书记坐在我的病床边上，正式告诉我：

大队同意你回上海治病。

我打点好行李，往县城赶。在搭乘车子去火车站的时候，老张朝我走来。这不是上海来的下放干部吗？还没等我打招呼，他就帮我提行李，一边走一边告诉我：

回上海好好养病，你母亲再婚的事情，你不要有意见！

我回头看着他，愣在那里，竟然说不出话来。我真的被他吓住了。

你妈没有写信告诉你？

没有！

她结婚了，和上海市总工会的一个干部。他们在干校认识的。那个人姓竺，听说脾气蛮好的。

我接过行李，什么话都不想说，脑子里一片混乱：为什么这些事情是由别人来告诉我的？妈妈为什么不跟我说呢？我像是被人抛弃了，有一种被背叛的感觉。我一下子在车站的角落里坐下，都不想回上海了。那里不再是我的家！这是一个什么样的男人啊！我努力给自己描绘出一个中年男子的形象，可是，怎么想也想不出一个合适的。任何一个男人都无法站立在妈妈的身边，再好的男人都不能替代我的父亲。这时候，我才明白，我多么怀念爸爸啊！他要是知道我得了肝炎，一定会拍电报让我回家的。可现在有谁来过问我的存在？我还是缩在角落里，那个上海来的干部，又走进了车站，他交给我一封信：

你的信。不用往生产队送了，赶紧拿去吧。

汽车开动的时候，干部在下面朝我挥手，我什么也看不见，就想着家里来了一个陌生的男人，可我一点想象力都没有。等到车子启动的时候，眼泪哗哗地往下淌。不知道是对农村的怀念，还是对上海那个家的惧怕，我就是想哭，跟谁都开不了口！妈妈为什么这么匆忙就结婚？大姨同意了吗？我为什么是从别人口里知道的？

眼泪就这么往下淌，把手上的那封信打湿了。一封从上海发出的信，我撕开被泪水泡软的信封。突然从里面掉出一张竖长条的照片，一个我们那个时代的漂亮女孩，她直直地站立着，穿着泛白的军装，背着军挎包，手里揣着毛主席语录，扎着两个小刷子，隆起的头发下亮出一个细长的脖子。那漂亮，几乎就像是一张杨柳青年画；那姿势，也是我们那个年代的标志。女孩正笑盈盈地看着我。她是谁？这美丽的形象，让我忘记了哭泣。为什么给我寄张照片？那照片是用一张白纸包着的，纸头上没有一个字，可是翻看照片背后，那里写着几句非常简单的话：

我是你继父的女儿，竺姗姗。请接受我父亲和你母亲的婚姻吧。
我母亲两年前自杀了。他们都是苦命人，同病相怜走到了一起。
作为儿女，请给予理解、支持吧。

泪水本来已经止住，可就为了这几行字，我又哭了。

这时候，我不知道是感到一份委屈还是宽慰，或许是我又开始渴望回家了。火车慢慢地往上海开，一直开了整整四天三夜。我踏进瑞华的家门时，怯怯地朝里张望，似乎这不是我的家，我在那里寻找着可以落脚的地方。那里什么都没有改变，只是妈妈的卧室里多了几件红木家具。我放下行李，一回头，看见小兰阿姨泪流满面站在我的身后：

你怎么这么黄、这么瘦？

我生病了。医生说没有关系，很快就能治好的。

你知道你妈结婚了吗？

有人告诉我了。

在黑龙江都已经有人知道了？

我点点头。

那个姓竺的，他要赶我走，我实在住不下去了。他好像和你妈好了一辈子似的，巴结得很呢！

妈妈结婚，你住在这里又不碍他们什么事啊。

傻丫头，你和你妈一样，尽做傻事。哼，那老竺长得不好看不算，还有四个儿女！三女一男，两个大女儿都下放外地和农场了，剩下一男一女，住在西藏路的老房子里，他自己搬到这里来住。前两天他那二女儿和三女儿跑这里来啦，还没推开门，就在那里大叫"姆妈、姆妈"的，像真的一样。你妈妈哪里搞得过他们嗷！

我和小兰阿姨的对话还没来得及深入的时候，妈妈和继父就先后到家了。妈妈一进门就咯咯地笑着，我质疑地看着她，不知道是因为我回家了，还是继父让她那么快乐，总之，妈妈的情绪比过去高涨许多，脸上带着笑意，眼睛就那么弯弯地看着我。不知道为什么，妈妈的快乐却让我觉得很不舒服；继父站在母亲边上，黑黑的皮肤，个子也不如妈妈高。他一见我就说：

长得真像刘溪啊！一定也像刘溪一样聪明！

妈妈听了这话好高兴啊，居然又笑出了声。

这话有什么好笑的？我越来越想不明白。我回过头，只看见小兰阿姨早就避开继父躲进厨房了，那里传来噼噼啪啪的声音，不知道是小兰阿姨在忙着晚饭，还是她一肚子的火气，最不要看我的继父。他继续和蔼地对我说：

我和你妈、你爸早就相互知道的，只是不熟。

我听他操着一口浓郁的浦东乡下口音，有点不习惯。他继续说：

你爸在淮海报社第一个追求的女性，就是我原来的小姨子路娅隽。她现在和她丈夫在北京新华社工作……

我不说话，不是我老谋深算，是我不知道说什么好。我想，小兰阿姨观察得不错，他蛮有一套的。直到第二天，我突然从这一份距离里走出来了。继父的三女儿姗姗姐来了。我站立在门口看着她，比照片上的女孩更生动、更靓丽！她不穿我们那些土了吧唧的衣服，她穿着呢裤子，脚上是一双翻毛高帮皮鞋，还把头发拢到上面，梳着一对小刷子，那长长的白脖子，把她整个人都亮出来了。我不知道怎么说话，或者说，怎么称呼她。可是竺姗姗主动地伸出手拉着我：

我叫竺姗姗，就是给你写信的那个竺姗姗！

信，我收到了……

我在音乐学院附中读书，拉小提琴的，还没分配工作。学校离这里很近，我可以经常来看你！

话还没说完，她就从书包里拿出一瓶蜂王浆：

给你！对治疗肝炎有好处的，每月两瓶，我包了。

不是为了这点小恩小惠，不是的。第一次，我感受到一份"姐姐"的目光。她那样看着我，长久地注视着我的眼睛，充满了善意，还有一份孩子一样的天真。她的笑容像南方的海风，吹在脸上软软的，像是抚摸。有人会想到给我买蜂王浆，会为我治疗肝炎，在关心我！身处这么美丽的姐姐的照耀下，想到自己这张蜡黄的脸，我更惭愧得说不出话来，但心里一下踏实了很多。

左起：姗姗姐、妈妈、老竺和我

我们家坐西朝东，早晨太阳很快就下去了。可是现在，我似乎觉得阳光一直一直弥漫在屋子里。家变得那么温暖，再也不会有乱七八糟的人上门来烦妈妈了！

从医院里出来以后，虽然所有的指标都已经正常，但我还总是觉得很疲惫。我总是睡懒觉，继父看见我从床上起来，都会关切地问我：好点吗？

还好！

我不喜欢和他说话。有一天，我还在懵懵地睡着，听见继父在跟妈妈说：你轻点，小莺还睡着呢。

都几点啦！

她在黑龙江太累了，缺觉。让她多睡睡。这大白兔奶糖，是我买给她的。

不用了，姗姗都给她买蜂王浆了。

让她多吃点甜的，生肝炎都是要吃糖，补肝。

我走出卧室的时候，继父拿着糖果朝我走来，说：

不知道你喜欢吃奶糖吗？

谢谢……爸爸……

一个月以后，小兰阿姨明明白白听见我叫继父"爸爸"时，就决定走了。她对我说：

你妈和你爸人多好啊！看看现在的这个男人，他天天在"逼"着我走呢。

他对你说了什么？

还用得着他开口，进进出出对我板着脸。还是自己识相点吧，不比以前咯！

小兰阿姨一边在那里扎包裹，一边整理着自己的东西。

你跟妈妈说了吗？

不用说，她现在哪里有心思听我的？不比当年，你妈妈看我年轻，就为我在缝纫班报了名，要我学好一门生存的手艺。你妈还买了缝纫机让我用，并扯了布，让我给你和小弟做衣服。有几次都做坏了，你妈从来不怪我的，只说,总会有失败的,没关系。做好的衣服,她都另外给我工钱,这种东家是再也找不到了……哼,现在……

小兰阿姨,我还在,你要来玩的……

来玩什么,看你继父那张老脸?嗤,我吃饱了撑的。

我做不了主,我喜欢姗姗姐。我送小兰阿姨走出了院子,看着她的背影,心里很难过,我在姗姗姐和她之间,没有选择后者。真的,继父不喜欢小兰阿姨,我知道。他老是在妈妈面前说:

小兰不是结婚了吗?她应该去丈夫那里啊。

也许,继父也是怕小兰阿姨来抢我们家的房子?怎么在这么革命的年代,大家张口闭口都是离不开革命,但每个人想的事情实际上都和革命没有关系?

小兰阿姨走了,临走的时候,给妈妈留下一句话:

老竺家孩子多,负担重,你不要亏了小莺、小弟。

妈妈很难过,夹在孩子和自己的婚姻之间。再说,当初不就是她小兰劝自己再婚的嘛,怎么就不喜欢老竺呢?

渐渐地,她也感觉到,瑞华的人都不喜欢继父;我经常听见人家在议论,似乎就是说给我听的:

那老竺怎么能和你父亲刘溪比啊,看那样子,阴得很呢。

楼下的胡家伯伯当着我的面就说:

老竺配不上你妈,小市民一个!你妈多大气啊,可惜了一个人才。

我能说什么,妈妈的问题就是她长得太漂亮,她太突出了,还不愿意随俗,老是按照自己喜欢的样子打扮自己。做个女干部,怎么可以这样打扮自己呢?只有到"文革"的时候,她才改变了一点,可是已经晚了。

当初,大家都是同情父亲的:

刘溪就是个文化人,喜欢花架子。讨个大学生老婆,有什么好啊?光漂亮能当饭吃吗?

你妈白做一个妈了,什么家务都不会!

刘溪真可怜,吃不到好吃的!

你妈连钱都数不清楚,哪里管得好一个家啊。

爸爸走了,继父还是要因为妈妈的漂亮、大气而被人家数落的。

妈妈和继父是在"干校"食堂认识的,继父在食堂烧粥,妈妈在食堂烧火炉。继父大声地告诉我们:

"干校"食堂是我们的月下老,妈妈可漂亮了,有文化、有教养,干男人的活也不叫累。我看见她就喜欢上了,托人对她说。她回复我,我不会烧饭做家务的。我说,和你在一起吃大饼、油条我也情愿!

那时候,妈妈和继父都在"干校"。虽然两个人都在食堂干,可是并不认识,有个朋友就给他们做了介绍。继父对妈妈很满意,接连给她写信求爱。妈妈没有感觉,很快又调到厂里去当工人,在家的时候比以前多了。有一个爸爸出版社的老同事,常常跑到我们家看望妈妈。有一次,他突然跟妈妈说:"你答应和我结婚的话,我现在就回去和老婆离婚。"妈妈气坏了,跑到后面弟弟的房间里,赶紧让弟弟出面把那个人撵走!很快,继父大夏大学的同学——也是妈妈的好朋友,也跑来跟妈妈说,继父是个蛮不错的人啊。于是,后来就是大姨告诉我的那样:

你妈妈跑了几十里地,特为赶到我的"干校"来找我。我不知道是什么事情,后来说是你继父"求爱"唉,我能说什么?你妈妈还那么年轻,她说她很孤独,我可以理解。老竺的历史也比较简单,他出生在浦东南汇小镇上的织袜人家,家境也很苦,从小跟着母亲搭着小船去上海,把织好的袜子卖掉。后来,家里攒了一点钱,就迁到浦西来了,还上了大夏大学,在那里参加了革命入了党。后来因为参加学生运动,给国民党抓去关了三个月。就为了这段历史,运动一开始就把他关起来了,他爱人(姗姗的妈妈)一听说他被关,第二天就上吊自尽了。他一个人拖着四个孩子,一大家子,一个男同志也是不容易啊。

大姨,你同意了?

有好几个人在追求你妈妈，我们比较了一下，觉得老竺还不错。

大姨，你对妈妈那么好，她为什么还会觉得孤独？

你不懂，家里人的亲情和男女之间的感情，还是不一样的。

那你为什么没有再结婚呢？

我跟人家情况不一样，你大姨夫是没有人可以替代的。

那你说，老竺比爸爸好吗？

小莺啊，你也大了，我跟你怎么说呢？你母亲的两次婚姻，都不理想。

我最怕听到大姨的真话，可又盼望她告诉我真相。她不会把问题简单化，她会把人和人的关系，借着时间慢慢地延伸开来，让你沉默，让你思考，而是最后让你在自己的生命面前感到无能为力。她批评的是我的父亲，可没有父亲哪里会有我啊？多残酷！

好在妈妈简单，好在妈妈心胸也宽，她一点都不在意别人怎么说，凡事都往好里想。"干校"结束后，她被分配到前进织带厂劳动。那时候的妈妈变得很快乐，她重新用"文革"前的语言说话：

我觉得，已经把个人生活安顿好了，就应该做一些对党、对人民有意义的事情。到基层去，就是锻炼人的最好方法。

其实工厂的活不比"干校"轻松，妈妈和工人们一起在织布机前巡回结线头，三班倒，她干得好有劲啊。在1972年一年中，她就响应号召献血三次！她那张苍白的脸上，虽然落满了笑容，她的嘴唇却成了苍白的，可她还是那样笑盈盈地看着大家，直到有一天，她腹部疼痛得站立不起来，倒在车床前，才想起来该去看病了。她还是独自一个人跑到和平妇婴保健医院，呆呆地坐在长凳上，和大家一起等待着。突然，有人叫她：

吴进，你怎么在这里？

原来是医院院长……妈妈在常州地委时的同事。她把妈妈拉出排队的人群，为她找了一个最好的医生。结果是妈妈得了子宫肌瘤，已经大到非开刀不可的地步。院长当时就没有让妈妈回家，她立刻为妈妈安排了床位。我害怕得要命，是姗姗姐带着我去医院看望妈妈的。妈妈正躺在病床上，坦然地看着我们，还对我们说：

现在医院做手术，正在试验用针刺麻醉来代替药物麻醉，他们想拿我做针刺麻醉试验。

我和姗姗异口同声地叫道：

妈妈，你千万不要给人家做试验品啊！

我已经答应人家了。

我们听了都张大了嘴，不知道怎么劝说妈妈。

如果开到一半，疼的话，你怎么办呢？

医生说，只要我说疼，就立刻给我注射麻药。

那已经很疼了！

没关系的。我当初干革命，什么苦没有吃过，这点疼痛算什么？

我现在回想起来，眼前依然是一片黑暗。我真的不明白，革命理念会把一个人改变得如此与众不同？！妈妈的坚强让我害怕。夜深人静的时候，我常常在想：如果妈妈当初没有放弃她的医学专业，她的坚强会使她成为多么出色的外科大夫；她的诚实，会给病人带来多少温暖和信心；她的勤奋，会让她在医术上有多大的贡献；还有就是她的天真，与她娴熟的技术相得益彰，一定会让她成为一个最出色的医生而被人爱戴。可是，妈妈没有坚持她的医学，她选择了革命，于是她生命的意义在一夜之间变得截然不同。

从手术台下来，妈妈像从生死线上返回，脸色已经不是苍白的了，而是死灰色。她闭着眼睛不说话，显得非常痛苦，连掩饰的力气都没有了。院长和医生一大群人每天都来看她。院长对我讲：

你妈还是那个脾气，不怕苦不怕死，我劝她慎重考虑考虑再做决定，她就是一口咬定没关系。怎么能没有关系呢？每个人的体质不一样，敏感程度也是不一样的。

以后的三天里，姗姗姐每晚都在陪夜，她对我说：

你肝炎刚好，身体还很弱，就负责白天吧。

我轻轻地问妈妈：针刺麻醉有效吗？

她躺在病床上，闭着眼睛微微地一笑：

没有效果，很疼很疼，一刀下去，我都知道的。可是，手术台是为教学用的，手术室上面是玻璃屋顶，站满了军医和实习医生，我怎么能大喊大叫呢？

妈妈，你怎么经得住被人活活宰割啊？

妈妈依然是微微一笑，沉默着。外公要是活着，他会心疼死的！

事实上，什么都改变不了，什么都不可能定谳。伤口的疼痛是暂时的，肌肤上的疤痕也会是暂时的，但是历史的伤痛却和手术完全两样。它几乎没有恢复的机会，也没有"如果"的可能。发生了，就回不去了。妈妈的命运，再也不会改变。

姗姗姐让我看见了"爱"。她对妈妈的关切，远远超过继父。妈妈也喜欢姗姗，不是因为她漂亮，不是，是因为她学习刻苦。当时正兴样板戏，都是用西洋乐器演奏的。姗姗姐学的民乐，敲扬琴不吃香了，她便改学小提琴，这对她那个年龄来说是有难度的，资深的教师都不愿意接受她。妈妈为她找到了大学部留洋归来的小提琴教授，姗姗姐非常珍惜，每天练琴六个多小时。妈妈特地给她买了一块上海牌手表，要她合理安排时间。我知道这些事情，但我比妈妈还喜欢姗姗姐，所以一点都不妒忌。虽然在那个年月，一块手表几乎是一个学徒工一年的收入，可是，我们的"家"就是因为有这样的姐姐和妈妈才能维系着。周末，姗姗姐会带她附中的朋友来瑞华弹琴唱歌。

家开始热闹起来了，我从这间屋子跑到那间屋子，家里很少有这么多的朋友来玩，大家都笑得很放肆；妈妈要我向姗姗姐学习，要设立人生的目标，好好安排学习，不要把时间浪费了。这些我早听够的"教育"突然变得有内容、有意义了，也很有力量。

我追随在姗姗姐身后，心想，我会改变自己的，我要像姗姗姐那样！

一直等我到了美国，一直等我和妈妈有了地理上的距离时，我才看明白很多事情。原来，我更多的是应该向妈妈学习，像她那样努力，像她那样对自己严格要求。她很少花时间和人聊天，总是抱着一本书或是坐在电脑前。当年妈妈担任上海石化厂教育处长时，她总是带头学习。石化的党委书记见人就说：每天晚上十点，整个办公大楼只有一间房间的窗子还亮着灯，一定就是吴进在那里读书。

后来，上海石化厂有很多人和妈妈一起报名，想拿到自学考试的大学文凭。他们大多数人都比妈妈年轻，但是在考出一两门成绩以后，就坚持不下去放弃了。有些人一直考不及格，妈妈却不舍不弃。1986年，在五十五岁的时候，妈妈竟以优异的成绩读完了复旦大学政治系函授课程，拿到了复旦大学的学士学位。上海总工会自学考试办公室奖励了母亲，奖品是一部《辞海》。

妈妈跟谁都没有说过这些事，因为那文凭对她来说已经没有了任何实用价值。她既不考职称，也不需要提级。但是，她完成了自己的一个念想：活到老学到老。

情感的代价

在农村，在美国，在世界各个角落，每当我沮丧的时候，第一个念想的总是大姨，不是因为怀念，是因为她的强大；似乎在任何时候，她站立在那里的样子让我深信她是不会被打倒的。她像是一个巨型港湾，经得起风吹雨打，也允许我们这样的人在里面歇息；更多时候，可以在她身上寻找到一种力量，让你在平淡、艰苦的日子里敢把怯懦的脚步迈出去。可是这次，大姨沉默了。自从踏上美国的土地，我从来没有收到她的回信。我站在信筒前犹豫着，最终把写给大姨的信撕掉，扔在街口拐角处的铁丝大篓子里。

纽约的街上，即使在大白天，救火车都是呼啸着冲过那些拥堵的十字路口，向前开去。这里没有人留步，哪怕车子贴着你身边开过也没有人注意，大家依然闷头走路，人们没有好奇心。在上海不是这样的，很小的事情就让我们止步不前。1972年的初冬，捏在手上的小丝巾被风刮跑了，我回身去追，路上的人看着都笑了，可是没有人帮忙。我刚伸手去抓，丝巾又飞起来了。我用脚去踩，可是它还是滑走了。我追了好长一段路，终于把丝巾抓在手里。远处，大姨就那么默默地等待着我，看见我抓着丝巾回来了，她才转过身，慢步朝前走去。

那个时期，大姨每隔几天就会去龙华火葬场的骨灰寄放楼。那里没多少人，但是一排排骨灰架子竖在那里，无数的骨灰盒子黑乎乎的，置放在格子里。房子里很安静，那些小方格子像一种现代派的装置艺术，充满了杀气。可是这里安睡着大姨夫，不管是什么样的感受，大姨也是要面对这一切的。当大姨夫

被检查出晚期胃癌时,他惦记的不是自己的病痛,也忘记了自己是失去自由的人,正在被人诬告、陷害,而是赶紧把我妈叫去,说:

侬大阿姐不容易,你有时间,要帮着照顾她。我的病,没有关系,会好的,就是不要再让侬大阿姐担忧、痛苦。这些日子,你看她老了很多。

到了这种时候,他想到的还是大姨。大姨不说话,只是带着我穿梭在架子中间,一排排黑色的骨灰盒在我眼前闪过,向后退去,我们像游走在梦魇之中。但是,大姨几乎不用张望,就会非常准确地在大姨夫的骨灰盒前停下脚步;她拿起那条捡回来的小丝巾,慢慢地擦着盒子。不管上面有没有灰尘,她都是一遍一遍地擦着。擦完后,她低下头,把盒子抱在胸前,整个脸都埋在盒子上;她从来没有哭泣,可是她会在那里站立很长时间,嘴里喃喃地对着盒子说话,就像完成一个仪式。她不顾忌我的存在,就是那么专注地对盒子说话。最后,她从包包里取出一条新的丝巾,慢慢地铺在盒子上面,在盒子的顶端放上一朵小小的绢花——那年头没有鲜花卖。直到"文革"后,花店又开张了,在家里大姨夫的遗像前,永远放着盛开的鲜花。我一直记得来美国的时候,大姨跟我说的那句话,说他们是老派人,是心和心的约会。多羡慕啊,这么浪漫的爱情,再也听不到了。

小外婆对文的爱情,也是至死不渝的。可是,他们都没有等到那一天。
1939年的春节,圆圆外婆死了,外公家的小楼里再也没有了节日的生气。一个没有女主人的屋子,也少了很多的客人。初二,大姨闷闷地带着我妈妈(玖玖)和舅舅(凌儿)去自己的祖父家拜年,看见人家欢天喜地的样子,爆竹放得震天响。祖父把红包塞在妈妈和舅舅的衣兜兜里,两个小孩疯了一样跑到角落里,偷偷数着钱。还没等他们数清楚,祖父就按照老规矩,要他们依次站到墙根前,他拿着笔,用尺压着他们的头,为每个孩子量身高,并在墙上画上新的一杠,然后笑盈盈地看着去年春天做下的记号,大声说:

长高了!长高好多啦!

只听见他们笑,而且笑得格外开心。可是大姨却总是有一种惶惶不安的感觉。她把妈妈和舅舅留在外祖父那里,先回了家。

家,依然是安静的,静得像是一片墓地,没有任何节日的气氛,没有人味儿,没有声音。脚踩在木楼梯上的声响,变得震耳欲聋。大姨侧头看了看,小外婆住的房间房门虚掩着。她轻轻地敲敲门,随后就推开进去。

小外婆(中)和同学的合影

只看见小外婆倚靠在床头,没有节日的笑容,见大姨进来,似笑非笑地看着她,深深地叹口气,然后转过身,用手向大姨挥了挥,让她离开。而她自己,却突然把手中握了很久的药瓶,对准着自己的嘴巴,一下子把里面全部的药片倒了进去,很快又拿起床头柜上的水杯,"咕咚咕咚"喝着水,把药片全吞进了肚子。大姨扑倒在小外婆身上,惊叫起来:

爸爸,快来呀……

刚喊到一半,她又赶紧用手捂住自己的嘴,生怕被佣人听见。她,用手去扒开小外婆的嘴,可是那嘴已经死死地闭在一起,人猛地一下躺倒在床上。大姨什么都顾不上来,一口气冲到楼上,冲进外公的卧室:

爸爸,小嬢嬢又吞安眠药自杀了……

外公也被吓住了,他手忙脚乱地拿着器具,搅拌好了肥皂水立刻就往后房跑。他跪在小外婆床前,给她灌了肥皂水。因为抢救得及时,很快就看见许多安眠药片被呕吐了出来。小外婆躺在那里,渐渐睁开了眼睛,她非常非常镇静地看着外公和大姨。外公既害怕又恼怒。就这样,三个人对视了一会儿，外公一句话也不说，转身离开了房间。外公刚走，小外婆的眼睛里噙满了泪水，大姨抱着小外婆，跟着小外婆一起哭了起来。大姨忍不住问：

侬做啥，又要自杀啊！

三姐临死前关照我一次又一次，她说对不起我。

大孃孃没有做错任何事情，她没有什么对不起你，对不起我们大家的。

三姐说，你父亲强奸我是她的错。

什么？阿爸把你强奸了？大姨惊叫起来。

小外婆没有任何反应，平静地点了点头，又继续往下说：

原来我们都想瞒着你们小孩子。三姐就求我嫁给你父亲吴序新，她要给我一个名分。她要走，只求我……还有玖玖、凌儿，她求我为她抚养，她就可以放心走了……

大孃孃……

大姨这么坚强的人，突然失声大哭起来。这时，小外婆却一滴泪水都没有了，冷冷的，一字一句往下讲：

三姐还说，让我有事就找小颐。她说，你是一个最懂事的好孩子。

小孃孃，侬不要死啊！侬死了，在家里，我都没有人说话了。

我今天是假自杀，是做给你父亲看的，要他娶我，给我个名分！

阿爸做啥了？

他天天跟柳寡妇搞在一起，晚上都让她在这里留夜……

小外婆说不下去了，这时眼泪才开始往下淌。

阿爸做人真是太无耻了！大孃孃是这么死的？都是阿爸害死的！

三姐是为我死的……

小外婆和大姨一起无力地哭泣着。在这一刻，生命在富人家里突然变得如此脆弱。金钱断然没有给她们的命运带来一丝意义。即便是那么有知识的女人，即便是在那个年代都受了很好教育的女孩，像圆圆外婆、小外婆就是这么不明不白活着。小外婆的凤愿变得如此简单，仅仅是要个名分，然而，可就是这么一点点愿望，都不能得到满足。这点名分，还多半是为了维护这个家庭的名誉，是为了给后代一个体面的身份。

小外婆一次又一次的自杀,使她对自己生命的价值失去了认识。

怎么又突然冒出个柳寡妇来了。

大姨对着我不停地摇头:

你外公就是这么一个人。柳寡妇是他的病人,人长得蛮漂亮的,个子也高,走路一扭一扭的,一身妖气。每次来你外公这里看病,上下都会打点,还贿赂那些佣人。大家看到她都很客气。她才二十出头,丈夫就死了。她舍不得离开婆家的富裕生活,娘家的杂货铺生意又不景气,还要靠她扶持;再说,公公婆婆年纪都大了,身体也不好。她就盼着他们快点走了,好分遗产。她是一个很有心计的女人,一边巴结公婆,一边又把自己姐姐的儿子抱来,过继在自己名下抚养,这样就可以稳定在男家的位置。谁看不出来啊,那时候,柳寡妇天天上午九十点钟来看外公,到下午四点才走。一来就把火炉生得暖烘烘的,还跪在地上给你外公捏脚,你外公白天都不到人家那里去看病了,关着门。你说,他们两个人在那里能干什么好事?要等柳寡妇走了他才出去给人家看病。一家人真是给弄得不三不四啊!

大姨比小外婆小整整十二岁,但是她却比小外婆强大得多。那时候,她是受了新思想教育的一代女性。她绝不允许父亲这么欺负女性!她回到自己屋子,把东西整理好,然后关在里面,写信,写了很久,虽然信不长,但写得很明确。然后,她把信交给父亲,自己提着小皮箱,头也不回地离开了这个小楼,住到同学闵舒丰家里去了。信上写道:

  所有的事情我都明白了,如果你不娶小孃孃为妻的话,我就
  就此跟你决裂,你永远也不要想再见到我,我也永远不会认你这
  个不光彩的父亲。

吴颐

那是1939年春节的大年初二。

整个春节就全部黯淡了,小外婆独自在她的房间里待着,不出来见人;

外公拿着大姨的信，也几近绝望了。他和傅敏外婆生的三个孩子，长女在十五岁的时候病死了，老三是个男孩，却在十六岁那年在日本游泳溺水死亡。现在，只剩下老二吴颐了，一个读书那么优秀的孩子，也是她们傅家的骄傲，她的外祖父傅冰之和舅舅们都那么爱护她。如果大姨和吴家断绝了往来，外公在圈子里无论如何是没脸见人了。外公在日本的朋友、同窗，还有舅舅的过房爷臧伯庸医生，听到大姨出走的消息，都来劝说外公：

你就把前妻的亲妹子娶了吧！

她毕竟是举人家的小姐啊，比那些不三不四的女人要体面多了。

但是，外公知道小外婆恨她，这样的夫妻关系，以后如何处得下去啊？小外婆向外公解释，她现在身体那么虚弱，娘家的家境已经一败涂地，她也没任何嫁妆，即使结婚，她都不知道婚礼该怎么办。可是，大姨就是不回家，就是不见父亲。在大姨的压力下，外公最后拒绝了柳寡妇，决定和小外婆结婚。其实，什么"拒绝"啊，人家柳寡妇又勾搭到一个有钱的年轻人。你外公气得要命，骂她水性杨花，为了"证实自己的魅力"，就断绝了和柳寡妇的关系。大姨说：

小孃孃（外婆）不肯举行婚礼，她不要做那个排场。只是在新亚饭店请了几桌，算是给亲戚朋友们一个交代。

妈妈那时候九岁，她什么都不懂，只记得酒席上，小外婆化妆打扮以后走来时，所有的人都在那里鼓掌拍手，大家都赞不绝口，说小外婆是如此美丽。小外婆努力地想露出一个笑脸，结果，刚有一点笑意的时候，眼睛里就噙满了泪水；于是她又板起了面孔，表情呆呆的，像个泥人。

小外婆终于得到了名分。这不是外公给她的，而是圆圆外婆用生命换来的，也是大姨为她争来的。所以，她还是怨恨外公，对他不理不睬，还是睡在她自己的房间里。没过多久，柳寡妇又上门了，公开在吴家打情骂俏。小外婆看了像没事一样，后来索性连吃饭都和外公分开了，在楼下和厨娘阿喜一起吃，仿佛和外公有了那一张纸头，大家遵守这个契约，对玖玖（妈妈）、凌儿（舅舅）有个交代，面子上也说得清楚，她就什么都不在乎了。妈妈一

219

直不明白小外婆为什么那么不快乐，只有大姨心里清楚。于是，她越来越厌恶自己的家、自己的父亲，进了寄宿学校以后就很少回家了。大姨始终站在小外婆一边。

小外婆其实也努力过，希望有一个家。她尝试着和外公同床，可是每次都让她想到文，便一直、一直在那里哭泣。后来，小外婆怀孕了，那天晚上被强奸的阴影怎么也挥之不去。她对谁都没有说，自己跑到红房子医院——那是德国人开的妇产科医院，离她家不远——流产。在做流产手术时，她甚至冷静地告诉医生：

把我的子宫一起拿掉。

医生吓坏了：你还这么年轻啊！你生过很多孩子吗？

小外婆不解释，就是不想要外公的孩子。躺在手术台上的小外婆，任凭泪水往眼角下淌，也不改变自己的决定，她不能让孩子有一个母亲不爱的父亲。她只有一个愿望，要把三姐（圆圆外婆）的孩子，好好带大，这样，她对这个婚姻就算有交代了。

这些和名分、感情还有心灵有关的事情，我总是想不清楚。回忆起我的两个外婆，我心里比她们还痛。我怎么都想不明白，她们读了那么多的书，都是有知识的女性，可是在这些涉及女权的事情上，却一点都摆脱不了旧传统的束缚。最后，小外婆只想把圆圆外婆的孩子抚养长大。这以后，她再没兴趣和外公在一起，他们过着合法夫妻的生活，可一直分开住着；柳寡妇以后，又来了个姚家小姐，在外公家进进出出。小外婆把自己的房门关得紧紧的，完全是一脸不在乎，可是，她内心却像被毒蛇啮咬着。难得大姨来看望小外婆的时候，小外婆也说不出口，可是看见她那个样子，大姨就全明白了。

大姨走进外公的屋子，说：

你为什么要把这些女人弄到家里来，还嫌我们家不够热闹吗？

你跟我说话，要懂点规矩。

还知道要规矩？我们家的事情都按规矩做，就不会是今天这样。

外公气得浑身发颤，可是大姨根本不理睬他，帮着小外婆打点了行李，把小外婆带到自己家和大姨夫一起过。外公拦在楼梯口，问大姨：

你一辈子养她？

我就一辈子养她了！

不许走！

你不认错，小嬢嬢是不会回家来的！

每如是"战斗"一次，外公就变得"好"一点，可是过不久，老毛病还会再犯。于是，这样的"战斗"又再来一遍。吴家真的成了一个舞台，哪出戏都要在这里上演一次。

一直到1945年抗战胜利以后，文终于回到了上海。他打听到小外婆的住址，就一封接一封地给她写信，求她，要见她！这是他们从认识到今天，整整二十年的思念，文从来没有改变过。这些信都是大姨在中间转交。小外婆每读一次信就哭一次，但是她坚决不给文回信。她惭愧，觉得自己已经配不上文的爱情了。大姨劝着小外婆，可是小外婆不说话，只是不停地哭泣。那份绝望，让大姨害怕了。她握着小外婆的手，不停地叫她：

小嬢嬢，小嬢嬢，你不能这样作践自己的，你还年轻啊！

我就是为了玖玖和凌儿活的，我是废人！

小嬢嬢，你一定要去见见文，人家在那里等了你二十年啊！

我哪里还有脸见人啊，文……哪里要见我这样的人。

侬一定要去，如果见了他，他确实不喜欢你了，他真的不要见你了，侬也就死了这条心了。我知道，侬现在天天想的还是文。

这时，小外婆不再说话，眼泪淌得更厉害了。

终于在一天下午，小外婆打扮得漂漂亮亮的，在大姨的陪同下，到一家俄国人开的咖啡馆和文见面了。咖啡馆里贴着不少白俄老贵族的照片，可即便这样，小外婆依然比照片上的那些女人都漂亮。文已经坐在那里了，在这之前，大姨没有见过文，可是一眼望去，就知道靠窗坐着的那个是他。

大姨说：

一派儒雅的风度。他看着小外婆走过来的时候，眼睛里全是感情！

小外婆一直低着头，因为只要看一眼文，她的泪水就控制不住。

文对小外婆说：

我一直在等你。当时三姐跟我说的话，我永远不会忘记。三姐说有情人终成眷属。

我不配。

过去的事情，我不在乎。我们要争取自己的幸福！

我不配，很多事情我说不清了。你的幸福还没有开始，我不能拖累你。

后来，他们三人就坐在那里，默默地喝着咖啡，可是小外婆更多的是喝着自己滴落在咖啡里的泪水。回家以后，大姨极力劝小外婆和外公离婚，去争取属于自己的幸福。直到一天夜里，小外婆在自己的房间里，悄悄地告诉大姨：

我已经没有生育能力了，不能再害了文。

大姨这才沉默了。一直到我们都长大了，大姨还是会对我说：

老派人在感情中都是为别人着想。我真是佩服小外婆和文之间的爱情，他们都是为对方着想，苦着自己啊。

大姨和小外婆没有任何血缘关系，可是看着她们姐妹俩的遭遇，看着这么美丽的女人被外公害得如此悲惨，她对这个家、这个父亲、这个旧社会真是恨之入骨！这样的大姨，她一定是会追随革命去的，是一定要去推翻当时的制度的。她看见小外婆和外公在一起的苦闷——这苦闷导致了小外婆失眠、抽烟。大姨的心里真是痛啊，她每个月都会把钱和买好的香烟交给小外婆，一边劝着她戒烟，一边又把烟递到她手上。

1968年，小外婆被剃了阴阳头，被扫地出门，连冬天的衣服都没有。她并没有乘车到我们家找妈妈。其实我家住在常熟路上，离小外婆住的马当路只有三站路，她还是记着圆圆外婆临死前跟她说的话：

有事就找小颐!

小外婆走了很多很多路,换了好几辆公交车,一直跑到杨浦区大姨家向她要衣服。当时大姨正在受审查,要到很晚才回家。小外婆一进门,就撞见了苏家的好婆。她是大姨夫的父亲从北京"窑子"里赎出来的"窑姐",后来成了他的姨太太,在苏家没有地位。可是,看见小外婆落难时,她觉得自己还是比她更体面,讥笑着说:

吴家太太,想不到你还有今天!

你做人、说话都不会啊?

你不要想在这里拿到任何东西!

我绝不会从你手上拿走任何东西,也不会问你要一分钱的!我走。

说完,小外婆转身就走。可是,这个好婆突然意识到什么,追了过来,堵住小外婆,竟然在她面前跪下来,还扇了自己两巴掌,像演戏一样。

我是他们家做小的,怎么能这样跟你说话呢。

小外婆没搭理她,还是推开她走了。直到晚上九点多,大姨回到家,表妹告诉了大姨小外婆来拿冬衣被好婆气走了的事。大姨听完,一句话都没有说,从箱子里拿了棉袄就往市中心跑。临走丢给好婆一句话:

你这样的人,是不会明白我和小孃孃之间的感情的。

从小,大姨就告诫我们:

从大孃孃和小孃孃身上,我看清了,一个女人在经济、个性上不独立,依赖男人,再聪明、再有本事都会失去尊严,没有自由和幸福可言。我跟你们说,绝不要靠任何男人来养活你,自己的自由是最可贵的。钱要靠自己去挣,要有独立谋生的能力,这样女人才会幸福!

可是,等到大姨夫去世以后,大姨却痛心地跟我说:

光是经济上的独立也是不够的,还要有精神上的独立,但这竟是如此艰难!

这是老派人的认识,到底是落后呢,还是新派?如今我回到国内,小报、杂志、网络上都在公然讨论如何嫁个有钱人;有些人还在交流做"小三"和

"二奶"的经验。怎么会变成这样？我重新迷失在这个世界里。

"文革"后期，舅舅从北京调到武汉工学院工作。小外婆一直惦记着他，更重要的原因，是她觉得自己的身体开始衰颓。在他们那一代人的观念里，死是要死在儿子家里的。到八十年代，小外婆做了最后的决定：离开上海，搬到武汉与凌儿舅舅同住。1984年的初冬，舅舅去法国参加一个为期两年的学术研究项目。偏偏在舅舅不在家的日子里，小外婆病倒了。大姨和妈妈都怕舅妈一个人照顾病人太辛苦，等我一放寒假，就指使我赶紧去武汉。

那时候去武汉，还没有直达的火车。我乘长江轮渡从上海出发，三天才能抵达。赶到那里，舅妈已经把小外婆送进医疗站，那是武汉工学院里的简易医院。舅舅人缘好，学院里的老师们自发去医疗站，轮流看护着小外婆。不清楚小外婆到底生了什么病，只看见她仰卧在病床上，看护的老师们坐在病房门口，随时准备着，以待小外婆的叫唤。我走上前，看着小外婆的皮肤，依然雪白雪白的，脸上几乎没有皱纹，两道眉毛还是修得那么整洁。那个年代，区别女人之间的身份，就是看眉毛。因为那是个不能化妆打扮的年代，一张脸上唯一能够改变的就是那两道眉毛。从那里，你能非常明确地意识到女人与女人之间的不同。

我赶到医院的时候，立刻弯下腰，贴着她的耳朵，轻轻叫了一声：

小外婆，我来看你了。

小外婆闭着眼睛，却听到了我的声音，泪水从她的眼角里滚了下来。

我把舅舅家里的旧棉絮剪成一块块，垫在小外婆下身，尿湿了就扔掉。夜里，我趴在她床前打打盹；白天，我在学校食堂打饭吃。

我对舅妈说：

叫舅舅回来吧，他从小就是小外婆带大的，小外婆在等他呢！

舅妈没有给我好脸看：

你说的倒是很轻巧，轮到一次出国机会，那么容易？再说，你舅舅现在的研究有多重要啊，不可能中途而废的。

可是，小外婆是要死的人啊。

那大姐和二姐为什么不来呢？

小外婆要见的就是儿子,你是知道的嘛。

哼,儿子,这儿子又不是亲生的。我们一直担当着照顾她,够不容易的。

我看着舅妈感到害怕,她那咄咄逼人的口气让我无言以对。我只能转身对照顾小外婆的老师们鞠躬,说:

谢谢大家的帮助,请大家都回吧。我一人就够了。

接下来的七天,我天天捧着一只小录音机,坐在小外婆床边,来来回回放着磁带里录下的、小外婆最喜欢听的京剧老戏,不管是什么唱段,不管她是否在听,就那么放着,让她在戏中睡去。或许,她会在那里和文一起唱上一段;或许,圆圆外婆也会来甩一下水袖。这都是她们罗家从小玩的游戏。小外婆一次一次地寻死,可是真到面临死亡的时候,她却久久不肯离去,小外婆以前对我说过:

我这么要干净,也没什么大病,死的时候一定是浑身长满了肿块。

真是被她说中了,在为她翻身换尿布、擦身的时候,发现她皮下都是肿块——肿瘤已经遍布全身了。这样活着实在是太痛苦。当初妈妈文工团一起唱歌跳舞的一群孤儿,一到上海,小外婆就留他们住宿,给他们零花钱,他们管小外婆叫"妈妈"。在瑞华的那些日子里,来看望她的晚辈真可以说是络绎不绝,我这才知道,在上海,我们家原来有那么多的"亲戚"啊!可是,小外婆硬要住到舅舅身边,在自己的"儿子"家里死去。现在,她只有等到舅舅回来才能闭眼。

我跑到邮局给妈妈挂了长途电话,她在那头什么都没有说,便急急忙忙把电话挂了。

1984年1月15日的早晨,我正在给小外婆放着京剧录音。突然,妈妈风风火火地冲进了病房。她是放下电话,就坐飞机来了。我对妈妈说:

没人去告诉舅舅小外婆不行了;舅舅不可能回来了。

妈妈跪在床前,握住小外婆干枯的手,俯下身,用嘴凑近小外婆的耳朵,用南昌话说:

孃孃,我是玖玖,原谅凌儿吧。他人在法国,工作忙,一时回不来呢。

话音刚落,从来没有睁开眼睛的小外婆,突然睁开双眼看着窗外,那里正有一缕阳光照在她的床头。冬天,少许的一线温暖都可以让人快乐。她剧烈地喘息起来,护士和医生都围了上来。那只是一个医疗站,他们都没有什么办法。听说舅舅回不来,小外婆喘息着,果真圆睁着她那漂亮的大眼睛断了气。我摆正了她冰凉僵硬的双手,妈妈走上前,用手轻轻地帮她合上了双眼。很快就有人抬着担架进来,把小外婆从病床移到担架上。妈妈说:

今天走,会不会太冷啊?

妈妈,小外婆真的死了?

小外婆真的死了!

那年她七十八岁整。这是我看到的最美丽、最孤独的死人。

从上海到纽约，从纽约回上海，再从上海去了芝加哥，然后在常熟路上的咖啡馆里，我们说啊说啊。我们说了一天又一天，咖啡从热的一直喝到凉透，再喝热水，也从滚烫喝到冰凉，刘辉的故事还是没有说完。但是，故事里的每一个人像是电视剧里的演员，在一场场的演出结束以后，就改变了面目——只是千变万化之后，依然走向同一个地方。有人说，上帝是公平的，不管你的一生是如何度过的，不管你曾经如何辉煌，或者是如何悲惨，最后的结局都是一样的，没有人可以逃离这个结局——死亡。

可是，人出生的那一天，终究不是为了结局而来的，大家都是为了过程而生。每一天，每一个瞬间的快乐和幸福，才是我们为此而生的意义。想到这一点时，又为刘辉故事里的人物伤心很久。这时候，我们才明白了好莱坞电影的意义，他们喜欢编织一个快乐结局，为我们营造一个假想的安慰，因为我们的生活里，痛苦实在是比快乐多得多。我们太需要用这些假想的安慰来支撑自己的生活；否则，看着大姨夫那样惨死的时候，支撑我们活下去的力量该是什么呢？我们还有什么样的理由为自己设想一个美好的未来？刘溪、大姨夫、亲外婆，还有小外婆，还有……还有……太多的人……

我不由得想到了欣星，一起和刘辉（小莺）走过了那么多苦难的童年朋友,现在她还好吗?她在干什么?她去美国了吗?

"欣星很好,她后来从黑龙江回到上海。"

"那时候,她爸爸还活着?"

"活着,她就在我们瑞华住。结婚的时候,她爸爸向市委要求,又给他们家多分配了一间屋子,就在他们原来住的同一栋楼里;原来是在四楼,新分的在七楼。"

"这实在是故事里最美好的一个结局。她还可以照顾她爸爸。她有孩子吗?"

"有一个女儿。她自己在一个研究室工作,前几年刚退休。"

幸福,原来意味着平庸,这里不再有那么多的故事可以叙述了。作为读者,是想看见惊心动魄的故事,可是走到现实里的时候,我们又多希望一切都变得平庸。连刘辉的妈妈都在慢慢地改变,变得有点"平庸",不再那么"革命"了。

2013年5月的一天,刘辉和妈妈通了电话,知道她母亲应外公老家亲戚的邀请,去南昌扫墓回来。她说电话里都能听见妈妈的快乐。以前,她和大姨是坚决与吴家决裂的!如今完全改变了。刘辉在邮件里是这样对我描述的:

我妈妈说:"我以前怎么不知道这些事啊?现在,我可以告诉你蚕石村的真实地址了,你拿笔记一下:江西南昌县冈上乡蚕石村。我真想不到,那么多吴家的后代上上下下关系都一直那么融洽!这次碰头,光我这辈就有近十个,都是医生、工程师,其中有一个在南昌的堂妹,都八十岁了,还在专家门诊上班行医,还是全国人大代表呢!还有在杭州的、南京的,年纪都大了,不太走动了,是听到我会去,特地赶来和我见面的。"

刘辉感慨地说:"我听着,心里都难过起来。几十年来,外公家的亲戚中怎么就妈妈和大姨是缺席的呢?"

这大概是她大姨和母亲故事的后续,也是对外公的最后补充。

人，是多么难以描述；人，原来是不能用阶级观念来划分的。妈妈又告诉刘辉，吴家四房的一位从南京赶来的堂姐，感激地说，五十年代，老家因为划分地主的缘故，家里的财产都被没收了，她无法继续上大学念书，想在上海找出路，是伯父伯母（外公和小外婆）接济了她，给了她钱读完大学！当时她还有皮肤病，农村管这叫"流火"，腿上的皮肉都糜烂了，流着脓血，可怕极了，是外公亲自为她精心治疗，擦去脓血，治愈了烂脚。这一说，大家都开始怀念起外公，一个个都在说他的好！吴家二房又一位从杭州赶来的堂弟，他也告诉妈妈，说他的父亲解放前夕去世了；新中国成立后，家里的生意和钱财都被政府没收，母亲带着他们一双儿女，实在生活不下去，写信给上海的伯伯（就是指外公），他知道以后，每月按时寄给他们三十元生活费，从1950年到1957年没有中断过。直到1957年，他们母亲去世，外公又寄给他们五十元，要他们好好安葬母亲。他们安葬母亲后，告诉伯伯他们应该自立了，外公这才停止了寄钱。妈妈反复对刘辉说："这些关于我父亲的事，不是这次来蚕石村，我都是不知道的。"

　　有朋友看完《荒漠的旅程》后就说，他最喜欢的是外公，用上海人的话说，他是"模子"（就是"了不起""英雄"的意思）！时代怎么像万花筒那样，随即就这样变化了？真是转瞬即逝。当初，在咖啡馆里，刘辉正是从她的仇恨，对外公的仇恨开始说起，谁都没有想到结果——说着说着，到最后，外公怎么就成了我们笔下的"模子"了呢？

纽约街景

我们瑞华的大楼也有后楼梯,可是我从来没有在那里走过。除了和小朋友一起玩躲猫猫的游戏,我们才不会往那里跑,谁喜欢在脏兮兮的水泥楼梯上走路啊。那时候,我们的小兰阿姨都是和我们一样,在正门乘着电梯上上下下的。可是到了纽约,我在曼哈顿第五大道85街上给有钱人家做清洁工,就再也不能从大厅前的正面电梯上去,而必须乘坐专门供公寓大楼的修理工、保洁员、管理人员上下的电梯。我和大家挤在一起,有墨西哥人、越南人,还有我们这些从大陆来的中国人。大家的英语都说得不大好,互相之间很少有对话,只有需要别人让路的时候才说一句"Excuse me"。我没有想到,有一天,我会以像小兰阿姨这样的身份,跻身在他们中间。我没有太多自卑,因为从小受妈妈的影响,她说:

做一个自食其力的人,任何劳动都是值得尊重的。人和人是平等的。

尽管这样想,但我还是准备上学、读学位,可眼下再也顾不了自己了。我必须挣钱,养活晶晶是最重要的!

难得休息的一天,门铃响了。打开门,竟是妮娜站在我面前。我将门推上,可是她用一只脚顶住了门,说:

让我们带晶晶去学校报名吧,为了孩子!她应该去学校,哪怕你在这里只待几天,也不应该让她在家待着。

晶晶听见妮娜的声音,迅速跑了出来。她躲在我的身后,看着妮娜快乐地微笑着,显然她们是认识的,可究竟是什么时候认识的呢?我还没有想清楚时,妮娜已经拉着晶晶的小手往她的车里走,我竟会那么木然地跟在她们的身后。这是一辆红色的沃尔沃,记得那天从肯尼迪机场回家,孝章就是开着这辆车来接我们的。我想,妮娜也是开着这辆车在帮彬仲和阿进他们运送报纸。我说不出话,心一下就堵在喉咙口,憋得透不过气。一抬头,看见妮娜,一个化着浓妆的女人,一点儿也不像什么知识分子。可是,她修饰得那么漂亮,就像时装杂志封面上的模特,我忍不住地朝她看。发现我的注视时,她似乎对自己的装束很满意,善意地对我笑笑。她那蓝色的眼影和她的蓝眼睛、服饰颜色都很般配,脸上覆盖的粉底霜也透着生气,唇膏的红色是暗淡的,涂得准确而有线条感。她衣着讲究,那西装长裙贴身有形,项链镶嵌的也是蓝色宝石,棕色的头发垂在耳根后。真的,我怎么都想象不出一个博士生的打扮会是这样。她像一个有钱人家的小姐,我像一个佣人坐在一边。她握着方向盘,看着前方,似乎在回答着我的思索:

我母亲是德国人,爸爸是意大利人。在我十六岁时,他们就离婚了。姐姐和妹妹跟着我母亲住在旧金山。我们姐妹三个里,我继承父亲意大利血统最多,所以爸爸最喜欢我,就把我带去台湾了。我在斯坦福大学读的人类学,现在读社会学。

妮娜操着一口标准的台语,而我沉默不语。她给了我一个优雅的微笑,又继续说道:

晶晶多聪明啊,我真喜欢她!那天我教她用电脑,示范了一遍,她就会在电脑上画画了……

我突然想到了,那天晶晶拿着图画回家的样子……

还有两周学校就放假了,得抓紧时间让晶晶熟悉英语环境。她学东西太快了,简直是秦孝章的翻版!

她的直爽让人受不了,我转头看着她;她似乎也意识到什么,改口说道:

噢,对不起。

接着,我们开始沉默,一直等我看见一个童话里的小房子——它被刷成彩色的墙壁,上面是孩子们的儿童画。我这才明白,妮娜似乎早就把事情都安排好了。那是哈里森幼儿园。校长、老师看见我们的时候，热情地向我们招手，他们每个人都穿戴得很有个性，每个孩子也都是那么漂亮。老师拉着晶晶的小手说：

没问题，她和我们在一起，很快就能学会说英语的。

看得出，晶晶也非常开心，紧紧地握住老师的手直往教室里跑。跑到教室门口，她头稍微往教室里探了探，在那里观察着里面的小朋友。

校长弯下腰，轻轻地问晶晶：

你叫什么名字？

我还没来得及介绍，她的中文大名叫秦涵琼，妮娜便在一旁说：

叫 Crystal。

然后妮娜转向我，解释着说：

好吗？ Crystal 在英文里就是水晶的意思，多漂亮的名字！

校长和晶晶握手：Crystal，现在你就可以去教室了，欢迎你。

晶晶自己嘴里也叫喊着：Crystal，Crystal。

那些黑头发、金头发，还有红头发的孩子都涌向晶晶，有的小朋友热情地把自己的玩具塞到晶晶手上，晶晶连头都没有回，和大家融在一起，消失在那童话般的小屋里。我和妮娜走出学校，她突然对我说：

小莺，我们可以谈谈吗？

为什么是你，不是秦孝章？

她耸耸肩说：我不知道，难道不可以吗？

不等我回答，她又肯定地说：你回家想想，我们明天谈吧。

第二天的谈话是那么直接开始的。

妮娜自信地打铃，我打开门的时候，她带着坚定的口吻对我说：

先送晶晶去学校，然后我们去纽约看看。

我不明白自己为什么就没有任何犹豫地听着妮娜指挥、安排我的日程。心里还在诅咒着"不要被她迷惑，这是分裂我们家庭的坏女人！"可是，在她面前，我就是说不出"不"的字，她是那么热情，热情里不掺杂任何虚伪；

她也是那么自信,自信得让我感到有些无所适从;她还是那么坦白诚实,那诚实甚至是赤裸裸的。她带着我挤上了开往纽约的火车,车厢里被塞得满满的,连过道口都站着乘客。四周弥漫着洗头水的香味,还有男人、女人的香水味混杂在一起。整整一火车西装革履的上班族,有的拎着皮包,有的在阅读着当天的报纸。妮娜用她娴熟的台语向我解释:

曼哈顿停车太贵,他们都和我一样,把车停在新泽西地铁站的停车场——车位的月租费要比纽约便宜得多,然后就搭乘火车进城;再说,进纽约的隧道经常堵车,这样可以省掉好多时间和钱。

我听着她说话。我讨厌她,可我又是从她这里在一点一点认识美国、认识纽约,开始我的美国生活。她形容斯坦福大学:

这是一所右派学校。所以在几年前,我转到纽约州立大学,这是有名的左派学院。我博士课程都修完了,只剩下论文,所以就在曼哈顿 Port Authority(口岸管理局)找了份工作,他们给的工资很好啊。不过,最近我在考虑把工作辞掉,因为林绣琏催我赶快把她的传记完成,她给我的报酬更高,我不好意思再拖了。我的办公室离 New School(新学院)很近,下班后我去听蒂利讲课,就这样认识了秦孝章。

我没有朝她看。我原以为说到秦孝章的名字时她会停顿一下,可是妮娜全然不在乎,似乎在跟一个老朋友谈话——而不是跟秦孝章的妻子。她继续往下讲:

你知道吗?第一次看见他的时候,他正在用蹩脚的英文大声地和蒂利教授辩论,一点都不害怕。我愣住了,和我认识的很多中国人太不一样了。我在纽约州立大学社会学系,那里不少都是来自北京社科院的研究生,没有一个像他那么敢说、那么自信、那么有见解的。我一下就被他吸引住了。刘辉,你不要恨我,是我追他的,拼命地追啊!我高中的时候,父亲在台湾为我找了个上海继母,很好的人。秦孝章也是上海人,我想不会错的。

车厢里不少人停止了阅读,放下报纸看着这个黄头发蓝眼睛的典型美国人激动地说着中文。边上的我,一个中国女人却一言不发。一个乘客实在忍不住,好奇地问道:

Do you speak Chinese？（你说中文吗？）

Yes！

妮娜回答得那么随意，可是你会发现，她有一份得意洋溢在唇边，就像她敢于去追求一个男人那样得意。我说不出话，我觉得这时候的我在往下落，越来越低，落到生活的最下面。我突然想起在安徽的日子，那是1974年7月，铜陵铜矿检验科发到我们生产队一个招工指标。天呐，所有人都叫了起来，说这是一个大指标，因为终于可以走出穷困的东至县，去城里了啊！

这时的茅草屋里，只剩下我和曾妮萍、苏秀梅三个人了。她们两个突然在那里大吵起来：

你最不要脸，贿赂干部，生活作风不正派，让你姐姐暗地里给大队长送药。

你才不是个东西呢，春节托我带回来的肥皂，都送给书记了。

拿出证据来？

我不说话，我都搞不清楚她们互相谩骂的是什么事情。大队胡书记来了之后看了半天，猛地一拍桌子，大叫起来：

吵什么，这次招工指标就是给刘辉（小莺）了。

她们俩顿时都傻了，同时转过头盯着我看，特别是胡书记已经把表格放在我的面前。她们什么话都不说，虎视眈眈的样子像是要把我吃了。我轻轻地把表格放在她们面前：

我说话算数的，不会走在你们的前面。你们摸彩吧，谁摸到谁走。

我团起两个小纸团，让她们俩抓阄。我把纸团抛向了天空，当苏秀梅打开纸团，看见上面写着"走"，她像疯了一样跳起来，尖叫着：

是我！是我，我走了！我赢了！

她边叫边往外跑，曾妮萍看着她没有踪影的时候，才恍然大悟，也开始往屋子外面冲去。但是，她是朝着粮仓前的那口井奔去的，我似乎感觉到什么，紧紧地追在她后面。没有想到，她真的冲到井口，一头就往下栽去。我不知哪来的力气，冲上前一下抱住了她的两条腿。她哭叫着转身，用双拳敲打着我的背：

让我去死！她太坏了！我咽不下这口气！

直到书记和大队民兵营长都跑来了，才把她劝下来。

很快，她在县医院做内科医生的男朋友赶来了。不久以后，医生为她搞了一个公社卫生院的招工指标，她终于也离开了村子。但她还是不快乐，因为卫生院在大山里，离县城还有八十里路。医生许诺说，一定会想办法把曾妮萍调到县城的公社医院。

她们都走了，我还在田里干活，可她们临走的时候，对我丝毫没有感激：

小莺，你和我们不一样，你爸爸妈妈被打倒了，可你还是住在大洋房里。我们呢？上海的房子还没有村里的房子好。这里是徽州建筑，我们上海的家，就是沿街搭出来的油毛毡的棚。说起来，你和我都是上海人，可我们过的是什么日子啊。

可是你们在政治上的地位是最优越的，工人阶级是上层建筑。

省省吧，我宁可是下层建筑，住到你们家去。我们是在往下落，越来越低，最后落到生活的最底层。我们现在不离开这里，就永远没有机会了……

妮娜还在说话。我一直觉得，虽然是她在求我，可是现在的我也是在往下落，越来越低，落到生活的最下面。她在我面前的这份坦然、真诚，还有热情，全都是基于她的优越感。她敢于在我面前放弃她的骄傲，是因为她内心充实，不需要掩饰，她占着所有优势。可是我……我有什么？我在往下落，落啊落，已经成为一粒细细的尘土，还没有来得及落到土地上，就已经在空气里消失了。为什么要到美国来？火车摇晃着，我呆呆地望着窗外闪过的田野、树木，还有远处闪现的小山脉，在弥漫着晨雾的早晨中，就像一幅幅印象派油画。可是，我一点都不感动，只有一种眩晕的感觉。妮娜还在说：

美国经济最好的时候是在五六十年代，我母亲是伯克利加大的普通数学教授，她买得起大房子，生活富足。现在不同了，一个大学教授是买不起大房子的。其实里根时期美国已经明显走下坡了，如今布什更糟！你们国家现在"先让一些人富起来"的政策，走的是美国的老路，到头来就是拉大贫富差距，激化阶级矛盾，社会崩溃是避免不了的。

你真"左"！

这是规律。

那时候，纽约世贸中心还高高地竖立在岸边，出了地铁，我们一直走到哈德森河畔。阳光直直地照耀着河水，波光粼粼，水是透蓝透蓝的，我望着那河岸，开始发愣。对面就是新泽西，密集的楼房和公路又使我想起黑龙江插队时的屯子。那一间间裸露着圆木的矮房，周围是泥土围墙，雨水冲刷着小路，小路被牛马车轮碾出一道道深沟。雨后天晴，井旁布满晒干的蹄印，冒着炊烟的知青营房，虱子在火光中噼啪作响。那田野是古人说的平面世界，一望无际的大豆地连着天边的山麓，还有那一直伸向日落的麦垄。我们在誓言里说，接受贫下中农再教育，保卫祖国的珍宝岛！可是，在武装民兵的申请上，上海来的干部要我写一份思想汇报，揭发、批判"反动"的外公和我的"右派"大伯，但我做不到。于是，我便再也没有资格拿枪保卫祖国了。

怎么，我就跑到帝国主义的美国来了？

妮娜端着咖啡走了过来，望着河水。不是面对面的时候，她说话就更直接了。

我和孝章同居快两年了，我和他再合适不过了。无论在学术上或性关系上，我们走到一起可以说是志同道合、天衣无缝。中国的农村问题和社会制度的由来，是我们共同感兴趣和探讨的话题。我研究的课题是中国三十年代的土地问题；孝章从中国古代井田制着手，探究中国政治体制的状况；我们应用统计学的方法，以数据来证明我们的论点。这是一个复杂而庞大的论题，孝章的想法让蒂利教授都十分重视，我和孝章会联手完成它。你看，你们都分居四年了，为什么要保持夫妻关系呢？

那是因为我拿不到护照和签证啊。可是，我没有说出口，感觉已经没有力气了。我觉得自己这粒尘土，搅和在空气里，被吹落到很遥远的地方，落到了最底层，被看不见的大气层死死地压着——那么沉重，感觉到的却是无限的空虚。我什么话都说不出来！

妮娜看了看我，问道：

你为什么不说话？

你希望我说什么？

妮娜叹了口气，看着对岸，几乎是自言自语地往下说：

我有一个儿子，叫 Roger，正在麻省理工读大二，学的是电脑科学。我想要个女儿。看见 Crystal 的时候，我好激动啊。我觉得 Crystal 是上帝送给我的礼物，那么漂亮聪明的中国女孩，孝章多爱她啊，我也爱她！小莺啊，你还年轻而且聪明美丽，去学校读书吧，会有男人追求你的。现在很多美国人都喜欢中国女人呢！你应该开始自己的新生活，把晶晶和孝章给我吧。

我听了下意识地微微冷笑了一下。这大概是我有生以来，第一次看到一个如此自说自话的人。她自我感觉竟然还这么好！

你笑什么？这是真的，我奔波那么多年，想要一个家，想和孝章结婚，有了他，我就放弃搞政治了。孝章说他对政治不感兴趣，他说得对，政治是很肮脏的。跟他在一起，我一定放弃政治，我想要个家！

我回过头，直直地看着她的眼睛，对她说：

我想亲耳听到秦孝章的话，他是怎么想的？你对我的家，对我们的国家而言都一样，终归是个外人。

妮娜一下叫起来：

孝章是个胆小鬼！他没有决心和封建传统决裂的。

这样的胆小鬼，那你还说你爱他？我们还是回去吧。

谈话就这样中断了。我们一路往回家的路上走去，一直沉默着。

突然，妮娜伸出她的手，就这样伸在我的眼前：

看见上面的疤痕了吗？是我自己割的。我给孝章写了血书，为了他，我保证不问政治！

美国人也是用写血书的方法发誓的吗？

不，这是你们中国人的方法。

我不再说话，可是她的手依然伸在我的面前：

237

小莺，我们交个朋友吧，你和我接触的许多中国女人都不一样。

我没有伸手，这对我来说，太艰难了。说话间，我们经过一些店铺。妮娜说：

我们可以进去看看。

我真没有想到，在那么富裕的美国，竟然还有这些旧货商店，而且里面还挤满了人，他们看上去都穿得那么体面。有四五间连在一起的店铺，写着Damaged（二手）的字样。我进去一看，一个个大盒子，里面放着各大制衣厂还有那些名牌的次品，毛衣、外套、裤子、西装，五颜六色，应有尽有，每件衣服上都别着牌子，上面标着这件衣服毛病在哪里，价格在一美元到五美元之间。这么便宜啊！妮娜一面挑选，一面说：

修修补补是我的Hobby（爱好），我会告诉你怎样修得看不出来。

我也顺手为晶晶挑了几件童装。回到哈里森，妮娜又对我说：

你不想为晶晶修补好这些衣裳吗？去我的工作室看看吧。

我再一次顺从地跟她走进她家的地下室。那里竟是一个缝纫工作坊，缝纫机、烫衣板、巨大板面的工作台、各种布料与颜色的线圈、正在缝制的衣服、用各种颜色花头拼成的方块几何型图案的被套、毛线、毛衣，应有尽有。我很吃惊，这是妮娜的爱好？美国人也喜欢做针线活儿？她解释说：

我越是伤心就越喜欢织补，这是我解愁的办法。

你什么时候会感到伤心？

最早是我还在台湾的时候。蒋介石政府制造的"二二八事件"，影响台湾整整十年。他没收台湾私人资本，没收土地搞土改，引起了本省人的愤恨。后来有两个台湾民主人士在县一级搞民主选举；有人寄邮包炸弹给国民党"行政副院长"，炸断了他的一条胳膊，还炸瞎了一只眼。后来，还有几个台湾民主人士办起了民主杂志《美丽岛》，我就在那个时候认识了他们，成为杂志的对外公关秘书，还担任他们台湾党外助选团英文秘书。好像女人们都很崇拜这位杂志主编，可是主编只喜欢台湾女人。后来国民党要封杀《美丽岛》杂志，有一位创办者逃到海外，他的家人被抓起来处死了（国民党不承认），其他几位创办者、主编都被通缉。我想保护杂志主编，就以我美国人的身份与他公证结婚。

妮娜突然笑起来了,不是不好意思,而是她对自己曾经的幼稚和痛苦,有了一分自嘲:

结婚那天我还是很伤心,虽然说的是政治婚姻,是假结婚,可是主编当晚带着一个台湾女人上山去度蜜月,我一个人在屋里,几乎要哭了。后来,台湾当局没有因为他娶了美国太太而停止追捕,最后还是给抓进了监狱。"美丽岛事件"发生后,公开审判主编和林、黄两人,是陈、谢、张三位律师出庭为他们辩护的,但你知道的,在独裁统治下,是没有法律的嘛,最终还是宣判他们为叛乱罪,主编和他们都关进了绿岛。那是1979年,我被台湾当局宣布为"不受欢迎的人",驱逐出境。那年,我正好三十岁……

整整十年!我不知道妮娜还有这样的历史。我想对我们这些大陆来的人来说,听了都会害怕的。那时候,我们和台湾没有任何来往,说到台湾人的时候,都是和"美蒋特务"四个字联系在一起,可是妮娜这样的美国人,却是被台湾、蒋介石政府驱逐的。像回到"文革"时期似的,我所受的全部教育都被颠覆了、搞乱了。我认真听着,但是心里却充满了惧怕。我想,秦孝章真不该跟他们卷在一起,这会影响我们家庭的啊!

只是,妮娜很快就从自己的情绪里解脱出来:

我还是喜欢台湾。我在台北美国学校读书时,就和学校的台湾男生发生过性关系。第一次是十六岁,后来就一发不可收拾了。我在台大认识了一位主张民主、自由的台湾学生,没等毕业我们就结婚了。后来我们一起转入美国旧金山加州大学,他开始攻读医学,我生了一个男孩,就是Roger。我们那时候的生活几乎比你们现在还苦,一边打工一边读书,吃的都是我们美国人不要吃的东西——最便宜的鸡肝、鸡胗、猪油。啧啧,现在想起来都要吐。后来,我这个丈夫一毕业就找到工作,买车、买大房子。以往立志为台湾而奋斗的丈夫彻底丧失了革命意志,也不想参加台湾的民主运动了。我决定离开他,回到台湾继续战斗。我拿到了福特基金会调查台湾女权问题的经费,我想彻底投身于台湾的民主运动,直到被他们驱逐出境……

听妮娜说话,像是在听天方夜谭,我越来越说不出话,听到最后完全迷失了。妮娜还在说：

我的第二段感情也是失败的。我和马克同居了八年，就在要结婚的时候，让你们瑞华的邻居给摧毁了……

什么？是我们瑞华的人？

妮娜肯定地点了点头，我完全惊呆了。再好的想象力都不能让我相信，我最后的命运依然是和瑞华纠结在一起，我怎么又回到了瑞华？妮娜解答了我的疑惑：

我是从斯坦福大学转入纽约宾州州立大学的时候认识她的。她读书比较差，但性格外向热情。她想去纽约发展，要在那里找临时的住所，我就答应了，因为马克在纽约找到了工作，租了一个两室一厅的小公寓。我对她说，你去纽约，可以暂时寄宿在我们家啊。我那时候想多帮助从大陆来的留学生，他们生活太苦了。开始，人家就说她如何"进攻"了很多男人，我根本没有兴趣，那又怎么啦？独自在外的女人，性饥渴很正常嘛。没有想到的是，她的饥渴竟然发泄到了马克身上。我怎么都想不明白，她英文不行，怎么和马克交流的？直到有一次在校园里，我亲眼目睹着马克看着她的眼神，他微微张着嘴，瞪大了眼！更让我绝望的是，他在半夜睡梦里还呼唤着她的名字。终于，她不再回宾汉顿了，所有的行李都拿走了。有一天，那时已经是深夜，我独自回到曼哈顿，回到自己在哥伦比亚大学北面的家。我轻轻地用钥匙打开门，听到卧房里传出做爱的呻吟声。我没有开灯，躺倒在沙发上，我都快发疯了，握紧拳头，拼命地堵住自己的嘴，不让自己叫出来。后来，马克走出屋子，发现我躺在沙发上，一下子朝我跪了下来，流着眼泪要我饶恕他，说自己已经离不开她了，说她有多么迷人，会针灸，让他放松，让他能像一个真正的男人那样去做爱，他想和她有个孩子。这个时候，我知道我和马克完了！可是马克依然是那么温柔地看着我……看着他的蓝眼睛，我只能想起我们曾经在一起开着车穿过沙漠的三天三夜。汽油没了，马克走了五个小时拎回一桶汽油……还有，我在街上领回一只无家可归的猫，马克就去动物商店买了一群白老鼠养起来，他总是让生活变得幽默欢乐……直到现在，我还是无法恨他！一天，我拿刀片狠狠地向手腕的大动脉上割去，鲜血就像打翻的颜料流得满地都是，是马克回来救了我；可是我还是受不了，我第二次割腕……直到我看见马克那双清澈的蓝眼睛，他那么绝望，我决定离开他，成全他了吧。我不能再回宾汉顿，书也读不下去，真害怕一个人啊！我往纽约跑，那里有很多台湾本省人，他们都会热情地向我这个台湾的假太太伸出援手。那些台湾女人告诉我，要忘记痛就去工作！说得多好啊！马克找到我，再一次请我饶恕他，把所有的东西，包括那辆装满行李的红色沃尔沃，一起给我留下了。我开着车，找到了 Port Authority 的工作，晚上去 New School 听蒂利的课，想让自己在繁忙中忘记马克，但是种种努力都不能抚平那份伤痛，像针扎着那么痛。生活变得越来越混乱不堪，身体都变形了，肥胖起来；直到有一天，在 New School 看见秦孝章……

这是一个女人和一个女人的对话，这里没有掩饰，没有虚伪，更没有恶意，有的只是女人之间能够理解的痛苦和感情，还有下意识的互相伤害。我向妮娜告辞。我说不出话。在生命的历程里，我从未遇到过这样真实、这样敢于追求爱情的人，我真的被打动了。我就是想哭，不知道是为谁流泪。我的两个外婆都为名分活了一世，可是妮娜是那么鲜活的生命。她像意大利歌剧里的太阳，明晃晃地照着，照得我睁不开眼睛。我完全迷茫了。

还能说什么？我的心同样像被针狠狠地扎着那样。我等着秦孝章向我开口。我做了最坏的打算，但是我绝不会割腕，绝不会去死。我还有晶晶……转过街口的拐角，我突然看见有个孩子，她怎么那么像晶晶？一个人坐在公寓门前的台阶上，手里还抱着书包，瞪着大眼睛在那里东张西望。真的是晶晶，我慌慌张张地向她跑去：

晶晶，还没到放学时间，你怎么回家了？

妈妈，今天学校只上半天的课，就放大家回家了。

你怎么认识回家的路？谁送你回来的？

我走走认认，就找到家了。

我一看手表，是下午三点。晶晶已经在家门口坐了三小时了！我什么话都说不出，心里充满了恐惧。一个五岁的孩子，在美国的一个小镇上，不会

说英文,独自走回家,坐在家门口……我的眼泪哗哗地往下淌,晶晶快乐地看着我说:

妈妈,你为什么哭啊?

有你这样的好孩子,妈妈很高兴!

我也很高兴,我喜欢美国,喜欢我们的幼儿园。

我把晶晶抱得更紧了,眼泪把喉咙都噎住了。我几乎要吼叫起来,我怎么能把她交给孝章和妮娜!

妈妈的选择

　　回国的路程越来越短,从纽约、芝加哥都有直飞上海的航班,可是对国内发生的事情,我却越来越不理解。乘电梯的时候,两个年轻女孩笑得前仰后合,她们从剧场里逃出来,因为实在是憋不住地要笑。有什么事情那么好笑?她们大声地告诉我:

　　刚看了一部超现实的荒诞歌剧。

　　是吗?讲什么的?

　　红色经典《白毛女》……

　　哈哈哈!还没有说完,她们自己已经笑得被呛着了。我看着她们的表情,怎么也不明白《白毛女》里有什么地方是可以这样大声笑出来的。

　　怎么不好笑?杨白劳喝盐卤自杀,他有病啊!人家地主黄世仁是要明媒正娶他的女儿,他发财了嗷,还有什么自杀的理由?

　　阿姨,你看看现在的女人,漂亮一点的恨不能做"三奶""四奶"了,都是有做不到的苦。有谁听说哪家不想把女儿嫁给有钱人?谁会跑到山洞里做白毛女的?

　　我跟她们说:因为喜儿爱的是大春。

　　裸婚,这叫裸婚!什么"爱的是大春"啊!

　　跑山洞里蜗居啊!

　　……超现实荒诞剧……搞笑死了……

　　我笑不出啊,对于我来说,幽默都成了负担。红色经典和生活之间的差距,让我仿佛进入了一个超现实的空间。我怎么笑得出来啊?

怎么回事?到底是谁错了?在美国,莎士比亚可以演上几百年,《卡门》《茶花女》《阿依达》都是一代代地唱下去。经典就是经典,怎么我们这里隔了一代人,经典就成了"超现实",就成了"荒诞"?妈妈从家里逃往解放区以后,她出演的就是《白毛女》。她所在的常州地委文工团去武进、宜兴、栗阳、江阴等地,为了配合土改搞文艺宣传。妈妈说:

我们演出的时候,有些二三十里地以外的老乡都赶来看我们演出。大家看得泪流满面,为白毛女的遭遇愤怒!我们驻扎在江阴叶家桥,那里有七个自然村,土改进展很顺利,地主们早就跑光了,土地分给了农民。我们到处巡回表演,生活条件十分艰苦,道路泥泞,经常为了赶场子演出而连夜行军,但是我们精神富足得很,我们在为解放劳苦大众奋斗。

可是,她和爸爸结婚以后,怎么就没有看见她与地主身份的公公划清界限?爷爷家那么穷也算是地主?他一直辛辛苦苦在读书、教书,把土地租给雇农耕种,他多苦啊!他像黄世仁吗?现实生活与我们的教育总是被割裂的。我渐渐地学会了不同的思维,有的是跟着报纸走,有的属于关起门来表达,那完全是另外一种思维方式;在那里,我们多一些人情味,少了一些斗争精神,"原则"是根据家里那堵墙壁来界定的,出了那堵墙壁,就学会说另外一种语言。但是,我发现妈妈是那种简单的一代,她似乎在墙壁内外都没有太大的区别,虽然她对待自己的地主公公也蛮好的,但是她对自己也是很革命的。

妈妈是唱着革命歌曲"红"起来的。当时在苏南区《淮海报社》当记者的爸爸注意到了,现在看来爸爸是妈妈的"粉丝",他开始给妈妈写信,热烈地追求她。爸爸知道妈妈周围还有很多粉丝,于是他利用自己小小的一点权力,直接把妈妈调到了常州地委办公室工作。我想,妈妈是这样唱着歌曲开始理解革命的。她多单纯啊,歌曲里的世界必然是美好、高尚的,也是热情的,甚至是阳光明媚的。她什么都不懂,就觉得爸爸参加革命比自己早,受党的教育多,觉悟一定比自己高。他这样热烈地在表达着对她的爱慕,这就够让她动心的了，再由《淮海报社》领导出面找妈妈谈话，她就毫不犹豫地同意和爸爸结婚了。

原本是那么幸福的事情，可是在文化团里大家却开始为妈妈惋惜：她为什么要丢掉自己的业务啊！这些文化团很快被陆续分到各地，大多数合并到南京军区文工团、北京战友文工团……妈妈就此改行。大家都说爸爸攀了高枝，妈妈是鲜花插到了牛粪上。我是听着这些闲话长大的，听多了就麻木了。

外公和小外婆听说妈妈结婚了，小女婿是来自苏北农村的共产党干部，总是失望的，给自己唯一一个好的解释就是父亲还是一个写文章的文人。他们没有再多说什么。只是小外婆见到妈妈和爸爸的合影，说了一句：

眼睛小了点。

外公则说：也好，省了我一笔嫁妆！

只有大姨是直接把自己的不满意说出口的。特别是在妈妈怀上我以后，大姨就批评妈妈了：

你那么早结婚，怎么这么快就有孩子？大学没有读完，还能做什么？

就此，他们的婚姻埋下了阴影，但是妈妈不是这样想的。她依然把父亲带到外公家，让他认识吴家所有的人。爸爸和大家都谈得很好，小外婆渐渐接受了爸爸。她说：

见到你父亲本人时，发现他除了眼睛不大以外都蛮好的，个子高高的，皮肤白白的，大方健谈。

外公在家里还是很少说话。当父亲讲到斯大林逝世的消息时，外公不以为然地说道：斯大林是因为大面积脑溢血致命的。

父亲说：我也有高血压啊！外公即刻拿出血压器，为他诊断，结果血压远远超过了正常指标。外公让父亲赶紧服药，可是父亲根本不以为然。他创作欲望很强，不把自己的身体当回事，成天趴在书房里看书、写作，灯火一直亮到天明。爸爸接连出版了三部长篇小说，一下子就被提升成了处长，成了作协会员。在三年灾害的年代里，爸爸还被列入享受特殊补贴的高级知识分子。每当小说一出版，看着那黄黄的、粗糙的纸头，看到铅字中印着的自己的名字时，他快乐得像个孩子，拿着稿费就要妈妈快去给我们、给她自己买些漂亮的衣服。特别是看见妈妈穿得漂漂亮亮时，他就说：

走，我请你们去吃西餐！

爸爸从来不带我们去吃法国大餐的红房子，我们去的最多的是东湖路拐角的天鹅阁。那里的俄式大餐便宜、菜式简单，一盆乡下浓汤、一点土豆沙拉，再加一块炸猪排，我们和爸爸都吃得欢天喜地；那里的罗宋面包放在小碗里，是可以随便吃的。高兴的时候，他带着我们，还有他的朋友，去延安路200号文艺会堂喝茶吃饭，爸爸就是那么热情、好客，我们都盼着他拿稿费。爸爸对农村、家乡总是充满着激情，他津津乐道于农村生活的细节，对仕途却没有什么兴趣。他还给自己的小说设计封面，在家里搞版画作为小说的插图。我直到长大以后才认识到，爸爸虽然是作家，却是"幼稚"的。他的作品再创作，都是在宣传着"党的文艺为工农服务"的方针政策。他写得很努力、很勤奋，也很艰难，更多时候是不能按照自己真实的情感、真实的体验去写、去表达的。他要配合形势，根据领导的政策来写——他更需要获得组织的肯定。

妈妈不仅从来没有被爸爸的光环影响，几乎是在跟爸爸比赛，以她的年轻、能干、单纯以及学历不断地得到领导的重视。为了响应党的号召自觉地改造自己，在"大跃进"时期，即使在市委机关里工作，她都是早出晚归；后来，她又参加了市委机关干部的"大炼钢铁"。比别人更加辛苦的是，在炼钢之余，她还不休息，天天出黑板报，表扬好人好事。她几乎就"种"在了基层，连周日都去上班。我越来越难看见她的身影，她似乎不要爸爸，不要我们，也不要这个家了。一天夜晚，我在被窝里朦朦胧胧地睡了，听到房门被轻轻地推开，接着小台灯亮了，妈妈轻手轻脚地走进来，打开我的书包，一本本地检查我的作业。我多希望妈妈会抱抱我，或者为我掖一下被角，可是什么都没有发生，她又轻手轻脚地关上灯，走了。夜，就是这样一点一点沉下来，我好伤心啊！后来，她对我说：

你的功课做得很好，我放心了。

我没有说话，眼泪都快流下来了。我根本不要她的表扬，她就不能抱抱我吗？那时候，我们整天盼望的就是过年，妈妈会带着全家去外公家拜年。

她会为我打扮，让我穿上新棉袄，脸上涂上红胭脂，还在我的脑门上涂上一点红色，像印度人那样。她自己也穿戴得很漂亮，深墨绿的呢大衣，配一条豆绿色的长围巾。我紧紧握着妈妈的手，有时把她的手贴到我的脸颊上，妈妈的手指又细又长，那种幸福让我想起来都会激动。

我和表弟、表妹手上拿着各自的学生手册，按大人的要求，一一向外公行叩拜礼，再向他呈交我们的学生手册让他检查。程序完成后，他总是淡淡一笑，就给我们发红包。什么叫幸福？那就是幸福！我们无忧无虑，拿着鞭炮、京戏脸谱、假刀假枪到楼下玩耍。弟弟很小，可是他已经敢放"二踢脚"了，爆竹噼噼啪啪在弄堂里响着，把骑自行车的人吓了一跳，我们笑坏了。最有趣的是，我和表弟趁没人注意的时候，先到外公的标准磅秤上去称称，等大吃一顿以后再看重了几斤。

最没劲的就是外公家吃饭规矩太多。午夜，在八仙桌上架起一个大圆台，上面周围是一圈冷盘。我们挨次序坐定后，都不动碗筷，连大姨都是要听见外公下楼的脚步，然后才带着我们一起站了起来。等外公走到大圆桌的首席，大家开始对他说些吉利话。外公摊开双手往下压一压，示意我们可以坐下。可是只有他坐下后，我们才真的能坐下。我们开吃以后，阿喜和她的丈夫，还有两个佣人，站在大饭桌的东南西北四个角上，随时上前帮助我们打开有盖的菜盘，再上热菜。每次在外公家，总是能吃到很多好吃的东西。在外公家吃的菜，大概是我小时候吃过最好吃的！

成年以后，我才知道，不同阶级、不同意识形态的三代人坐在一起吃年夜饭，会让父亲和外公有多么难受啊！外公就是在"过过场"，稍吃了一点便离开饭席上楼去了。父亲后来总推托血脂高，不再去吃年夜饭。我们回家的时候，屋子灯没有打开，父亲是在清冷的月光下听歌剧《白毛女》，一副过不了年关的惨淡情景。此刻，我又想到电梯里碰见的年轻女孩——爸爸怎么有好日子却不要过呢？从小，《白毛女》就是我们的情结，我们拉小提琴是"北风那个吹啊……"，小朋友学跳样板戏是"我……我……我要报仇！"这时候，举起双拳，一个大跳，从香炉台上朝黄世仁跳过去……现在，当这一行字出现在电脑上时，我竟然忍不住哈哈大笑起来。真的，不是很有荒诞气息吗？

父亲那么喜欢《白毛女》，可是他和母亲彼此间似乎不像大春和喜儿那样忠贞不渝！他们从来没有争吵过，家里却很少看见妈妈的身影。她是大春，成年在外革命，爸爸却成了喜儿，在家里期盼着。没有女主人的屋子，温度下降了，朋友越交越少。五十年代末期以后，革命气氛、政治运动让爸爸写不出东西。他苦恼极了，更不想见朋友。其实在他重病以后，大家对他是很关心，但他很郁闷，把朋友们拒于千里之外。直到1971年我生肝炎回家治疗，妈妈想把我转到南方插队，才想到父亲的那些朋友，可是想到自己又结婚了，觉得人家还会接待我们吗？犹豫了很久，实在是没有别的门路，总得去试试。于是硬着头皮带着我去找找爸爸的老朋友王维、芦芒、峻青。那时候，他们自己也落难了，但是看见妈妈的时候竟然都非常热情，说妈妈年纪轻轻，带着我们一双儿女不容易，表示一定要为刘溪的女儿出点力。我完全没想到，爸爸的人缘会那么好，即使他不在了，大家还是那么看重这份情意。爸爸，他为什么不好好爱惜自己的身体，要是他活到今天，他们该在一起喝着清茶，相聚在一起聊文学谈时事啊。看见我，大家就会提到爸爸，说我"长得和刘溪一个样子"。后来，听他们讲爸爸的作品，讲他创作的热情，对文学的痴迷，我好吃惊啊！这不是那个"生活作风有问题"的爸爸，他们多么尊重爸爸啊。看着这些叔叔们，我都想哭，我觉得委屈，我好想念爸爸啊。

妈妈除了每天为父亲量血压以外，还是没日没夜地在基层工作，连每个月孝敬小外婆的生活费都让我拿去送人，后来，她索性到上海蹲点搞"四清运动"去了。妈妈把有病的父亲托给了保姆小兰阿姨，还把家里的开销，包括伙食费全都交给保姆支配。好心的邻居向妈妈揭发：

你家保姆揩油很厉害啊！

她似乎没有听见，依然专注地投入"四清运动"，在农村待着，每个月回家一次，还把乡下的穷苦人一起带到家里．

真的，只有和贫下中农一起"三同"（同吃、同住、同劳动），才能了解他们生活有多苦啊。

妈妈重复地说着这些话，让一起来的老乡在我们家拿他们需要的生活用品。妈妈把我的衣服，还有她自己的都一起送给了他们。后来，妈妈居然让他们到家里来搬走了桌子、椅子，还有一把断了腿的红木靠椅。我急了：

妈妈，桌子都拿走了，我们家怎么吃饭啊？

人家的房子是漏雨的，碗里是糠和野菜，没有饭吃，你还在讲桌子！

那种时刻，爸爸从来都不责备妈妈，什么事情都当没有看见。

有一次听妈妈在对爸爸说：

那老乡家的狗好可怜，我在那里住，老围着我转；我在写材料，它就蹲在我的脚边把我的脚捂热。这次回去，不见了，听说陈丕显来视察，随行人员告诉村干部，说陈书记想吃狗肉，于是村干部立刻就把这条狗杀了。他怎么吃得下去？

父亲叹了口气说：唉……

人家都跟爸爸说：

你老婆不像她这个岁数的人。她还是很单纯，也不像资产阶级小姐。她姐姐哪里像革命干部，那种打扮就和她父亲一样。

父亲从来不批评妈妈，她要做什么都不约束，但是……但是，很多事情我还是不了解——那就是他的寂寞、他的忧郁、他的低沉和重病，这些都严重妨碍了他去完成长篇《石头村》。他还是会在院子里，来来回回地走啊走啊，有一天他就这样走到了街上。那是他第二次小中风以后的事情了。他跌跌撞撞，走走停停，按照医生嘱咐的方法练习走路，然后像是搭车要去什么地方，乘上了一辆公共汽车。在拥挤的车子里，他站立不稳，回头看见有一个女的，很像妈妈年轻时候的样子，他们俩靠得很近，他长久地注视着她，似乎一点顾忌都没有，伸手就摸了一下这个乘车妇女的脸颊。天呐，那是什么年代，这是可以当流氓罪判刑的啊！果然，那女人当场在窄小的车厢里尖叫起来，说爸爸对她动手动脚！售票员立刻拉住父亲，爸爸想解释但来不及了，车上已经有乘客在一边证明他亲眼看见了。车子没有到站，就在转弯的地方停下，几个好事的乘客和妇女一起揪着父亲，把他扭送到附近的派出所。很快，派出所的警察就和单位联系上了，要他们来领人。于是，爸爸就被党组织处分了，但念他有病在身，没有做太多追究。从此，父亲被从宣传部下放到出版社工作了。

在我记忆中，家里没有因为这事出现大风波，妈妈仍然忙着干革命，可是明显和父亲疏远了。妈妈告诉了大姨，商量怎么处理这件事。大姨说：

马上离婚！

我是从小兰阿姨那里听说的，当时吓坏了，家里的平静背后竟然隐含了那么大的动荡啊！那是什么样的日子，我已经记不清了，只觉得天就要塌下来了。瑞华的小朋友会从他们的父母那里听说了这件事情吗？他们会在学校里告诉别人吗？实际上，我最害怕的是离婚这个现实。我卷起我的小被子，挤到小兰阿姨的床上。只有贴着她的身体，感受到她身上的体温，我才觉得踏实多了，才敢入睡。一天深夜，我已经睡着了，黑暗中我感觉妈妈也挤到小兰阿姨床上来了，小兰阿姨把我往墙边推了推，我们三人挤在一张大床上，妈妈和保姆谈话直至凌晨。朦胧中，听见小兰阿姨在对妈妈说：

哪有一个男人身边可以没有女人的？你成天不在家，在外忙着工作，是个男人都受不了！

我是在干革命工作啊。

什么革命不革命、工作不工作的，男人和女人都是要在一起过的。他有病，你和他离婚，不是催他死吗？

是他犯错误，我才要离婚的。

他犯错误？那也不是故意的，是他熬不住了！再说了，只不过摸摸脸。就是摸摸屁股又怎么样？还有摸奶子的呢，这在乡下多得很！

他是作家，怎么能和没有文化的人一样见识。

哎哟，看你说的，有文化不还是个男人吗？你是有责任的，我看他对你是够好的，什么事不都依着你？你不在家，他都不说话，在外面也没有和哪个女的搞相好嘛！

只听妈妈说了一句：这不是流氓行为吗？

又来了，又来了，什么流氓，哪里有那么多的流氓？都是你们这些人造出来的事情，你不要上纲上线啊。你看，四楼的王家是真出事了，人家老婆是把他们在床上当场抓住的，可人家怎么做的？一声都不吭，出门照样两个人走在一起。这种事多了去了……

我听了吓坏了，不光是觉得他们恶心。妈妈这样的革命干部，怎么要和小兰阿姨来讨论婚姻大事？他们能说出什么好话？妈妈怎么这么没有头脑啊！我几乎要叫喊起来。她们发现我没睡着，便压低了嗓门，说得更多了。这一夜，彻底影响了我一生。从此，我对性、对男女关系便产生了一分厌恶、一分惧怕，觉得它是人类最肮脏的勾当。

听到这件事情的时候，妈妈觉得自己丢尽了脸面，人都在那里哆嗦。爸爸在一边低着头，惭愧得不敢看妈妈的眼睛。他以为这下肯定完了，妈妈要和他离婚了。后来妈妈说，念着爸爸有病，终究没有和他离婚。妈妈去松江四清工作队担任团部秘书时，爸爸几次赶到松江县委大院。他站立在妈妈办公室窗外的院子里，不敢进去，就这么站着，偶然会看见妈妈朝院子里看了看，但是她不出来。直到工作结束，妈妈走出来，和他一起走到街上的小饭店，他们一起吃了饭。爸爸流着眼泪对妈妈说：

你没看到我是个要死的人了吗？原谅我一次吧！

妈妈没有听从大姨的话，虽然家是维持下来了，可是父亲变化更大了。他整日昏昏沉沉，不出家门，我都感到沮丧。尤其是一到下班时间，他就到后阳台站着，两眼直勾勾地看着常熟路、华山路方向——那是妈妈回家的必经之路。一看到妈妈的身影，他就急着将门打开，在那里等着……有时候实在等急了，爸爸就一跛一瘸地沿着常熟路，朝妈妈回家的方向相向走去。直到现在，我才能体会爸爸的寂寞和他对妈妈的感情。可是，小时候的教育让我觉得爸爸把我在瑞华公寓的脸面都丢尽了……我们从小受的都是什么样的教育啊。不是妈妈这样"单纯"的，就是小兰阿姨那样"不单纯"的……

2003年，父亲的老朋友来美国探亲，看望他在哈佛大学读博士的儿子，听妈妈说晶晶就在哈佛隔壁的卫斯理学院读英国文学硕士，很想见见刘溪的外孙女。我带着女儿赶去了，晶晶进门就用英文和他的儿子打招呼，爸爸的朋友感伤地说：

刘溪在天堂哭呢，自己的外孙女居然讲不好中文！

刘溪是谁？

晶晶用结结巴巴的中文问父亲的朋友。

刘溪是你外公，是作家。

女儿转身用英文问我：

你怎么以前没有对我讲过？外公写了什么书？

可是不管怎么说，父亲朋友这两句话，对女儿有点刺激。她回上海的时候，问妈妈要看外公写的书。妈妈小心翼翼地从书橱里拿出几本发黄的简装本，我挑了一本封面布满黄斑，上面有着爸爸亲自设计、刻的版画封面：一个戴着汗巾的老农，背着包袱朝田野走去……我眼前，又出现了父亲戴着鸭舌帽的高大背影，我打开书兴奋地读起故事简介：

草村农业生产合作社，在一个美丽的山区里，由于严重的旱灾，庄稼枯萎了，增产计划眼看就要落空。社员们在党支部书记查红山和合作社主任李老和的领导下，与自私自利思想和保守思想做斗争，终于取得了抗旱的胜利，超额完成了增产任务……

晶晶哈哈大笑：

什么叫"自私自利"啊，"保守思想"是什么思想？

跟你说不清楚！不读了！

我开始生气了，不管怎么说，我对爸爸还是有一份尊敬。可是晶晶说：

那我念一段给你听（晶晶开始用英文在那里朗读）：

艾米丽小姐过世了，全镇的人都去送葬；男子们是出于敬慕之情，因为一座纪念碑倒下了。妇女们呢，大多数则是出于好奇心，想看看她屋子的内部……

好听吗?

听不懂。

你可以去看中文译本,这是福克纳写的《致悼艾米丽的玫瑰》的开头。

你什么意思?

外公写的,没意思。

你又不懂中国的事情。

可是,文学是世界的……

我和晶晶已经不能对话了。对于爸爸的文章、爸爸的书,我知道妈妈一直是珍藏着,也是真心被感动过的。我只能对女儿说:

你怎么会听得懂呢?你只要记着你的外祖父是一个中国苏北乡村的作家,他热爱自己的家园,喜欢写家乡土地上发生的故事。

我明白了,这就是为什么外婆会爱上外公。

明白了就好!

触摸不到的美丽

1972年，南京东路上王开照相馆橱窗里展出的竺姗姗的照片

照片留给我的感觉，总是冰冷的。我一次又一次触摸着上面的美人，可是那些美丽是平面的；我曾经在梦里，又一次次贴近过她们。她们依然是冷漠的，没有任何表示。打开家里的相册，那里夹满了美人的照片：圆圆外婆、小外婆、大姨、妈妈，还有我的姗姗姐。我又骄傲又自卑。在我的生活里，有这么多的美人，于是我越发不敢把自己的照片夹在里面，我知道混杂在她们中间，我会无地自容的。特别是姗姗姐，她只比我大两岁，可是自从我第一次见到她以后，她的美丽就像地中海的阳光，清澈却强烈地照耀我的生活，将黑暗划开一个口子，又像海浪似的迎面扑来，让你招架不住。我跟在她的身后，瑞华的人都不屑地嘲笑我：

和竺姗姗在一起有啥了不起的。

变得多虚伪啊，她又没有竺姗姗漂亮，搞得像真的一样。

看呀，她也开始学拉小提琴了，好恶心嗷！

我哪里顾得上这些，穿着姗姗姐给我买的搭袢扣皮鞋，感觉自己个子都高了很多。我开始庆幸自己得了肝炎，这样就可以在上海待一段日子，就可以和姗姗姐在一起啦！那时候，她就读的上海音乐学院附中算是中专，所以每个月都拿生活补贴，而她却把钱花在我身上；她还带着我到音乐学院的琴房看几个业务尖子练琴，在她们的学院礼堂听音乐会。这时，已经是"文革"后期，这些"资产阶级的东西"又偷偷在冒头。她的同学在拉肖斯塔诺维奇的作品，她羡慕地跟我说：

艺术舞台是最难登上的。只有琴拉得好，才有资格上台演奏。

我傻傻的，只是不停地点头，然后站在琴房的角落里一直听到天黑。后来，应大姨的要求，我搬到隆昌路的她家里养病，一周才回瑞华一次。姗姗姐想提高我学小提琴的兴趣，竟然骑着自行车到隆昌路接我去上音附中。夏天，我坐在她自行车后面的书包架子上，屁股硌得生疼，可是一种幸福感油然而生。我找不到语言来描述，这是一份亲情的亲近，一种快乐的享受。从没有树荫只能被暴晒的杨浦区一口气骑到绿树如荫的汾阳路音乐学院，要一个多小时，我们都是汗流浃背；汗水渗进眼睛里，又流进嘴里，那种咸咸的感觉让我知道，幸福竟然是有滋味的！姗姗不停地对我说：坐稳了，很快就到了。

1973年冬天，像姗姗姐这样没有去处的学生，必须发配了。为了确保弟弟留在上海工矿，她决定报名去部队文工团。这时候，妈妈开始走动，找这个老战友、那个好朋友。从战友到前线，直至海政文工团，妈妈都去托了人。她从来没有为我们这样努力去开后门找关系。她说：

我喜欢这孩子，独立性强，努力向上！

最后，妈妈直接找到刚刚被启用的副院长，因为他脸上的皮肤特别黑，牙齿特别白，学生们都管他叫"黑白牙膏"。当他对着妈妈露出那一口白牙来的时候，妈妈跟着他长长地叹了一口气。他说：

我也做不了主。她的母亲是自杀的，部队政审通不过。你看，你为她争取到的名额，我只能替换成别人。这么漂亮的孩子，可惜了！

那一阵子，姗姗姐的脸色一直不好看。同学们穿着文工团的军装在校园里进进出出，多神气啊！她却躲在家里不和同学来往。最后，"黑白牙膏"把竺姗姗安排到了兰州军区文工团。他对妈妈说：

兰州这地方不理想，但毕竟是部队，将来可以转业回上海嘛。很不容易啊，有不少人因为家庭问题，部队里是坚决不要的，我这可是下了很大的努力。

妈妈对姗姗说：

兰州军区文工团好，你在那里可以注意西部艺术啊。再说，小地方机会多，可以做大事，到哪里都是干革命。

姗姗姐在那里点头，可是泪水一直在眼眶边上滚动。直到离开上海的那一天，她都没有把军装穿上。我赶到北站去送行，她趴在车窗前，我向她挥手，她还在对我说：

要坚持练琴，知道吗？

真是感动，那么努力向上的姗姗！后来，真被妈妈说中了。她一到兰州，就跟着小分队下连队演出，又操起了旧业——扬琴。团里还让她加入"敦煌壁画"舞剧组的乐队，去北京做军区文工团会演。敦煌壁画中栩栩如生的舞者都"活"着走下来了，唐朝的文化、造型、服装在枯燥的"文革"期间，实在是太灿烂了，只要你敢去表现，那断然是最伟大的！于是，他们的节目获得了全军会演大奖。在北京遇见当年的同学个个都羡慕姗姗，他们去的大军区里人才济济，根本没机会参加这样的大型演出。

姗姗又变得生气勃勃起来。她把信寄往安徽东至村，还一口气给我寄来一百张八分的邮票。我们不停地通信，相互勉励。那时候，苏秀梅、郑妮萍都走了，我就着油灯给姗姗姐写长信，把贺敬之写的陕北民歌《山丹丹》抄下来给她寄去；她回信告诉我，她拿了三次部队里的嘉奖。每次回想起在东至村的日子，总是觉得很充实，因为有姗姗姐。村子里，在徽州建筑的后面，是用一排排石板铺出来的小路，我常常在路口等邮递员，一看他进了村子，就追着他的自行车往小队部跑；我知道，那里一定有姗姗姐写给我的信。一回上海，我就去找姗姗姐介绍的老师上琴课，那老师是姗姗姐的同学。姗姗特别关照过我：

萧欤是工人子弟。过去，在我们这样的学校，工人子女很少很少，所以有人瞧不起他，还有女生说他父亲是造肥皂的，所以家里的家具都是白的。萧欤人聪明，为了反抗同学的讥笑，经常打架。有一次老师批评他，他一赌气逃了学，步行回了在杨浦区的家。父亲带着他去教育局讲理，要求退学。上音本来就很少有工人子弟，学校怕闹出事情，便向萧欤道歉。他回到学校后也再不吵闹了，闷头练琴，冬天手上长满了冻疮还坚持练，终于在上音站住了脚。"文革"一来，他的家庭出身就不得了，业务又进步很大，一下就进了样板戏《白毛女》剧组的乐队。你一定要尊重他，好好跟他学。

萧欤教琴非常认真，也很有方法，我有了很大的提高。妈妈和大姨都说：小莺啊，看来你真是有音乐细胞啊。

哪里，根本是人家教导有方嘛。

后来，我从安徽回到上海念大学的时候，还是坚持跟着萧欤学琴。姗姗以为我和萧欤有"情意"，就更加鼓励我好好学琴。实际上，我和姗姗都糊涂了，萧欤是通过对我的殷勤来保持他和姗姗的联系。一次姗姗姐在北京演出，无意中碰上了萧欤，当然以我学琴为话题啊。那是同学教他的。那年头，每一个谈恋爱的男生女生背后，都会有一个团队在那里出主意、想办法。一到北京，同学们都跟萧欤说：

这次都见到人了，一定要出手啊！

不然像竺姗姗这么好的女孩，很快就会被人家抢了的。

勇敢点，你条件又不差，还是上海户口呢！

不要怕嘛，就跟她说，你喜欢她已经很久了。

实在说不出口就写条子给她。在北京没几天，人一走这事就不好说了！

那时候的人都单纯，不论是我、姗姗姐还是萧欤，都没有任何恋爱的经验。他同学竟然还教萧欤要快刀斩乱麻！

不知道萧欤是怎么向姗姗示爱的，虽然姗姗对他并不是特别有"感觉"，但最终还是接受了。会不会是因为在兰州，那些高干子弟纠缠着她，她需要逃避？但是，至少和萧欤好上，姗姗转业回上海就有理由了！

小时候，父母一而再再而三地跟我们说婚姻大事有多么重要。可是，我们怎么也意识不到。这能重要到什么程度？没有人给我们具体的数据，也没有衡量的方式。我怎么想都想不明白，总觉得大人在夸大这个事情，我们这代人是和他们不一样的，不行就离婚！那时候年轻，浑身都冒着热情，干什么事情都可以那么兴高采烈。萧欲急着要落实这个事情，我就冒充竺姗姗，和萧欲到徐汇区政府领了结婚证书。当时，我觉得特别刺激，为姗姗做了这么件大事。

思绪就是这么跳跃着，我特别想把往事写得美好，可是我已经不再相信这些，写着写着就没有了自信。多不愿意再提这些往事，可是不提，心里又一直纠结着。想到姗姗姐，我还是会哭。离开上海的日子，一直就在眼前。我始终都没有跟姗姗谈论过秦孝章的事，我害怕又要面子。正是这种惧怕，让我永远也张不开口。姗姗是聪明人，她心里一定明白，所以从来不在我面前提"秦孝章"三个字。这种心照不宣又让我忐忑不安。我犹豫着，看看她的脸色或者看着她的眼睛，而她总是善意地对我笑着。笑得多诚恳啊，弯弯的眼角，真漂亮。后来，她低下头，往我的箱子里塞东西。我问她：

那是什么呀？

西洋参丸。你到那里打工会很累的，就吃这个。

我叹了口气，不知道"到那里"会是什么样的情景。千万不要再为我担忧了，不要来给我送别了。这份亲情，是我最害怕失去的，我不能再面对她。我什么都不说，很快就带着晶晶离开了瑞华。在人头攒动的老虹桥国际机场，大家都还穿得土里土气的。我和周围的人差不多，看上去很像外省人或者来上海打工的农民工；晶晶的领子上还镶了一圈荷叶边。机场喇叭里的英文响了，夹杂着浓浓的上海口音，听不清楚在说什么。黑乎乎的一片，人挤着人，但是，大多数人都洋溢着一份骄傲，因为他们要出国了。

透过杂乱的人群，有个靓丽的年轻女人带着孩子在往这里跑。仔细看，那不是我的姗姗姐和她不满五岁的儿子萧耘吗？萧耘张大了嘴。我从他的口型上看出他在那里喊着"小晶晶"！我赶紧拉着晶晶朝送别的地方跑去。那是一块大大的透明玻璃，把送客们完全隔离开来。萧耘把小嘴顶在玻璃上，哈出了一团热气，那散开的热气和我眼眶中的泪水交织在一起，模糊了我的视线。突然，我看见姗姗在大玻璃那边向我举起手，然后把掌心贴向我，我赶紧也将自己的手掌心贴在上面。我们俩隔着玻璃是在两个世界，玻璃冰冷冰冷的，可是谁都没有把手拿开。我突然想到，姗姗姐是怎么来的？那时候，没有出租，交通非常不方便，老虹桥机场对于我们上海人来说，是很遥远的地方。我想问她，可是玻璃挡住了，已经听不见大厅里的喧闹声，只有涌动的人流。多想把玻璃抠个大洞，我就可以拉住姗姗姐的手了。我们不说话，就那么看着对方，目不转睛地看着。我开始感觉到玻璃被我们的手捂出了温度。姗姗笑了，还是笑得那么甜，可是我的眼泪再也忍不住了……

眼泪也说明不了什么，我就是写不下去了。我像爸爸那样离开了书桌，朝屋子外面走去。已经是黄昏时刻，在芝加哥，在艾维斯顿的小镇上，我拼命地走着，没有人注意我，没有人搭理我。从城里搭地铁下班回来的人，依然是那样西装革履的，与我擦身而过；阳光透过一株株大树洒在每家的院子里，沿街的郁金香都开了，可是我感受不到快乐，我走得连气都喘不过来，还是停不下脚步。我不知道如何往下写，只觉得一阵一阵揪心的疼痛……姗姗姐死了，她是在美国自杀的……我沿着街区，一圈又一圈，不知道走了多久了……这些小路，当初我和姗姗也曾经在这里走过……

我不断地反问自己，我做错了什么？我为什么要替姗姗姐去登记结婚？我为什么不能帮助她走出阴影呢？我怎么会没有意识到她已经生病了？在我最困难的时候，姗姗姐就像一个坚实的肩膀，让我踏踏实实地靠在上面。可是，我给了她什么呢？

那是哪一年？记不清了，姗姗也到美国来了。没过多少日子，她就打电话给我；她努力掩饰自己的哭泣，说：

萧欲在外边跟别人好了。

我没有大姨那样的脑子，我真的没有很好地帮助姗姗，我们都是那么情绪化地处理问题，自由放任自己的感情。如果姗姗当初不和萧欬结婚，那又会好些吗？她向部队递交转业申请，就是以结婚为理由的。妈妈为她找到老战友，安排她到广播局做音乐编辑。姗姗急不可待地找到妈妈的老战友，当时她正在主持一个会议，姗姗就冲了进去，要老战友给她一个明确而肯定的答复。老战友很不高兴，她找到妈妈，说：

这女孩还是部队转业的，怎么一点组织纪律性都没有？她这样，让我怎么为她说话？

就这样，踏回上海的第一步就错了，原本能实现的愿望砸了！她被安排到上海京剧一团《智取威虎山》剧组；姗姗的情绪糟透了。接着，她就想在婚姻里逃避。可是，人生无处可逃，一切都变得非常具体和现实，通信里面的甜言蜜语没有了，连幻想的空间都被剥夺了。即使萧欬从广州演出回来，一份甜蜜的礼物都会让姗姗沮丧！那些衣服、化妆品被姗姗偷偷转手处理了。她说不出"我不喜欢"，但是她不明白，这是他俩之间的差距，从审美到生活习惯……她与萧欬之间越来越没有话说。萧欬也很感慨，这个姗姗为什么那么不实际，也不会跟人交往，就是在那里看书；萧欬从小的艰苦生活让他节衣缩食，而姗姗的家庭条件一直不错。她不会记账，对朋友都是"大手大脚"。附中的同学开始劝她：

婚姻是一辈子的事情，不行就分手吧。

她越来越犹豫，跑来问我：

你怎么不找一个工人子弟谈朋友呢？

没有遇到啊。

你说，门当户对真的是有道理的吗？

这不是旧社会的等级观念吗？我们不是那个时代的人了。

可是，我和萧欬没话说啊，生活习惯都不一样。

那时候，我知道姗姗非常、非常苦恼，我自己也没有任何人生经验，在婚姻这么大的事情面前，我没有主意，只觉得她是以萧欬名义回上海的，总不见得用完了就马上抛弃人家吧？姗姗也明白我在想什么，她就是太善良了。可是只靠善良是不能维持一个家庭的。原则就像理性一样，冷漠得让人害怕，可是只有它可以处理好问题。我们都错了，我们毫无原则地顺从了"善良"。姗姗和萧欽结婚了，直到那一刻，她都不愿意穿上红色织锦缎衣服。她就是不喜欢世俗的那一套，像摆酒席、搞婚庆啊。但是，萧欽却在兴高采烈地购置家具、准备新房、预订酒席。我为姗姗着急，怎么说也是婚礼啊，怎么说萧欽也没有错啊。那时候，我一点都不知道，人和人、情感与情感之间，对错是最不讲理的评判。可是，我就是那么愚蠢地在对和错之间，理解着幸福的意义。我对姗姗说：

没有一套像样的衣服怎样结婚，怎么和大家见面呢？

姗姗拉着脸，跟我上街，一次又一次，逛了又逛，从南京路、淮海路到西藏路，上海的时尚店都进去看了，就好像是我要买衣服一样。我兴奋地推荐着，她永远在那里摇头，最后总是两手空空地回家。

我突然意识到，姗姗根本不爱这个男人！

我几乎不敢再想下去，到底还是要结婚的！直到婚宴的下午，她才在南京东路的"朋街"买了一件灰色带隐格的派力司两用衫——一件丝毫没有新娘子味道的衣服！我还在那里叹气，可姗姗已经穿上它走出了商店。当她出现在酒席上的时候，四周顿时安静下来，一点声音都没有。有人在那里交头接耳；我低着头，陪伴在姗姗身边。

婚后的姗姗变了，一直提不起劲来，不打算生孩子，自己也开始放弃打扮。一向注重外表的她，整天灰头土脸的。去部队文工团前，她骄傲得像只大公鸡，在进上音附中的那年就被谢晋导演看中，扮演《舞台姐妹》中的一个少年角色。就是在"文革"时期，王开照相馆都找到她，拍了很多她拉小提琴的照片，在照相馆的橱窗里放了很久很久。

在京剧团交响乐队里，姗姗的小提琴拿不出手，扬琴又派不上用场，于是她整天不上班，就在家里睡觉。三年以后的一天，她对我说：

团里用我了。他们排练《刑场上的婚礼》，需要扬琴。

听到这个消息，我比姗姗还兴奋。我又看到了容光焕发的姗姗姐，她主动邀请我和秦孝章参加萧欽发起的嘉定之旅。随后又听说她和萧欽去无锡补度蜜月，回来后便宣布怀孕了。

儿子的诞生，让姗姗变得快乐起来！萧耘，长得虎头虎脑、顽皮可爱。姗姗把全部的爱都给了儿子。她又不去上班了，在家带儿子，带他去公园，开始教他钢琴。为了儿子幼教的高消费，竺姗姗开始参加团里的自负盈亏小分队，到外地巡演挣钱。从学钢琴又转到学小提琴，老师换了又换，姗姗、萧欹都对儿子寄予了"伟大的希望"，夫妻间似乎有了共同的志向。可是，偏偏在为儿子找老师的过程中，姗姗喜欢上了别人。这时她才发现自己喜欢的是什么样的男人。不是萧欹，不是呀，他没有什么学问，气质、品位都不是自己念想的……他们并不吵架，屋里却变得越来越安静，这份安静让姗姗明白，自己会喜欢什么样的男人。在一个安静的下午，萧欹离家搬走，住到上海舞校的宿舍——他主动"退出"了。可是，看着萧欹走出家门的那一刻，姗姗突然觉得自己有一种罪过，她不能这样。挣扎了三个月，姗姗像前两次那样说服了自己，请萧欹回家。

三个月，谁也不知道萧欹是怎么思考、跟自己斗争的。他开始四处活动，准备出国。其实，两个人还是面和心不和。姗姗投考上海音乐学院的古筝大专，跑到我任教的中学补习历史、地理。姗姗非常努力，终于考取了上音的古筝演奏大专，拿到了文凭。可是，她并没有流露出任何快乐的情绪。她甚至有点自卑地对我说：

我不行。

为什么要这么说，考上了就是考上了！

萧欹去跟上音的朋友打了招呼的。

那你也是凭自己的本事考的嘛。

姗姗低下头，咬着嘴唇。她已经不敢确定这是自己靠真本事考上的，还是因为人家帮了忙。似乎这一切都让她难以开口。

我在新泽西熬日子的那会儿，萧欹很快就拿到了来美国阿拉斯加自费留学的签证。天呐，阿拉斯加，在我的想象中，连我们的黑龙江都不如，到那儿似乎就是到了北极。紧接着，他就把姗姗和儿子都搬到了美国。萧欹的导师是毕业于耶鲁的教授，怎么都不放过他的基础教育——英文作业、乐理知识，萧欤一拖再拖就是拿不到硕士文凭。姗姗从美国梦的喜悦中清醒过来，她开始到处找工作，给人家照看孩子。为了能让儿子开口说英文，她每天和儿子一起做作业、背英文单词。那些日子，我坚持省下十美金，每周和姗姗通一次电话，交流如何"活"下去的经验，就像当年我们用八分邮票相互勉励、互相帮助。可是，环境变了，那时候是物质无限艰苦的农村，现在变成了生活条件富裕的美国。这里的文化，我们很难融入。

艰苦的环境在磨炼人意志的同时，也磨掉了人的耐性。萧欤脾气越来越暴躁，他开始打儿子；论文一次次无法通过，需要再付学费重读。学生身份是签证的基础，否则全家就"黑"在美国了。萧欤觉得那个教授是在有意刁难，想要放弃阿拉斯加，到新泽西来"投奔"我。这让姗姗失望透了！她在小镇图书馆找到一份临时工作，却养不活全家。儿子也受不了了，七岁的孩子竟然对母亲讲：

你这么不喜欢爸爸，为什么不和他离婚？！

真的离婚，我们就活不了了。

就在这个时候，萧欤在阿拉斯加州的首府朱诺找到了教小提琴的工作。这份工作使全家走出了绝境。朱诺被环山包围着，太平洋亚历山大海湾的暖风吹进城市，美丽的山川森林终年浸润在蒙蒙细雨中。姗姗一到这里，就喜欢上了这个与世隔绝、一切都慢悠悠的小城。那时我正从纽约迁到芝加哥，我找出了一些漂亮衣服寄给姗姗姐，希望我们一起迎接新环境和新生活。

初到朱诺很不顺利，沃尔玛的化妆品柜台拒绝了姗姗的申请；萧欤学生的家长介绍她到银行前台工作，她又因为英文有限，不能和顾客畅通交流，在试用期内就被停用了。这些挫折使她抬不起头来，不愿意和人交往，甚至不接我的电话，她不想让我，让上海的家，让朋友知道她的"无能"。后来，又是萧欤与学生的家长打交道，让她进了州政府工作。三个月后，她被分配到州政府的渔业部门，做了申请捕鱼执照组的个人信息输入员。她兴奋地把消息告诉了大家。这是州政府的全职工作。她成了正式公务员，享受全部医疗保险。

我听到以后，比她还要激动！以后再接到她的电话都是好消息：萧耘很出色，得了阿拉斯加小提琴比赛青年组的第二名；萧耘考哈佛和耶鲁是没问题的，学校里的女孩都喜欢他；可是从萧欬嘴里听到的却是，姗姗每天五点下班，到家就上床睡觉，半夜十二点起来随便吃点东西，倒头再睡，直到天亮起来上班。她不打扮，不见朋友，不参加萧欬组织的任何文艺活动，好不容易有一次朋友聚会，她也找借口中途离开了。我明白了，姗姗不喜欢她的工作，她和我一样，经历着新移民脱胎换骨的改变，她心里有太多的情结，太多的梦，她喜欢音乐，热爱文学，还有在人前骄傲地走路。可是现实，残酷得没有一点空间留给她幻想，她必须从头开始，而且是一穷二白地开始。

就在"开始"的时候，她对我说：

萧欬在外面有女人了，我怎么办？

其实，那个时候，除了姗姗自己坚强地站起来，没有别的路可走。男人？在最艰苦的时刻，有几个人是可以承担下责任的？姗姗的电话，就是连续不断地抱怨，重复着自己的无奈、苦恼、烦躁。听上去，姗姗已经不再是当年王开照相馆橱窗里那个照片上美丽骄傲的小公主了。她怎么就成了一个不停地絮絮叨叨、疑神疑鬼的黄脸婆呢？

1999年，在我的邀请下，妈妈和继父来美国探亲，妈妈赶到朱诺，想帮助姗姗解决婚姻危机。妈妈说：

姗姗，我多喜欢你啊，那么好的姑娘。一定要振作起来，好好工作和生活！

表面上，一切都恢复了，可是姗姗实在是对萧欬失去了信任。她变得比以前更沉默、更自闭，她甚至埋怨我：

你为什么安排妈妈和爸爸来阿拉斯加？我会处理自己的生活！

萧耘考取了芝加哥的西北大学，多棒啊！姗姗再一次焕发了青春。十年了，她第一次跟随儿子走出了阿拉斯加。我和孝章都非常高兴，我们把所知道的在芝加哥的意大利饭店、法国饭店，还有德国、西班牙、俄国、日本的，请她去一一领略了一番。每天都有安排，去看芝加哥各家的博物馆，还听了芝加哥交响乐团的演出。她问我：

以前我怎么不知道你喜欢这些，知道的比我还多。

学的嘛。

是在大学学的？还是来美国学的？

不说了，一提起就让人伤心。我来美国打工这么多年，学的很少。

姗姗沉默了。她都不知道自己在阿拉斯加时，水平倒退了多少年。我们每天谈话到半夜三更，就像当年她从兰州部队回家探亲，我们在被窝里讲到天亮，谈人生、朋友、家庭、父母，谈圆圆外婆、小外婆、她母亲和我母亲的自杀。我现在回想起来，那时候她问我最多的就是自杀前会怎么想、什么方法会既不痛苦又能很快地解决等问题。那情景，特别像我和欣星用热水烫着脚无话不谈的夜晚。可这已经不再是"文革"了，这是在美国。第二天两个人喉咙都哑了，到了晚上又继续讲。记忆最深的，是她说：

十年来，我没有买过一件新衣服。好不容易有了房子却买不起家具，都是路上捡来的，五把椅子五种颜色。

环保嘛，能用就行，有什么关系。

我是想说，没有实力就别接应国内的亲戚来美国，那是害人……

姗姗在我家的两个星期，积极地向孝章学习报税——她准备去学会计。那股认真学习的样子让我看到了三十年前的姗姗。回阿拉斯加的那天下午，她不许我请假送她，她说可以叫出租车。可是，那多贵啊！我不舍得让姗姗花钱，就在图书馆上班时，计算着姗姗离开的时刻，赶紧请假往家赶。姗姗好像知道我会这样做似的，在我到家之前就已经离开了。我看见床上的被单都换下了，洗干净烘干了，折叠好，屋子被整理得干干净净。我说不出话，因为屋子的整洁让我意识到了姗姗姐的存在，意识到这个存在又要失去了，眼泪便控制不住地往下淌。

2003年1月，姗姗第二次来芝加哥看儿子。来之前她对我说：

我在外面租了房子，我想花多点时间和儿子在一起。

可是，没有两天她就搬到我家住了。我看见她上下楼梯用一条腿走路，拖着另一条腿，上几级楼梯就要坐下来歇一会儿。她说腰和腿疼得不行，开车踩刹车都成问题。我说：

我也有这个问题啊。赶快去医院拍片，看已经到什么程度了。

一个人活着腿脚有问题，难看不算，还拖累别人，太没有意思了。

你这算什么话？

我们朱诺那里，有个女孩非常漂亮，后来在一次车祸中截去一条腿。前两周她跑到森林里，在那里开枪自尽了。

说着，她从衣兜里拿出一张皱巴巴的、被裁剪下来的当地报纸的报道递给我：

就是这个女孩，漂亮吗？刚考取大学的，好漂亮！

我惊恐地看着姗姗，没有接过那张报纸，只看见她那对镇定自若的大眼睛，一直停留在那张照片上。就是在临走的那个晚上，她突然拿出一本很久以前的歌集。那是一本"文革"前的歌集，是我母亲给她的，以前我们在瑞华一起唱过。姗姗在我家的钢琴前坐下，对我说：

我们一起唱。

说着，就在那里弹奏起来。

我们唱得很开心……我突然想到，她这次是不是从头就设计好的，就是来跟我告别的？她怎么会把那么老的一本歌本，还有那张报纸带来呢？

姗姗唱得特别动情，我停下来听她唱。她看着乐谱，钢琴上小灯的光亮勾勒出她侧面的轮廓——还是那么古典、那么漂亮的女孩，眼睛里充满了光泽。她回头看了我一眼，继续弹着、唱着，嘴角洋溢着笑容。

突然，她把琴盖合上。

怎么不弹了？

小莺，我打算在萧耘毕业前再来两次，还要麻烦你呢。

什么麻烦，你来我们家，就是我们的节日！

不是客气，我就是喜欢和姗姗在一起。

一个月后，那是2003年3月吧，姗姗来电话告诉我：

我去拍片了，是腰椎间盘突出，骨刺碰到神经引起的疼痛。医生说，不能八小时坐在电脑前了，必须开刀。

找到好医生了吗？

我们朱诺没有开这类刀的医生，必须去西雅图。

我到西雅图陪你，不要怕。

为什么是你来呢？应该让萧欲陪。

萧欲不想去，但是又不好意思推托，最后勉强去了。手术之后，姗姗又来电话说：

开完刀，腿还是不能走。

那你生活能自理吗？

有很多问题，洗澡连浴缸都跨不进去。

还能上班吗？

同事们把他们自己的病假凑齐了送给我，真不好意思！

可以试着换工作吗？

没有单位会要一个残废的。

那时候，萧欲又和别人好上了。姗姗语气冷漠地请求我：

能帮我说服萧欲，在我的病没好之前，不要和那个女人去加州旅游吗？

他不管你，就回上海去治病……

我回去不方便啊。

我陪你去上海！

我在上海没有家了。我们的房子在我们一家搬到美国之后，就给萧欲姐姐拿去了，户主名字都是她的了。

姗姗，你做事从来都是为别人着想，不给自己留条后路！你回上海，住到我家去！我在上海买房子了。

萧欲说，他不会给我在上海的生活费的。看病还要花钱，我没钱啊。

我有钱，不要管这些。先回去，我们见了面再仔细商量！

我在西雅图等你，一起回去？

好，我去那里接应，一起回上海。

刚挂下电话，她又给我打过来，说：

你还是在上海等我吧。我还有事情要处理一下。

我先飞回了上海，就在回上海的第二天，竺姗姗自杀了！她似乎是想好这么做的——她不要我为她担心。

我至今为自己没有带上姗姗，一个人回上海而后悔莫及！我怎么就没有坚持一下呢？到了上海，我们见了面，她或许会改变想法的。她想死，只是一念之差，只要有人拉她一把，她就能过了这道坎——姗姗曾经一面婉言回谢了孝章邀请她到我家养病，一面又对萧欹说：

你看，孝章叫我去芝加哥养病呢！

她多在乎亲人对她的关爱啊。

2003年6月8日，再过两天就是竺姗姗五十二岁生日。

姗姗不想让自己成为任何人的累赘，更不想让这个自己从来没有爱过的男人背上包袱；她不想苦自己，更不想苦儿子。她对着镜子梳头、化妆，从镜子里，她再一次看见了一个美丽的女人，这似乎是对她的鼓励。然后，她跛着脚，咬着牙，用那只还有点力量的脚踩动了油门。她先开车去了银行，把自己的最后一点积蓄全部转到了儿子的账上，只留了一点现金，就直接开车去了枪械店……一个看上去刚过了四十的东方女人，那么美丽、大方，她为什么会独自来到这里？姗姗坦然地出示了自己的身份证、驾照这些符合购买枪支审核条件的材料，然后买下一把手枪。

2003年6月8日，那是我抵达上海的第二天。

晚上，萧欹早就出去交际了。从枪械店回家以后，姗姗想着不要把客厅弄脏了，于是，她再一次拖着沉重的腿走进浴室。她把一块干净的白毛巾搭在肩上，椅子挪到厕所一侧坐下，冷静地、没有任何犹豫地、慢慢地举起拿枪的手，把枪口对准了自己的太阳穴。血不会溅到衣服上吧？必须要一次性完成！朱诺太美了，就在这里安息吧。

我似乎听见了那声枪响撞击在我心上；我看见的是，白色瓷砖上像美国波洛克的现代派绘画，那绚丽的色彩溅满在画布上。解脱了！

如果说，我还有什么遗憾，就是那份愤怒、那份无望一直无法发泄！

萧欤没想到姗姗真的会自杀。他已经不止一次看见姗姗要自杀，却总是完全不当回事：

我总觉得她是说着玩玩的。有一夜，姗姗拿着绳子去了车库，把绳子往屋梁上套，我还跟在她身后对她说：不行的，太短了，死不了。

什么？这是能开玩笑的事情吗？

我……我怎么也不会想到……

天呐，不知道萧欤是无知还是愚蠢，怎么可以这样对姗姗说话？姗姗为什么没有告诉我这些事？现实又怎么可以让一个人变得如此冷漠？姗姗一生中有过那么多次坎坷，她懊丧过、气馁过、头脑发昏过，最后不是都站起来了吗？萧欤瞒着我们，他知道姗姗在服忧郁症的药，而且知道她私下断了药。医生特别关照过家属：

断药对这样的病人而言是致命的！

姗姗坚守着自己的道德底线，把自己的一生寄托她没有感情的婚姻上。她的筹码压在丈夫身上，幸福交给了儿子的未来。她生病，身边的人根本不在乎，没有人监督她吃药，没有人给她足够的关心，任何一个脆弱的灵魂都会绝望。

姗姗姐……你一定要听见我的呼唤，我想你！

荒漠的旅程

纽约已经开始降温了。冬天，那淅淅沥沥的小雨，卷起寒气冲进了生活。我拉紧被角，压住了眼睛，然后又总是忍不住，透过那一点点被角和肩膀之间的缝隙朝外望去。天，依然是暗暗的，我似乎闻到了一丝雨水的味道。可是，滴滴答答的声音，像一把小刀，一点一点在我心上剜着。我昼夜熬过的黑暗，还没有来得及躲避，就被这疼痛撕扯得难以忍受。一夜凝聚后的思虑和焦灼，顿时像一块断裂的巨大铁片，从高处落下来，狠狠地砸在我的胸口。我佝偻着身子，似乎那样才能把黑暗和疼痛同时制止，可是胸口闷得透不过气来；我睁开眼睛，泪水不自觉地从眼角滚落下来。我天天期盼，期盼着一份并不明确的结果，可是，期盼真的实现时，它竟然没有任何预兆，平淡得让我吃惊。

一阵风吹过，雨中的黑伞开成了喇叭花。这些韩国制造的廉价折叠伞在纽约街头四处可见，常常突然断裂，或者是翻了个面，朝天冲去。虽然雨还在下，可也只能随手扔掉。大街上，破伞在风中飞舞着。下雨的日子，晶晶早早地放学回来，和我一起窝在家里。门突然开了，风吹进来一些落叶，门口站着秦孝章。他什么话都没有说，就那样推门进来了。他身上背着巨大的旅行包，手上提着更大的行李。孝章的头发湿了，他没有打伞，或许是带了那么多的行李，打伞不方便行走。他就是那样简单、淡然地出现在家门口。

晶晶一直警惕地盯着他看，她没有叫爸爸，却掉头跑进厨房，拉住我的衣角喊道：

妈妈……

我回头看去。我和晶晶一样，也不知道他这次回来是否准备住下。我走到客厅，不知道说什么好。秦孝章同样是什么话都没有说，把包从肩膀上卸下，把门关上，然后问我：

有干毛巾吗，让我擦一下。

有，有！

似乎晶晶更多地预感到了什么，我刚说完话，她已经掉头跑进厕所，拿出了一条大大的浴巾交给孝章，直愣愣地看着他。孝章并没有和孩子亲热，走进厕所擦身子去了。就这样，秦孝章回家了。我甚至都没有问他到底发生了什么，因为回家本身比其他的一切都更重要。我开不了口，我不想让他难堪，也不希望他再离开。晶晶需要一个可以依靠的爸爸。很多时候，生活是可以从头开始的——我就是这样想的，但是想得太过简单。人虽然回来了，但魂却丢了，总是一副神不守舍的样子，东转转西走走，也不怎么和我们说话。晶晶在他身边已经站了很久，他都不曾想到要弯下身去逗逗她。饭吃到一半，他放下碗又走进自己的书房。晚上，他跟我说：

我要去一次纽约，到42街打电话给上海，向家里报个平安。

我和晶晶一起去吧。

也好，让晶晶跟爹爹说几句，老人家一定很想她了。

显然，他是全都想好了，也要让上海的老人们知道自己的决定。他下了决心，回家和我们在一起住。他说的"去一次纽约"指的是去时代广场那一带。二十多年前，那里的长途车站门口有好几个公用电话亭，电话亭的四周晃悠着一些黑人。他们对我们中国人、墨西哥人清楚极了。出十美金，他们就会用手上不知道从哪里偷来的号码，为你拨通需要的国际长途。当时，我们不少中国留学生都是用这种便宜的办法给国内的家人、朋友通电话的。

爷爷最想念的就是他的孙女，他们家都是男孩，所以当晶晶还没有出生的时候，婆婆就跟我说：

如果你生的是女儿，就让我们来带；如果生的是男孩，那你只能辛苦辛苦，自己带了。

晶晶给秦家带来了欢乐，人人都喜欢这个聪明的小姑娘。今天一定要让她和爷爷多说几句，让爷爷奶奶高兴高兴，他们整整九个月没有听到晶晶的声音了。像以往一样，孝章把钱交给那个黑人。可是却怎么也拨不通上海家里的电话。显然是电话局已经发现了问题，停用了这个号码。孝章问那个黑人要钱，黑人想赖账，顺手从裤兜里拿出一把小刀在他面前晃了晃。孝章赶紧用中文对我说：

这里危险，你先带晶晶走，到马路对面去。

十块钱不要了，我们一起走。

你快走，否则警察来了会把我们一起带走的。

你看见了吗，他身上有刀。

现在是大白天，人这么多，他不敢行凶的。

说完，他就把我和晶晶推开了。我拉着晶晶的手往马路对面跑，晶晶使劲地要从我的手里挣脱出去。她一边跟着我走了几步，一边回头看着孝章说：

我们不能让爸爸一个人留在那里。

不要紧，爸爸拿到钱就会过来的。

不行，他要拿刀刺爸爸的。

刚到了马路对面，我们站定一看，秦孝章和那黑人青年扭打起来。晶晶一下挣脱我的手，一个人飞一样穿过马路，我吓得尖叫起来，只看见晶晶跑过去扯住那黑人的衣角，拼命拉他。黑人一回头，看见是个小女孩，扔出十美金跑开了。孝章完全被吓住了，愣在那里。突然，他一把抱住晶晶。这时，我也跑了过去。晶晶大声跟孝章和我说：

我们三个要在一起！

我和秦孝章已经来不及感动，而是被惊吓得说不出话来。

完全是孩子，是她一次次把我和孝章拉回到一起，我们都没有退路了。孝章自己也开始对我说，妮娜逼得太狠了。我心里知道，妮娜坚决不能忍受自己夹在中间的状态。有她无我！秦孝章，你必须做出选择。我没有说话，因为这事早晚都要决定下来的，我只是不愿意在孩子面前吵架，不愿意破坏孩子对父亲的印象。我只有忍耐，只有等待。其实，我何尝不想大吵一次？只是我想好了：不吵，绝对不吵，强扭的瓜不甜，吵回家的人将来也无法一起住下去。

妮娜把她的车拿回去了。在美国，没车寸步难行。孝章在报上看到有二手车出售，价格又便宜，就是车的右面被人撞过，有个凹洞，车主人只要七百美元现金就卖。我们怕这么便宜的车，不及时买下来会被别人买走，于是和卖家联系后，第二天一早，一手交货，一手交钱。

这时已经是晚上十点了，我们必须到自动取款机上取款；取款机能取的现金有限额，因此要两个人都去才行。我回头看了看晶晶，她已经睡得很熟，我们赶紧锁上门朝小镇的中心走去。取回钱进门一看，被子被掀开，床上的晶晶不见了，我大声叫喊着晶晶的名字，没有人答应。我冲进厕所、厨房，连后门都找了，就是没有看见孩子。屋子里的灯还亮着，可是她的小被子下面没有人，被子就那么随意地掀开着。我顾不上孝章的反应，整个人已经疯狂了。

我破门而出，在大街上嘶喊起来：

晶晶！

整条街上，除了我的叫喊，没有任何人回答。只有从空中传来了回声，我的脑子就像要完全炸开了。我只继续在街上奔跑，疯狂得不能控制自己，大声哭喊着：

晶晶！你在哪里？你在哪里啊？

依然没有回音，好几条街道跑完了，跑得我两腿发软。我又开始往回跑，只看见孝章也是疯了一般从对面跑过来。我脑子里闪过了这样的念头：如果晶晶真的被人绑架了、死了，我是一定不要活下去了。我绝望地对孝章说：

没有找到。我们报警吧！

正说着，只看见一辆警车朝我们家开去，我几乎人都要瘫倒在地了，害怕得要死！警车停了下来。车门打开，警车上下来一个小女孩。是晶晶！我来不及高兴，便和孝章不顾一切地冲了过去。我大叫着：

晶晶，你到哪里去啦？

没等晶晶回答，警车上下来的警察对我们说：

这么晚，你们到哪里去了？怎么能把孩子一个人留在家里？我们在街上巡逻，看见她一个人站在银行门口，说是来找爸爸妈妈的。她认识家，我们就载她回来了。

我们慌忙解释，告诉警察我们只离开了二十多分钟去取钱。警察说：

以后不能这样，十三周岁以下的孩子是不能单独留在家里的。这是法律。

知道了！

以后再犯，你们是要被拘捕的。

知道了！

警车一开走，我们就一起问晶晶：

你怎么不在家里睡觉啊？

我不知道你们到哪里去了。

就是去取钱，一会儿就回来了。

我害怕……

你不是睡着了吗？

我已经没有爸爸了，不可以再没有妈妈啊！

晶晶按照自己的思维，没有逻辑地回答着我们，可是我们都明白了孩子的恐惧，看见了她内心的纠结。秦孝章听到晶晶说完如此完整的句子时，一把抱住孩子，把她紧紧地揽在怀里。我看见他哭了，他没有抬头，把脸埋在晶晶的肩膀上，对晶晶说：

爸爸不会走的，爸爸永远和你在一起！

美国的生活太现实，现实得让孩子也早早地成熟了。回头想来，我也不知道这是好事还是坏事。幸福的孩子，头脑常常是简单的。

但是，大姨还是一再地教导我：

凡事要多问自己几个为什么。

直到2010年春天，我回国看望她时，她已经病得很重了，可还是在跟我这样说。后来，她的状况越来越糟糕，脑瘤长得很大，人渐渐陷入昏迷状态。我赶到医院的时候,氧气瓶还发着咕咚咕咚声,而她已经不能睁开眼睛,就那么躺着,生活已经不能自理,甚至也不能说话了。我向大姨告别,怕再也见不到她了。我俯下身,用自己的右脸颊贴着她的右脸颊,轻声说:

大姨,你还能听到我的声音吗?等着我啊,下次回来,一定来看你。

多少个月不会动弹的大姨,突然像小孩似的,举起那插着吊针的手臂,用手背来来回回地擦着流出眼角的泪水。她还能听见我的声音,她没有停止思维!大姨就是那么坚强。我知道大姨最不喜欢别人哭,我努力忍着不想让泪水掉下来,可是怎么挺都挺不住;当看见站在边上的护工也在抹眼泪时,我就再也受不了了,趴在大姨身上失声大哭起来。

记得那是2009年的春天,大姨拿着自己平时要用的生活用具去了华东医院。她知道,自己这一去就回不来了。2011年初秋,昏迷中的大姨似乎感应到我的舅舅吴遐离开了人世,于是她也想走了,她要和她亲爱的丈夫,我的大姨夫永远在一起。我们在床前呼唤她,像往常一样在她耳边播放她喜欢听的音乐。我用双手使劲搓揉着她失去知觉的双臂和双腿,用手指不停地梳理着她的头发,真希望她会张开眼睛看看我,那是我每一刻都需要的智慧、期待、不灭的目光……一会儿妈妈来了,她风风火火的,就像没有看见我一样直奔大姨床前,弯下腰呼唤着:

阿姐,大阿姐!

没有回音,大姨只是发出微弱的喘息,张开的嘴似在嗫嚅着,但没有一点声音。妈妈抬头哭了起来,她用手绢擦着眼睛,大颗的泪珠还是从她的指缝间渗了出来,顺着鼻梁两侧往下淌。她一边哭一边不停地呼唤着:

大阿姐……

妈妈像一个失去母亲的小孩子,我从来没有看到她这样哭过!

过去,大姨生病的时候,看见妈妈就会说:

对不起,我要走了,要留你一个人在世上了,你可要照顾好自己啊。侬啊,就跟侬的姆妈一样一样老实,给人欺负!

大姨总是放不下妈妈,遇到什么事情就怕妈妈吃亏。只要我们在,她总是先差遣我们,绝不叫妈妈。现在,大姨已经张不开口,发不出声音了。

大姨把自己的私物都做了处理和交代。在还能说话的时候，她看见我，立刻紧紧地捏住我的手。我感觉到手心里有一件东西，张开自己的右手，才看见是一支两寸长的红宝石发夹，圆圆外婆带她出去逛街时花了二十块大洋买下、让圆圆外婆被外公大动干戈地指责的那只发夹。圆圆外婆走的时候把它留给了大姨，现在大姨把它放在我的手上。我捏着那发夹，感觉到大姨手上的温度，感觉到大姨的一片情意，眼泪不禁流了下来。大姨平时看上去那么威严，那么不可接近，可是在这些小东西上面，你就会发现大姨是心多么细的一个人；她把圆圆外婆小小的礼物都慎重地保存着，而且还把这份情意传给了下一代人——我。我曾问她：

大姨，"文革"抄家的时候，什么都抄没了。你是怎样保留下来的呢？

她困难地指着衣服，断断续续地说着几个字。我明白了。

你是把它缝在自己的衣服里了？

是棉衣里。

大姨用四个字，更正了我的说法。

这个发夹有着多少故事，蕴含了多少人的情感，联系了多少人的命运啊。外公只是希望自己的女人像朵花，成为他生活里的装饰品，却不会想到要给她真正的自由，甚至连经济上的自由都没给。发夹依然是那么精致、漂亮，可是它带走了圆圆外婆，也带走了大姨……

如今的女人是不会再那样活下去的。孝章离开妮娜回家后，我心里竟然常常会想到妮娜，因为她太真实了，我一点都没有办法恨她。一天下午，我就那样朝着妮娜家走去，我并不知道自己要说什么，可是我知道，她要离开我们这个小镇了。走到门口的时候，只看见她在往街面上的垃圾桶里扔东西，我站在那里，没有勇气向她打招呼；越过她的身体，我看见敞开的大门里，她的住处已不是以往那样的整洁和充满了情调，到处翻得乱七八糟，一片狼藉，像是退房的样子。妮娜发现了我，在街上站住，很不友好地问道：

你是来看我的狼狈相的吧？

不是，我……

我什么我？

妮娜终于愤怒起来：

我和秦孝章是离婚！我们不是什么"一般"关系。

我没有说话，我真的不是来看她笑话，也不想吵架，我是来告别的。我低下头。妮娜不再看我，掉头走进屋去，随手就将门关上了。在关上门之前，她扔给我一句话：

我没有做任何对不起别人的事情！

我狼狈地杵在那里，半天挪不动脚。我知道，那句话是扔给我的。我不是来跟你吵架的，你为什么要对着我说这样的话呢？你没有理由恨我。朝她的屋子看去，窗上的帘子放下了，她是坚决不要再看见我了。不管她把我想得多么坏，我是晶晶的母亲，家庭、孩子这些都是她一个单身女人不用承担的。她可以有个性，可是我不能这样，我要为这些世俗的一切付出代价。义务、责任使我必须压抑自己的个性，别无选择。我的心里空空的，不知道自己到底扮演的是什么角色……街道上没有任何行人，妮娜的叫喊似乎还在街上回荡。我接下了她这句话，很沉重。在这里，我们都付出了代价。

两星期后的一个阴雨天，妮娜给我打电话：

我要离开纽约了，你出来，我请你吃个饭，好吗？

我说：好的。

我想，即使她会再对我叫喊，至少现在的邀请中，我听见了诚意，所以我去了。那天，正下着蒙蒙细雨。在纽约中城一家黑黢黢的小饭店里，妮娜早已坐在位子上等我。她完全变了，没有化妆，穿着毛衣、灯芯绒长裤和湿漉漉的雨鞋，旁边收拢的雨伞还滴着水，被雨水淋过的头发贴在前额和脸庞的两侧。她满脸的疲惫，说：

我在纽约的一切都结束了。这是一个伤心之地，我一刻也待不下去了！

你要到哪里去呢？

宾汉顿大学的教授同意我回去，我会在那里竭尽全力完成我的论文。我不知道以后会是怎样——等八个月吧，一般来说八个月的时间，可以从心痛中缓过来……

正说着话的时候，马克抱着他的孩子来看妮娜了。马克还是用他的蓝眼睛深情地看着妮娜，并轻轻地说道：

妮娜，看在这个可爱的孩子的面上，宽恕我吧。

妮娜在那里点头，眼泪一边淌着，一边轻轻地吻了吻孩子的脸颊和眼睛。她说：

多么漂亮的孩子！

马克像个孩子一样笑了。他很激动，也吻了妮娜。妮娜叹了口气：

小莺啊，你是个好女人，和我以往接触的一些中国女人不一样。你那么坚强，当初我没有看到。其实你和我的个性挺相像的。今天我来向你道别，对你说声对不起。你得知道，秦孝章是个不诚实的人，以后你得保护好自己。

不用跟我道歉，我真的不恨你！

我们以后还会再见的。

妮娜，一切都会好起来的，你的杂志主编会出狱的，他是台湾"民主运动"的领袖，你是他名正言顺的夫人，不久你的状况就会改变，我会一直关注你的。

她惨淡地一笑：

那个台湾男人从来就不爱我。只要一出狱，我们的"政治婚姻"就该结束了，我会主动解除和他的婚姻关系。再说，台湾人哪里会允许一个政治领袖的夫人是美国人？

我已经记不得那天我们吃了什么，只记得马克的蓝眼睛，记得妮娜的伤心，还有那黑黝黝的饭店……最后，我们起身拥抱告别，她撑着伞走进了雨中。她没有回头，一直朝前走去，我却一直站立在原地看着她，看着她的背影在灰蒙蒙的雨里消失，看着她远去。不知道为什么，那个时刻我哭了，站在雨里独自一人，握着雨伞的手完全湿了。我没有拿出纸巾擦手，浑身渗着寒冷。我一直哭泣着……突然，我感觉到自己的心也是疼得那么强烈！如果妮娜回头再跟我说几句该多好，我多想对她说：

原谅我，不要恨我！

直到 1995 年，我在报纸上看到一则很短的报道：妮娜和主编离婚了。1996 年，她取得了纽约州立大学社会学博士学位。同年圣诞节，我收到了妮娜的贺卡。她说，她的儿子 Roger 为庆祝她获得博士学位，送给她一辆宝马作为礼物。她想住在台湾，台湾"当局"一直不表态。直到 2010 年，我在因特网上看到妮娜终于如愿以偿了。她在研究院社会所做研究，同时在台北医学院任教，并加入了绿党。

妮娜回到她的政治事业中是对的。她不能为了一个男人，失去她自己的理想和生活目标。而我，重新开始对晶晶、家庭负起了责任。我不会跟任何人争吵。朋友都怕我事后会和孝章算账，没有，从来没有。生活、感情、人际还有物质，这些东西都不能缺少，但是，也不能完全被它们占有或者占有它；只有东西少的时候，你才会给自己留下一点空间，也许这样，我们就能会在痛苦的时候，找到愈合伤口的药方。晶晶一天一天在长大，她书读得很好，不用我们操心。我原以为可以就这样过下去了，可是，上初一的时候，有一天下课回家，她非常严肃地对我和孝章说：

我不去上学了。我不开心，我在学校里没有朋友。

我看着晶晶，什么话都说不出。我突然不知道如何教育她，因为她已经完全像是一个美国孩子。她主意很多，无论我们说什么她都知道如何回答。但是，我必须把情况问清楚：

你怎么没有朋友？伊丽莎白不是跟你玩得很好吗？上学期还经常在我们家过夜。

你看她现在还来吗？她在学校看见我，就当不认识一样。

你想想，你自己有没有做错什么事？

我没有！就是因为我们肤色不同！

美国是没有种族歧视的。

没有？你怎么知道？她是黑人，他们都是不要和白人，也不要和我们亚洲人玩的。

那你说你不去上学，在家怎么办？我们又没有时间教你。

我要转学。

其实晶晶说的，我们也明白。她一定是感到太孤独，孩子不该在这样的年纪承受这样的伤害。于是，孝章跑到教育局，找到当时的学区主管人，提出了我们的要求。那是一个中年黑人，他什么话都没有说，一直耐心地听孝章呈诉理由。等到孝章说完以后，他问道：

还有什么要说的吗？

孝章摇了摇头。然后那个负责人说：

你先回去，我们会去调查的，然后做出决定再通知你。

我们都不知道他们什么时候去调查的，突然有一天，我们接到了教育局的电话，孝章赶到那里去的时候，还是这个黑人学区主管，他亲自接待了孝章，说：

我们去调查了，到学校看了一下。那时候正在上体育课，他们班上的学生体育都很好，你们家的孩子体质比较弱，跟其他孩子比，运动当然不好。我们看见有些黑人学生把篮球朝她身上砸。她比他们瘦弱得多，这样非常不好。确实，肤色和种族这个问题也不是说几句话就可以把孩子教育好的。我们经过讨论，同意你的孩子转学。

我们都被这个黑人领导感动了。我们这些从中国来的移民，真的是一无

晶晶（中）和她的好朋友安娜（右二）

所有。这意味着什么呢？意味着，一无所有啊！好在周边的人，会这里一点那里一点，从各处来理解、帮助你。我们就是这样在美国慢慢地生活下去。晶晶转学以后，最大的改变不仅是她变得快乐了，最重要的是，她开始非常非常热爱美国文学。因为她的老师是一个从哈佛毕业的研究生，他的理想就是要让学生热爱文学。我看着晶晶捧着从图书馆借回家的厚书，一本一本地读着。她跟我们说：

福克纳太有意思了，他曾经在邮局工作过，所以他一直说，他的家乡就像那一小块邮票似的，他会永远永远写这张小邮票上面的故事。美国的纪念邮票都印上了福克纳的头像。其实，你知道吗？福克纳在邮局工作的时候糟糕透了。他一上班就和人家打扑克，还挂上"暂停服务"的牌子。

我们听着她生动的描述，都哈哈大笑起来。可是晶晶接着说：

他是天才，做什么都是个性。我们不可以这样工作的。

这是老师说的吗？

不是，老师才不说这些无趣的话呢，我们老师说的都是最好听的东西。这是我自己想的，因为我不是天才，只有踏踏实实地学习啊。

你们老师呢？

老师太有学问了，好喜欢上他的课！

就是这些中学老师把孩子带入了文学天地。我们看着晶晶抱着那些像砖头一样厚的书，看得那么入神。她看着、抄着，写着笔记……就这样慢慢地融入到他们之中。

以革命的名义

晶晶长大了,她给家庭带来很多快乐,但也带来了很多担忧。因为她完全成了一个美国孩子,我们在中国学会的东西不适合去教育她。她常常带小朋友住在家里过周末,自己也喜欢往同学家里跑,住在那里。她们关着门,在屋子里说话,只听见里面传出来肆无忌惮的笑声。我们已经很习惯这一切了,也尊重孩子的选择。

吃饭的时候,偶尔她会把那些笑话讲给我们听,可是到了我们这里就不觉得那么好笑。她说:

今天老师跟我们讲牛顿的故事,最后他说,牛顿在他的遗书里写进去一条,那……那就是……

晶晶还没有说出来,自己就笑得把米饭喷了一桌。我们不明白她在笑什么。等晶晶笑够了,她停顿了一下,说:

牛顿要让后人知道,他一辈子都是处男……他好骄傲啊,连我们老师都说太恶心了!

晶晶重新哈哈大笑起来。我和孝章都说不出话,因为我们没有觉得有什么特别可笑的地方。这么严肃的科学家,孩子们是这样看待他的。

不久,小朋友又跑来跟我说:

晶晶妈妈,晶晶做了很不好的事情。

老师知道吗?

知道了，还找她谈话了。

她干什么了？

我们站在路边的时候，她对我们几个女生说，大家把衣服全脱了，在这条路上裸奔一圈，谁敢？后来大家说，我们一起跑，这有什么不敢的！晶晶不跑，她说，你们都说我荷尔蒙低，我不能裸奔，我帮你们看衣服。大家都说好的，就脱了衣服裸奔了一圈，结果等我们回来的时候，衣服被给她藏了起来，我们都快疯了。街上有人啊！

后来呢？

我们只好躲在花丛里，过了很久，她才把衣服拿过来。

我真的太生气了，找晶晶谈话。可是她完全是一个处在叛逆期的孩子，满不在乎地看着我说：

你急什么啊？也没有什么大不了的，不就是裸奔了一圈嘛。

那你为什么把人家衣服藏起来呢？

她们老说我荷尔蒙低，那就让她们"高涨"一次嘛！

你不可以这样！

谁让她们随便这样说我……哼……

我说不出话，那时候的晶晶就喜欢捧着一本书，穿着球鞋和大汗衫，不化妆，也不戴首饰、耳环，像个小男孩似的，不像美国女孩发育得那么早。我真不知道，她们私底下都在讨论什么。老师没有很严厉地批评她，事情就过去了。可是我清楚地意识到，这个年纪的孩子多难教啊。

我们那时候要比晶晶简单得多，我们没有自己，我们的童年都在"革命"。似乎从我们记忆开始的时候，听见的所有语言、受到的所有教导、对我们的期望都是和"革命"有关。评判一个人的好坏，也是用"革命"两个字。等到上小学的时候，这些就变得更加清楚，一旦谁被划到"不革命"的队伍里，就意味着灾难的来临；如果有人在叫你"反革命"，那一定是要大祸临头了！

那时候，我们只是一群孩子，戴着红领巾，唱着红歌，排起整齐的队伍，经过黑色的竹篱笆墙，往家里走；那时候，是大讲阶级斗争的年代，大人都在单位干革命，校门外没有接我们回家的父母和老人。和现在的孩子比，我们个个都是瘦小的，像是发育不良。就是这样，我们还在振振有词地要加入到"革命"队伍中去，为解放全人类做出贡献。今天回想起来，在我们成长的年代里，似乎也没有其他的选择，除了革命还是革命。革命生活是枯燥的，空气里也弥漫着荒芜的苦涩，但是不革命就是死路一条。

什么才是真正的革命？从来没有人告诉过我们，生活时时刻刻都在变化。"革命"成了一个符号，它像万花筒里的碎玻璃，不知道怎么轻轻地一晃动，立刻就变化了。

当有一天妈妈失踪的时候，我便听见机关里的人说，妈妈是"现行反革命""漏网右派"。怎么转眼她就成了"反革命"？当初，她是那么毅然决然地背叛了外公，背叛了她典型的资产阶级家庭，连大学都放弃了，直奔着解放区去了。这不是"革命"吗？如果她是"反革命"，那解放区不就是隐蔽的"反革命"阵营？

所有的疑问再思考下去，我也要变成"反革命"了。从小受到的教育就是要我们服从，就是不要思考，然后就是高呼"拥护""万岁"的口号，这断然就是革命的表现。但是，翻开字典的时候，"革命"的解释是：剧烈的变革，彻底的改革。我偷偷地问欣星：

我们天天只会"拥护""服从"，革命不是失去它本质的意义了吗？

你好反动啊！

欣星提醒了我。怎么可以有自己的思想？我再也不敢往下想了，再想下去就真成了"反革命"！很多很多的问题，在报纸上，在公开的文字里，都是找不到答案的。我们就是跟着高音喇叭里的宣传，变来变去。这就是我们生活的逻辑。当初妈妈是作为"反革命"被关押起来了，直到被放出来，机关里的造反派也说不清楚关押的具体理由。大家都知道，只要说"当时是因为革命的需要"就不会犯错误！写到这里，我突然想大声地笑："革命"怎么就成了妓女似的，为什么人都可以"服务"——不需要理由，不需要逻辑，更不需要法律。真的，原本我一直战战兢兢地生活在瑞华，就怕自己"反革命子女"的身份被人家发现，谁都可以欺负我；可是有一天，仔细算算，到了1968年的年初，瑞华大楼里的一百多户人家几乎家家都出了"反革命"。原先这里是上海市委的机关宿舍大院，现在成了"反革命"的大本营，谁也不要再想歧视我们，大家彼此彼此。于是，我们这些"反革命"子女又开始在院子里奔跑、大喊大叫，蹦蹦跳跳地在那里玩耍。家里的大人因为是"反革命"，关的关，批斗的批斗，还有给整死的。于是，每家的孩子都在小小年纪就学会了独立生活。

我看见陈健举着她织好的红围巾，在二号楼的六层窗户里探出脑袋，大红围巾像一面红旗似的在空中挥舞着。她大声叫喊着：

稼婴，稼婴，我把围巾给你织好了！

然后，四号楼的稼婴，一脸阳光地从院子的大门口奔跑而来，同样高高地举着双手，朝那条红围巾挥手！大家都不再记得自己的父母被抓到哪里去了。那是一个充满着阴霾的冬天，冷风在呼呼地吹着，可是那条鲜红的围巾，挥动着我们的童年，闪烁着回忆的欢乐！这就是瑞华的人，在说到往事时，首先都会想到充满着色彩的美丽。到了那个时候，我们都已经不再谈论革命了。

可是，在这之前，在"文革"之前，在我们还是很小很小的时候，除了在学校听老师讲"革命"，回家也是自觉接受革命教育。

在我们的瑞华，那时候似乎大家都生活在一个集体环境里，哪怕是家庭生活也不分你我。记不清楚，哪户人家有过奢侈的家具和摆设，如果有书橱的人家，一定都会有《干部必读》的精装本，还有《资本论》《列宁全集》和《毛泽东选集》。书都像是由单位统一发送的，后来母亲告诉我，其实都是自己买的。但是，怎么会每家都一样呢？每家或多或少都有家具是从机关租来的；最奇怪的是我们很多单元门户里面，都是两家合住在一起，大家合用一个厨房，合用一个厕所，更多时候连保姆都是合用的，于是，保姆就会把两家的饭一块儿做了，两家的孩子、大人到开饭的时候，都挤在一个大桌子前，一起吃饭，一起聊天，一起谈革命。就像当年常常说的，这是革命的大家庭。好热闹啊！妈妈那会儿干革命干得连吃饭的时间都没有，她常常站着吃饭，吃完就走。

欣星家也是和小徐叔叔家合住一个单元，合用一个保姆。

小徐叔叔——徐景贤，后来在"文革"中成了"四人帮"的帮凶、上海的市委书记。他当年搬进瑞华二号楼54室的时候，才是一个二十三岁的小青年；高中毕业时，他竟然把大学录取通知书给撕了，跑去参加了"上海市政建设干部培训班"。看来，他潜意识里就有着革命追求和向往。他一米八的个子，我们都是抬头仰望着他，追在他屁股后面，小徐叔叔、小徐叔叔地喊得起劲。只是当我在他的书里看到批斗市委书记陈丕显、曹荻秋的照片的时候，那份亲切感就消失了。

我看见了残酷的摧残，而这摧残的过程是我们的"小徐叔叔"亲自参与设计的。批斗对象们屈辱地低着头，大木牌用铁丝吊着，深深地勒进他们的脖子；当年的市委书记，双手被反扣着。"工总司"的造反派用一只大脚踩着人的脑袋。从书上的照片都能看到，木牌子那纤细却坚硬的铁丝已经勒进人的皮肉。人的尊严就被这粗糙的牌子撕裂了。在批斗对象们的身后，有人在麦克风前发言。那人一手捏着一张纸头，另一只手捏着拳，高高地举过头顶。那时候，没有基本的社会秩序，没有法律的制约，想干什么就能干什么。这就是照片提示的全部记忆。

徐景贤在《十年一梦》中回忆起那段日子时，他写道：

> 我带头造反，"揭竿而起"以后，市委机关内部的造反派纷纷杀将出来，我们又成立了市委机关革命造反联络站，和"工总司"（上海工人革命造反司令部的简称）以及各个红卫兵组织联合起来，继续向已经基本上陷于瘫痪的上海市委和市政府进攻。
>
> 那年冬天，我甚至连自己的三十三岁生日都忘记得一干二净。每天每日，我骑着自行车，以市委联络站负责人的名义，往来奔忙于上海各个造反派大会的会场之间。每到一处地方，我就从头

上摘下那顶哥萨克式的皮帽子，解开对襟的中式棉袄，满头冒着热气，慷慨激昂地发表一通演说，然后匆忙地赶往下一站。在我看来，这真是一个火热的冬天啊！

如果从文章里单独抽出这一段，你会以为他在缅怀美好的青年时代；但是对于一个经历过"文革"的人，读到"工总司""红卫兵"这些字眼时就会感到毛骨悚然。那都是些多么可怕的人！他们上来就会打人，冲进屋子就砸东西；他们可以任意置人于死地，却不会受到制裁。文字里提到的"基本陷于瘫痪的上海市委"又是谁策划造成的？就是在这些市委瘫痪的日子里，妈妈朝着隔离室的墙壁撞去。她要自杀。没有解释，没有内疚，更没有反思，看似是回忆，可是却弥漫着怀念。那是什么样的生存环境？！而徐景贤在他2004年写的回忆录里，依然这样地感慨着：在我看来，那真是一个火热的冬天啊！

我在美国打开这本书抄录下这一段时，突然听见家里人把电视打开了。NBC新闻在报道着：某地的公安局长叛逃至某国的领事馆要求避难……我以为自己听错了，执政党的官员怎么需要政治避难？那个地方不是在唱红歌，重走红军长征路吗？"革命"的干部又出问题了？这些日子，我开始认认真真阅读起《纽约时报》。我已经很久很久没有这个习惯了。年纪小的时候，我们常常看报纸，但是那上面没有新闻，只有社论，以及字里行间渗透着的毛泽东思想！

那个年头的徐景贤还是我们的小徐叔叔。与瑞华大院里那些坐着小车上班的干部比，他就像是我们的孩子王，脸上甚至还带着年轻人的青涩，肩膀上常常挂着一台蔡司照相机。

1964年，学雷锋活动开始了，瑞华大一些的孩子成立了"红领巾小队"，在大院里植树，开办阅览室，搞公共卫生，想方设法做好事。大家众口一词地说：为人民服务！我们请小徐叔叔做课外辅导员，一到周末，他就戴着红领巾从二号楼走下来，红领巾在他的胸前飘动着，显得有点短小，但是他不在乎,兴冲冲地向我们大家跑来,和我们一起劳动,清扫瑞华大院。他是瑞华里唯一会和我们玩的大人!最让我们难忘的是他给大家讲故事。我们都喜欢他讲《小钢炮》之类的少年"反特"故事。往往听到最紧张的时候,他就会说:

不早了,晚饭时间到了,下周继续。

小徐叔叔,小徐叔叔……

我们都恳求他把结局告诉大家,可是他总是笑笑,拍拍那几个最着急的孩子的头:

好好做功课,好好读书,下个周末一定再来给你们讲结尾。

就这样我们盼着星期日的到来。有时候他讲完故事,就会给我们拍照片。六十年代初,拍照是多么难得的事情,开心啊!说不出为什么,突然就觉得自己一下子神气起来:我们有自己的照片了!小徐叔叔把我们分成好几组,让同年龄的孩子站在一起,当我们面对照相机站定的时候,紧张得脸上肌肉都会发抖,小徐叔叔也收起笑容,用非常严肃的口气夸张地跟大家宣布:

要拍照啦,请大家不要笑!

这么一说,我们就笑得前仰后合。等大家笑得差不多了,他按下了快门。

我和欣星经常听他讲故事。很多故事我们都听过好几遍了,可是等到他吃饭的时候,又跑到饭桌前让他讲。他家的饭桌是圆的,两面放下就变成了小小的长方形饭桌。只要一看到桌面放下,我们就高兴地上去和小徐叔叔聊天。欣星喜欢坐在高脚的幼儿椅子上,我呢,最喜欢坐在小徐叔叔对面,看着他说话的表情。他吃饭很慢,即使一边吃一边讲,那语气还是抑扬顿挫的。他的夫人,我们都叫她小鸽子阿姨,她会走过来,像一个大姐姐似的,轻轻地跟小徐叔叔说:

不要讲了。你胃不好,饭菜都冷了。

我们也不懂事,就像没有听见一样,我看看欣星,她给我做了一个鬼脸,于是我们继续听小徐叔叔讲彭加木、穆汉祥、程德旺,还有他写的《年轻的一代》里的林育生。他讲到穆汉祥被敌人杀害时，会放下碗筷，严肃地看着我们，放慢说话的速度，逐字逐句地讲，像是要和我们一起愤怒地批判，激发起我们的阶级仇恨！讲到彭加木，他会这样描述给我们听：

为了党，为了献身革命事业，他完全忘我，到新疆做地质考察。心脏都肥大到拳头那么大了，可是他还坚持在那里现场考察。个人的生命在革命面前是微不足道的。

一天中午，小徐叔叔突然跑进屋，急切地跟我们说：
快去华亭路，程德旺在那里。
我和欣星立刻冲下楼去。今天的一代人不能明白那时我们对工农兵的崇拜是怎么一回事，就像我们也看不明白他们一看见那些明星就发出尖叫声，激动得不能自主的样子。
冲到延庆路和华亭路的转弯处，我们真的看见有几辆三轮车停着。车夫们都穿得很破烂，有的身上的衣服都是补丁摞着补丁。只有一个车夫穿戴得比较整齐，我们想他一定就是劳动模范程德旺。小徐叔叔刚采访过他，还给他拍了照片，所以他的穿着与众不同。
不久，小徐叔叔撰写的关于程德旺的报告文学见报了。
有时候，故事讲完后，小徐叔叔还会变几个小戏法给我们看，原本在桌面上的牌，一经他拍打就到桌子底下去了，他要我们猜那是怎么回事。有一次，小鸽子阿姨生气了，直接跟我们说：
你们快走吧，让你叔叔把饭吃完。

我童年的业余生活，几乎就是和"革命"两个字联系在一起的，那时候，小徐叔叔是我们革命的坐标。连爸爸回家都会说：
徐景贤这个年轻人，有才气，工作努力，革命意志也很向上。（宣传）部里很器重他。

1966年12月27日，他是怎么筹划批斗会的？

在《十年一梦》里，他这样写道：

姚文元在电话里一反平常冷静的语调，用一种按捺不住的兴奋语气说道：

昨天晚上我们中央"文革"的几个人都到毛主席那里去了，祝贺主席生日，给主席敬酒。主席很高兴，他平时很少喝酒的，昨天和我们干杯了。主席对上海的形势很关心，他从中央"文革"的《快报》上看到了你们造反的消息。主席说：上海的形势很好，工人起来了，学生起来了，现在机关干部也起来了。我问主席：上海市委强调"内外有别"怎么办？主席说："内外有别"可以打破，机关的文化大革命很重要，机关的文化大革命一定要搞好。

我一边听，一边"嗯、嗯"，把姚文元电话传达的内容一字不漏地记了下来，心里激动得热血沸腾。

姚文元接着说：主席很欣赏你们的口号"火烧陈丕显！揪出曹荻秋！打倒杨西光！砸烂常溪萍！"，他说"火烧""揪出""打到""砸烂"这几个口号提法有区别，好！

姚文元最后说道：主席在和我们碰杯的时候说"祝全国全面内战开始！"这一期《红旗》杂志将要根据主席的指示发表元旦社论，你们要好好思考一下这个问题。

我问姚文元：毛主席的指示我们可不可以在市委机关革命造反联络站的范围内开会传达？

姚文元沉吟了一下，说：不要开大会，你们先在小范围里吹吹风吧！

我放下电话，兴奋万状，奔到写作班的草坪上，逢人便说：刚才文元同志来电话了！文元同志向我们传达毛主席的重要指示了！我想：我宣布造反的时候，虽然有张春桥和姚文元做后盾，但心里还是不太踏实的，现在毛主席他老人家亲自为我们撑腰了，我还怕什么？！

晚上，在武康路二号写作班的玻璃阳台上，由我主持开了一个市委机关革命造反联络骨干会议。会上先由我传达毛主席的指示，紧接着哲学组、历史组、文学组以及市委办公厅《支部生活》编辑部的人员纷纷争着发言，有的噙着泪水，有的庄严宣誓，大家的神情异常忠诚、肃穆。

在讨论中，我提醒与会者思考：毛主席说的全国全面内战开始了，究竟有什么样的深刻含义？我们该怎么做？

胖墩墩的朱永嘉说：我们市委联络站比其他造反组织条件优越得多，我们要利用这些条件继续开大会批市委。

从复旦大学哲学系调到市委写作班哲学组来的郭仁杰，操着山东口音说：毛主席不是说"内外有别"可以打破吗？我们把市委档案室里的档案翻出来，把有关内容摘录下来，作为批判市委执行反动路线的炮弹。

我觉得这些主意不错，表态说：可以，由我写条子给市委书记马天水批，过几天组织几个党员进市委档案室查档案。这次批判市委的大会要和"工总司""农司（筹）""红革会"（"红卫兵上海市大专院校革命委员会"的简称）等组织联合召开，声势要大一点。大会由党校来的程绮华负责筹备，筹备处就设在淮海中路市委党校……

一切商定以后，夜已深了，我们对着毛主席的画像，轻轻唱起了《敬祝毛主席万寿无疆》这支歌。我边唱，边感到自己的身心激动得颤抖起来：这场全国内战的结果是什么，我还不能预计，但是，我预感到自己将成为一场重大历史事件的参与者，在即将到来的全国全面内战当中，我要坚定地站在毛主席的一边……

唱着唱着，我蓦然想起了复旦大学的红卫兵在我造反以后送给我的一副对联：

革命方觉北京近，

造反才知主席亲。

今天，我更加深切地感受到这个"亲"字，我把这个"亲"字真正地融入这首歌曲里去了。

我们唱得很轻、很轻，歌声只在室内回荡，因为就在市委写作班隔壁的一栋楼里，还住着一个市委书记和一个部长。时过中夜，他们家里黑洞洞的，人们早已进入了梦乡。我们不想惊动他们。当然，在沉睡中的他们，也万万不会想到：就从近在咫尺的市委写作班里，一场席卷全国的1967年1月夺权风暴，即将猛烈地刮起来了！

这些平实的文字里，充满了怀念。我读得很慢很慢，似乎能听见他们唱红歌，感受到那种激情，还有徐景贤说的"身心激动得颤抖起来"……猛地，我脑中浮现父亲最后倒在瑞华的地板上，口吐着白沫的情景；我似乎又站在黑暗中，在市委的铁门下，在雨中等待着母亲，我不知道她是否还活着……我不敢想象，在黑夜中，一场阴谋诡计是这样在策划着，它将席卷全国，而我们这些小百姓的命运，就是在一个电话、几个人的激情里被彻底改变了。别无选择……

等到2005年，我带着刚从大学毕业的晶晶回到上海时，朋友们请徐景贤一起出来吃饭。走进饭店，徐景贤一下子就认出晶晶。他弓着背，一手拄着拐杖，一手拉着她的手说：

哎呀，你是小莺的女儿啊，这么大了！从美国来的？我是关了十八年大牢放出来的人，你妈妈对你说了吗？

我知道。

徐景贤对晶晶说话的那个样子，让我回忆起在瑞华的童年。

饭桌上，徐景贤和我们说话聊天，像以往一样喜欢谈天说地，不分辈分，不计身份。临走时，他对晶晶说：

我还没有和你好好谈谈美国呢，下次谈好吗？

晶晶想说什么，可是她中文原本就不大流利，这个时候突然什么都说不出口。回家路上，晶晶用英文非常严肃地问我：

妈妈，他在"四人帮"手下害了很多很多人，怎么看不出他有负罪感？他对自己的罪行、对"文革"怎么一点反思都没有？你怎么能对这样的人这么好？

看着女儿的脸，似乎看见的是她对我的不能原谅，我说不出话。
可当你和一个活生生的人，一个从小就认识的人在一起，他对你说：
你父亲当年非常不容易，这么年轻就出版好几本书。后来因为高血压多次中风，长期病假在家，还是那么努力地写作。他后来又出了些事，很多同志对他有看法，他老在瑞华院子里一个人转、踱步，很受冷落。我心里是敬重他的，见到他总主动招呼，对他的看法从不改变。

这些话，让我难以忘怀，特别这么多年过去了，知道还有人在对缺席的父亲抱有这样一份怀念时，我甚至都想哭。可是当夜深人静时，我突然意识到，如果没有"文革"，父亲是不会在重病的时候被拉出去批斗的。为什么要批斗人？这是多么没有文明意识的行为，我们竟然无法拒绝这样没有法制、没有人权，连最基本做人的尊严都彻底丧失的日子，怎么会这样？爸爸什么错误都没有，只是因为外公的历史影响了他。我忘记了一个时代的残

1964年，在瑞华公寓楼顶晒台，徐景贤为我们拍摄的《学习"老三篇"》
站立的左一是小莺（我），站立的右一是欣星

酷，而造成这样残酷有"徐景贤"们的努力。不要说全国有多少人受难，就是我们家有多少人，瑞华大院里又有多少干部被整死……在那么多人受难的时候，徐景贤在干什么？他那么积极地紧跟"革命的需要"。在"文革"刚开始的时候，他需要的是观察，不能让自己跟错了革命队伍。

1966年，器重徐景贤的张春桥被中央调到北京，担任中央文革小组副组长。毛泽东发表《炮打司令部（我的一张大字报）》后，北京的红卫兵开始南下点火。徐景贤没有跟我们说，但是他很紧张，因为他心里没底。一天中午回家吃饭的时候，他一边吃饭一边说：

今天我穿着灰色中山装，戴着东北萨克森的皮毛帽子，混进延安西路200号文艺会堂的大礼堂，想看看北京来的红卫兵到底在干什么。

小徐叔叔，是不是就是那个放电影的地方，对着花园的一面全部是落地窗？

是，是那样，两边都挂着灰白色的大窗帘，白天帘子收起来，晚上放电影时就拉上。我就站在窗帘旁边，假装右手拉着控制窗帘开关的绳子，把自己的身体半边隐藏在窗帘后面，那些红卫兵都没有注意到我。他们好像很累，东倒西歪地在大礼堂里打瞌睡。我真是无法判断这个形势会怎么发展。

再也不是我们的小徐叔叔时，徐景贤不再惶惶不可终日，他得到了张春桥的指示，接到了姚文元直接打给他的电话。他蓦然想起了复旦大学的红卫兵在他造反以后送给他的一副对联：革命方觉北京近，造反才知主席亲。

他开始在市委机关内部带头造反。

当这一切都成为历史时，徐景贤写了一本《十年一梦》。看完书，我才明白，他不会有任何反思，他没有这个能力，因为他是在那样的意识形态中生活、成长起来的。他在书里甚至有一份炫耀，为自己曾经如此接近过伟人而沾沾自喜；他以为找到了真理，其实是失去了良知，失去了独立的人格。而与那些早年被他自己所批判、陷害的对象相比，他的结局甚至更加悲惨。这不是因果报应，不过是同一种意识形态所内含的必然逻辑。

反思？他不会！因为他压根就没有自己的思想，更不要说什么独立的思考能力。面对自己的罪行,他没有反思能力。他全部的"思想"就是对领袖的愚忠。他忠心耿耿干革命,是一个很简单的人,正因为他简单,所以会被提拔、重用。一个正常的社会里,他不会成为一个大城市的市委书记,但他会是一个善良的父亲、一个踏实工作的普通人。命运和他开了一个玩笑,连他自己都没有想到的玩笑。他搞不明白的是,到底是他选择了革命,还是革命选择了他。

那个瑞华大院、那个在饭桌前跟我们讲故事的小徐叔叔,都已经成为非常久远的记忆,我也不再年轻。可是,有一个问题还在我的脑子里徘徊:我到底要选择什么样的生活?我有多少独立的思想?我现在可以选择吗?为什么要重新选择?

我和刘辉还是面对面地坐着，桌上摊着发表过我们作品的杂志；从开始走出瑞华那一刻起，我们说着说着，最终又回到了瑞华。有朋友说作品的结尾没有力量，我们想了又想，希望把它改得更有力一点，可是生活就是那样残酷，没有赋予我们一丁点儿想象力。于是，就在这样无力的探寻中，我们重新回到了瑞华。

又有朋友对我说："我不明白，刘辉怎么一下子就可以和你谈得那么深入？"或许，是因为我的职业，它让我知道怎么提问，如何引导别人说话；或许，还是因为瑞华，我们在那里长大——尽管我很快离开了那里，但是我们在一个幼儿园一起待了好多年；或许，我们是在语气和眼神之中对彼此产生了信任。没有太多为什么，我们知根知底，即使分别了大半辈子，一见面就可以开诚布公，就可以从头开始；没有太多为什么，一切就这样发生了，我从她那里看见了我不熟悉的世界。

不论有多想回避这样的大院文化，人们还是把我归为那里的成员，管我们叫"干部子弟"。我还是要说：我不是，真的不是！我从小被人骂成"反革命的女儿"；我从来没有这种归属感。只有刘辉是正宗的，她属于大院；她依然生活在那里，她有太多太多的感情和回忆，还有她今天的社会关系都是和瑞华分割不开的。每次回上海，她的朋友都从瑞华开车出来，早早到浦东机场接机；刘辉在美国兴致勃勃地为瑞华的朋友买衣服，跑了又跑，看了又看，一直等到打折以后，才会买下式样别致的名牌衣服。这似乎成了她的使命，每次回上海都是大小箱子一堆。当朋友兴冲冲地拿到了喜欢的衣服，她就很有成就感。朋友也总是和周围的人穿戴不一样，以至于有一天她和欣星走在弄堂口，人家一眼就认出了她，问："她就是一直在美国帮你买好看衣服的人吧？""是的，你怎么知道呢？""你看，她穿衣服的风格跟你很像，你们两个人的关系一看就那么好。"

瑞华，依然那么显眼地杵在常熟路上，邻居们在大院里也相处了有半个多世纪了。那里每家的大门，过去都是不上锁、敞开的，可是，现在不仅上锁，还有人家装上了防盗门。门里面的事情渐渐地被封存……在那里，有很多很多我们不清楚的故事正在发生，还有很多很多不为人知的人物命运在变化！

人们开始学会保护自己的私人空间了；于是，人们也慢慢地开始在自己的空间里，学会独立思考……

图书在版编目（CIP）数据

荒漠的旅程／彭小莲，刘辉著；—北京：人民文学出版社，2014

ISBN 978-7-02-010699-8

Ⅰ．①荒… Ⅱ．①彭… ②刘… Ⅲ．①长篇小说－中国－当代 Ⅳ．① I247.5

中国版本图书馆CIP数据核字（2014）第274273号

选题策划：雅众文化
责任编辑：仝保民　脚印
特约策划：高天南　陈彻
装帧设计：吕晓菁
总策划：方雨辰

荒漠的旅程

彭小莲　刘辉　著

人民文学出版社出版

（100705　北京市朝内大街166号）

山东临沂新华印刷物流集团有限责任公司印刷　新华书店经销

字数：281千字　开本：650×940毫米　1/16　印张：19

2015年1月北京第1版　2015年1月第1次印刷

印数：1—10000

ISBN 978-7-02-010699-8

定价：38.00元